어머니와 딸,
애도의
글쓰기

유르스나르
보부아르
에르노

Ma mère, la morte
L'écriture du deuil au féminin chez Yourcenar, Beauvoir et Ernaux
by Pierre-Louis FORT

Ma mère, la morte

어머니와 딸, 애도의 글쓰기

유르스나르
보부아르
에르노

문학과지성사

피에르루이 포르 지음
유치정 옮김

어머니와 딸, 애도의 글쓰기

유르스나르, 보부아르, 에르노

펴낸날 2024년 5월 24일

지은이 피에르루이 포르
옮긴이 유치정
펴낸이 이광호
주간 이근혜
편집 김은주 정미용
마케팅 이가은 최지애 허황 남미리 맹정현
제작 강병석
펴낸곳 ㈜**문학과지성사**
등록번호 제1993-000098호
주소 04034 서울 마포구 잔다리로7길 18(서교동 377-20)
전화 02) 338-7224
팩스 02) 323-4180(편집) / 02) 338-7221(영업)
대표메일 moonji@moonji.com
저작권 문의 copyright@moonji.com
홈페이지 www.moonji.com

ISBN 978-89-320-4268-8 93860

부모님에게

테레즈, 아를레트, 폴을 기리며

차례

일러두기

1. 이 책은 Pierre-Louis Fort의 *Ma mère, la morte*(Paris: Éditions Imago, 2007)를
   우리말로 옮긴 것이다.
2. 본문의 각주 중 (옮긴이)라고 표기하지 않은 것은 모두 저자의 것이다.
3. 강조하기 위해 원서에서 이탤릭체로 표기한 것을 본문에서는 고딕체로 표기했다.

들어가며

금기가 된 죽음과 애도에 관하여

　　라 로슈푸코는 『성찰 또는 도덕적 문장과 잠언들』[1]
에서 "태양과 죽음은 똑바로 바라볼 수 없다"라고 말했다. 그로
부터 약 300년이 흐른 1970년대에 여러 역사가 · 사회학자 · 인
류학자 · 사상가[2]는 그의 발언을 재확인하면서 다시 현실의 문제
로 가져온다. 서양 사회는 이제 죽음을 '똑바로' 바라보지 못하리
라는 의미이다. 똑바로 보기는커녕 죽음을 회피하고, 오직 은폐와
소멸, 소외를 꾀할 뿐이다.

　　미셸 보벨은 1980년대 초반에 발간한 『죽음과 서양—1300년

1　　라 로슈푸코La Rochefoucauld, 『성찰 또는 도덕적 문장과 잠언들*Réflexions ou
sentences et maximes morales*』(1678, 5판)(Paris: Gallimard, 1976), p. 48.

2　　죽음을 감추던 이 시기는 동시에 죽음에 관한 성찰이 엄청나게 활성화된 시기
이다. 1975년에는 필리프 아리에스Philippe Ariès가 『서양에서 죽음의 역사에 관한 에
세이*Essai sur l'histoire de la mort en Occident*』를, 루이뱅상 토마Louis-Vincent Thomas
가 『죽음의 인류학*Anthropologie de la mort*』을 출간했다. 1976년에는 피에르 쇼뉘Pierre
Chaunu가 『16, 17, 18세기 파리에서의 죽음*La Mort à Paris, XVIᵉ, XVIIᵉ, XVIIIᵉ siècle*』
을 출간했다. 1년 뒤에 블라디미르 장켈레비치Vladimir Jankélévitch의 『죽음*La Mort*』
이 나왔고, 에드가 모랭Edgar Morin의 『인간과 죽음*L'Homme et la Mort*』, 필리프 아리
에스의 『죽음 앞에서의 인간*L'Homme devant la mort*』이 같은 해에 나왔다. 미셸 보벨
Michelle Vovelle은 『죽음과 서양—1300년부터 오늘날까지*La Mort et l'Occident: de 1300
à nos jours*』(Paris: Gallimard, 1983/2000)를 재발간하면서 새로 쓴 서문 「죽음, 일람표La
Mort, état des lieux」에서 온갖 출전들에서 유래한 수많은 글에 대해 말한다.(P. I.)

부터 오늘날까지』에서 이러한 논의를 구체화하면서 같은 생각을 되새긴다. 그는 20세기는 "죽음에 관한 이미지조차 몰아내려고 애쓴다"라는 사실을 부각시키고, 죽음에 관한 생각이 "현대의 새로운 금기"[3]가 되어버린 사실을 강조한다. "20세기에 죽음이 더 이상 우리의 일상적인 사유의 범주에 들어오지 않게"[4] 되어버린 사실을 증명한 이후에, 결국 이런 금기가 얼마나 확정적인 것이 되어버렸는지를 문제 삼는다. 이어 그는 1965~80년에는 죽음의 문제가 다시 출현하게 된 것이 두드러진 특징이라고 주장한다.

우리는 20여 년 전부터 죽음의 **재발견**의 단계로 옮겨왔다. 우리는 논란의 여지가 있는 현대의 새로운 금기를 미처 이해하지도 못한 채, 그에 관해 재론하고 있는 셈이다.[5]

위의 글이 나오고 다시 20년이 지난 오늘날에는, "재발견"의 시기는 끝난 것처럼 보인다. 죽음은 현존하는 문제로 민낯을 드러낸다. "침묵의 명령이 취소되었다." 보벨은 21세기 초에 재발간한 책에 새로 쓴 서문[6]에서 이렇게 말했다. 최근의 예를 들면 폰 하겐스von Hagens 교수의 "보존 처리된" 시체들이 있다. 새로운 방

---

3 미셸 보벨, 『죽음과 서양—1300년부터 오늘날까지』, p. 11.

4 같은 책, p. 693. 프로이트는 「전쟁과 죽음에 관한 현재적 고찰Considérations actuelles sur la guerre et la mort」(1915)에서 "우리는 죽음을 향한 충동, 삶을 제거하려는 충동을 명확히 드러냈다"라고 강조한다. 『정신분석론Essais de psychanalyse』, 사뮈엘 장켈레비치S. Jankélévitch 불역(Paris: Payot, 1968), p. 26.

5 미셸 보벨, 『죽음과 서양—1300년부터 오늘날까지』, p. 740. 강조는 저자의 것이다.

6 미셸 보벨, 「죽음, 일람표」, 『죽음과 서양—1300년부터 오늘날까지』, p. II.

법에 따라 이목을 집중시킨 전시회에서[7] 보존되고 전시된 시체들이 그런 예다. 희화화라고? 약간은 그렇다. 하지만 어쨌든 상징적인 예인 것은 사실이다.

그러므로 순식간에 하나의 움직임이 지난 세기에 흔적을 남기게 된 것인지도 모른다. 앞서 죽음에 대한 은폐가 이루어졌고, 그 후에는 죽음의 의미를 다시 규정하려는 움직임이 있었다. 그러나 여전히 더 많은 은폐가 행해지고, 새로운 의미 규정은 전혀 없다. 죽음을 둘러싸고 체계적이고 유기적으로 연결되는 관습들, 사람들이 흔히 장례 절차라고 말하는 그런 관습들이 있다. 상복을 더 잘 갖춰 입고, 괴로움의 흔적을 더 많이 노출시키고, 고통을 더 많이 표현하는 것.[8] 텔레비전이나 영화, 허구의 작품에서 보는 투박한 죽음. 그렇다. 시각적으로, 공공연하게 모습을 드러낸 죽음의 양상이다. 우리의 정서와 정신에 직접 가닿은 죽음, 달리 말해 **애도**는 그렇지 않다. 보이지 않고, 감추어진 얼굴이다. 사실 세기가 전환되면서 일어난 엄청난 단절 가운데 하나는 아마 죽음일 것이다. 애도는 이제 사적이고 개인적인 영역에 속한 문제이지, 더 이상 사회적이거나 집단적인 차원의 문제가 아니다. 애도는 오직 **내밀한** 영역에서만 자리를 차지할 수 있다. 무엇보다 남을 성가시게 하지 않으면서 가슴에 간직하는 것이다. 드러내지 말고 감추어야 한다. 기껏 며칠 정도 자신의 고통을 드러낼 수 있다. 애도를 드러내는 일은 불필요함, 어색함, 불안함과 같은 체험으로 여겨진다. 그런 이유만으로, 너무 오랫동안 애도를 드러내지 않고

---

7   다음을 참조하라. http://www.koerperwelten.com
8   '애도deuil'는 라틴어 **돌루스**dolus(3세기), **돌레레**dolere, '고통'에서 유래한다.

다른 일로 넘어가면서, 마음으로만 지속적이고 적극적인 상태를 유지해야 한다.

그렇기에 침묵 속에서 울 뿐이다. 뻣뻣하게 굳어진 채 시간이 정리해주기를 기다린다. 여러 감정과 괴로움 속에서 홀로 머문다. 결국 글쓰기라는 비밀이 아니고서는 심정을 털어놓지 못한다.

바로 거기, 글쓰기에서, 애도라는 필연적인 작업에 열중하는 것을 이해할 수 있다.

바로 거기에서, 때로는 출판이라는 표현 수단을 통해서, 사적인 영역과 공적인 영역이 섞인다.

바로 거기에서 죽음은 더 이상 금기가 아니고 애도는 생생한 무엇이 될 수 있다.

서론

애도의 표시로 글을 쓰다

1896년 프로이트의 아버지는 위독했다. 프로이트는 플리스에게 보내는 여러 통의 편지에서 자신이 죽음의 고통을 겪는 늙은 아버지에 대한 생각에 짓눌려버린 사실을 알렸다.[1] 10월 23일 가을에 프로이트의 아버지, 야코프 프로이트가 사망했다. 아버지는 81세였고, 프로이트는 당시 40세였다. 아버지가 돌아가시고 3일 후에 프로이트는 친구에게 아버지의 사망 소식을 알리면서 자신의 혼란스러움에 대해 털어놓았다. "연로하신 아버지의 죽음이 내게 심각한 영향을 끼쳤네. [⋯⋯] 나는 지금 어찌할 바를 모르겠어."[2] 프로이트는 아버지의 죽음으로 인해 큰 충격을 받았고, 그의 중요한 저작의 하나로 여겨지게 될 『꿈의 해석 *Die Traumdeutung*』의 집필을 시작한 것도 바로 이런 상황에서다. 초판

[1] 1896년 7월 15일 편지[막스 슈르Max Schur가 『프로이트 인생 속의 죽음 *La Mort dans la vie de Freud*』(Paris: Gallimard, 1975; 브리기트 보스트Brigitte Bost 불역, 1982, p. 136)에서 인용]. 프로이트 아버지가 돌아가신 시기에 관한 연구는 막스 슈르, 같은 책, pp. 135~41.

[2] 1896년 11월 2일 편지, 지크문트 프로이트Sigmund Freud, 『정신분석의 탄생, 빌헬름 플리스에게 보내는 편지들, 노트와 계획들(1887~1902)*La Naissance de la psychanalyse, lettres à Wilhelm Fliess, notes et plans (1887-1902)*』, 마리 보나파르트Marie Bonaparte·안나 프로이트Anna Freud·에른스트 크리스Ernst Kris 편찬(1950), 안 베르망 Anne Berman 불역(Paris: PUF, 1956), p. 151.

이 나오고 8년이 지난 후 나온 2판의 서문에서, 그는 아주 특별했던 상황을 돌이켜보면서 다음과 같이 쓰게 된다.

> 내게 이 책은 다른 의미, 작품을 끝냈을 때에야 비로소 포착했던 주관적인 의미가 있다. 나는 이 책이 나에 관한 자기분석의 한 단편이고, 내 아버지의 죽음, 한 인간의 삶에서 가장 중요한 사건, 가장 고통스러운 상실에 대한 나의 반응이었다는 사실을 이해했다.[3]

최상급의 표현들이 입증하듯이, 아버지의 사망은 프로이트에게 심리적으로 대단히 고통스러운 일이었다.[4] 하지만 프로이트는 자신의 개인적인 경우를 언급하는 것에 그치지 않고, 자신의 판단을 모든 부자 관계로 확장하기 위해서, 특정한 아들(지크문트 프로이트)과 아버지(야코프 프로이트)라는 관계를 넘어 보편성에 접근한 일반화를 시도한다. 프로이트는 간접적인 방식으로 애도의 문제를 다루면서, 결국 아버지의 죽음보다 아들에게 더 고통스러운 일은 없다고 말한다.

3　지크문트 프로이트, 『꿈의 해석 *L'Interprétation des rêves*』, 2판(1908) 서문(Paris: PUF, 1926), 이그나스 메예르손Ignace Meyerson 불역, 드니 베르제Denis Berger 검토·보완(1967), p. 4.

4　피터 게이Peter Gay, 프로이트 전기 2권 『프로이트, 인생 *Freud, Une vie*』(Paris: Hachette, 티나 졸라Tina Jolas 불역, 1991/2002), 프로이트는 막 아버지를 여읜 존스에게 다음과 같이 편지를 쓴다. "내가 당신 나이쯤 되었을 때 우리 아버지께서 돌아가셨는데, 이 일은 내 가장 깊은 곳까지 뒤흔들어놓았습니다."(p. 49)

I. 애도

상실

프로이트는 『히스테리 연구*Studien über Hysterie*』(1895)에서부터 애도의 문제에 관심을 보이기 시작했다. 하지만 그가 '애도의 작업'이라는 문제와 상실로 인해서 야기된 '고통'에 대해 지속적인 성찰을 제시하고 정확하게 질문을 던지기 시작한 것은 「애도와 멜랑콜리 *Trauer und Melancholie*」(1915)부터다.

「애도와 멜랑콜리」에서 프로이트는 애도를 다음과 같이 규정한다. "애도는 사랑하는 사람의 상실, 또는 사랑하는 사람과 같은 위상에 둘 만한 추상적인 것, 조국, 자유, 이상과 같은 것의 상실에 대한 정상적인 반응이다."[5] 좀더 뒤에서 그는 "사랑하는 사람의 상실, 심각한 애도"에 대해 길게 논의한다. 심각한 애도는 "고통스러운 영혼의 상태,―죽은 사람을 기억나게 하는 것이 아닌 한―외부 세계에 대한 관심의 상실,―애도의 대상을 대신할 만한―사랑의 새로운 대상을 선택할 수 있는 능력의 상실, 죽은 사람의 추억과 관련 없는 모든 활동의 포기"를 내포한다. 그러므로 애도는 단지 감정("고통스러운 영혼 상태")의 문제일 뿐만 아니라, 세계를 향한 존재의 방식, 또는 **비**-존재, **더 이상** 존재하지 않으려는 방식이다.

더구나 "애도 작업"은 "척박해진 세상"에서 길을 잃은 채 "자아를 열중하게" 만드는 심리 활동이다. 프로이트는 "자아"가 "[잃

---

[5] 지크문트 프로이트, 「애도와 멜랑콜리Deuil et Mélancolie」, 『메타심리학 *Métapsychologie*』(1917), 장 라플랑슈Jean Laplanche · 장베르트랑 퐁탈리스Jean-Bertrand Pontalis 불역(Paris: Gallimard, 1968/1986), p. 146.

어버린 대상과] 운명을 공유하고 싶은지를 결정"해야 한다고 설명한다. 그리고 "자아를 살아 있는 존재의 자기애적인 만족의 총체로 간주한다면, [……] 자아는 소멸된 대상과 맺은 관계를 끊고자 결정한다"라고 단언한다. "현실의 고난은 사랑하는 대상이 존재하지 않는다는 사실을 보여주고, 대상에 고정시켰던 관계들에서 모든 리비도를 떼어내라는 요구를 드러낸다." "애도 작업"의 분명한 목표는 "대상이 죽었다는 사실을 선언하면서 그 대상을 포기"하는 것이다.

따라서 애도 작업은 자아의 보전[6]과 복원 작업이고, "극도로 고통스러울" 뿐만 아니라 강렬하기도 한 심리적인 가공이다. 그것은 "시간의 흐름"이 없이는 불가능하기 때문이다. 사실 프로이트는 "상실된 대상의 실존이 심리적으로 계속되는" 필수적인 시기가 있다고 강조한다. 즉 시간의 흐름 속에서 기입inscription[7]된다는 사실을 강조하는 것이다.

아버지를 여의다, 어머니를 여의다

장켈레비치는 "사랑하는 사람의 상실"[8]을 죽음이

---

6 프로이트는 『토템과 터부 Totem et Tabou』(1915)에서 다음과 같이 설명한다. "애도는 규정된 심리적 소명으로 채워져야 한다. 심리적 소명은 한편으로는 죽은 자들, 추억과 다른 한편으로는 살아남은 자들의 희망 사이에 분리를 확립하는 일이다."(Paris: Payot, 1992), p. 53.

7 이 단어는 '기입, 기재, 등록'의 의미로 이 책에 자주 나오는 주요 개념이다. 적절한 번역어를 찾기 어렵지만 관여와 개입의 의미를 지닌 접두어 in-의 의미 등을 고려, 일관되게 기입으로 번역하기로 한다.(옮긴이)

8 애도는 우리가 프로이트의 인용에서 보았던 것처럼 "추상적인 것을 상실했을 때의 반응"이라고 할 수 있다. 우리가 관심을 기울이는 있는 대상은 "사랑하는 사람"의 상실에 관한 것이다.

"2인칭"으로 다가오는 것으로 제시한다.

　3인칭의 익명성과 1인칭의 비극적 주체성 사이에, 중간에 해당하고 특별하다고 할 수 있는 **2인칭**이 있다. 멀고 무심하게 여겨지는 타자의 죽음과 존재 자체에 귀속되는 자신의 죽음 사이 **근거리에 가까운 이의 죽음**이 있다.[9]

　인칭에 따라서 죽음을 구분하는 일은 적용의 범위가 넓기는 하지만, '2인칭'의 죽음에 담긴, 가까운 사람의 상실이 지닌 성격을 상세하게 설명해야 한다. 사실 순수하게 추상적인 방식으로 가까운 이를 포착하는 것, 그의 특성을 고려하지 않는 것은 어렵다. 가까운 이와 맺은 관계는 모두 상호적이고 이런 상호성은 우리 자신의 특성을 품고 있다. 가까운 이의 특성은, 나의 고유한 특성처럼 애도 속에서 작동한다. 프로이트는 『꿈의 해석』 2판의 서문에서 부모 자식의 관계, 더 정확히 말하면 3중으로 규정된 관점, **부모 자식 관계**—아버지/아들—, **계보**—연장자/연하자—, **수컷**—남자/남자—를 지니고 있다. 프로이트는 이러한 남성의 영역에서 아버지의 상실보다 더 고통스러운 상실은 없다고 단언한다.

　이런 글을 읽으면서 어떻게 프로이트가 무시한 명제를 생각하지 않을 수 있겠는가?[10] 어머니를 잃은 여성에 대해서도 마찬가

9　블라디미르 장켈레비치, 『죽음』(Paris: Flammarion, 1977), p. 29. 강조는 저자의 것이다.

10　어머니의 죽음에 대한 프로이트의 반응은 불분명하다. 피터 게이는 다음과 같이 말한다. "그는 어떤 슬픔이나 고통을 느끼지 않고 장례식에도 참석하지 않았다. 그의 형제 알렉상드르는 프로이트의 건강이 좋지 않았다고 말하면서 정당화시키고, 그가 예식을 좋아하지 않는다고 말하기까지 한다. [……] 그의 내부에는 해방의 감정이 주

지라고 어떻게 묻지 않을 수 있는가? 만약 "**아버지**의 죽음이 가장 중요한 사건이고 **남성**의 인생에서 가장 고통스러운 상실이라면," 그와 비슷하게 **어머니**의 죽음은 "**여성**의 인생에서 가장 중요한 사건, 가장 고통스러운 상실""이 아닌가? 프로이트가 무시한 것처럼 보이는 이것이 바로 우리가 탐구하고자 하는 가설들이다.

프로이트는 어머니에 대한 연구를 전개하지 않고,[12] 어머니/딸의 관계를 처음 다루며 당혹감을 털어놓는다. "어린 소녀의 전前 오이디푸스기 초기 단계를 통찰하면, 다른 영역에서, 그리스 문명 뒤의 크레타-미케네 문명의 발견이라는 놀라운 결과를 낳는다."[13] 프로이트는 여성의 성 심리와 관련된 1931년의 논문에서 이렇게 말한다.

이 관계를 더 깊이 파고들기 위해서 멜라니 클라인을 살펴보아야 한다. 사실 같은 시기에 멜라니 클라인은 프로이트의 결론

를 이루었다. "나는 어머니가 여전히 살아 계시는 동안에는 죽을 권리가 없었는데 이제 그 권리가 있다."(피터 게이, 『프로이트, 인생』, pp. 320~21)

[11] 『어머니와 딸들, 셋의 관계Mères-filles, Une relation à trois』(Paris: Albin Michel, 2002/2003). 카롤린 엘리아셰프Caroline Eliacheff와 나탈리 하이니흐Nathalie Heinich는 어머니에 대한 애도의 특성을 강조하지만 깊게 탐구하지는 않고 가볍게 언급한다. "어머니에 대한 애도는 아버지에 대한 애도 또는 다른 가족 누구에 대한 애도와도 다르다. 어머니에 대한 애도는 아버지에 대한 애도가 특별한 것처럼 특수한 성격이 있다." (p. 366)

[12] 예를 들면 줄리아 크리스테바Julia Kristeva는 "프로이트의 이론에서 어머니가 차지하는 자리는 최소한의 보잘것없는 자리"라고 말한다[『천재적 여성 2. 멜라니 클라인Le Génie féminin tome II Melanie Klein』(Paris: Fayard, 2000), pp. 189~90]. 이 주제에 대해서 우리는 피터 게이의 프로이트 전기 『프로이트, 인생』, 3장 「여성, 검은 대륙La Femme, ce continent noir」을 읽을 것이다.

[13] 지크문트 프로이트, 「여성의 섹슈얼리티에 관해서Sur la sexualité féminine」(1932), 『성적인 삶La Vie sexuelle』(Paris: PUF, 1969), p. 140.

들과 대립되는[14] 몇 가지 주장을 펼치고 여성의 성 심리에 관해 다른 견해를 제시했다.

모친 살해

프로이트의 작업 이상으로 멜라니 클라인의 작업은 그녀가 "모든 인간관계 중에서 가장 원초적"이라고 부른 관계에 초점이 맞추어져 있다. 바로 "어머니와의 관계"이다.[15] 멜라니 클라인의 작업에서 어머니는 프로이트에게서 아버지가 가장 많은 자리를 차지했던 곳, 탐구의 중심에 놓인다.[16]

멜라니 클라인은 임상 경험과 고찰을 통해 두 성별의 아동이 태어났을 때부터 대상관계를 형성할 수 있다는 점,[17] 그들이 어머니와 양가적인 관계를 유지하고 그 관계가 분열된 부분 대상들을 중심으로[18] 구성된다는 점을 확신하게 되었다. 그녀의 용어에 따르자면 "편집형 정신분열적 자리"이다. 여기서 더 나아가 멜라니

---

14 프로이트의 연구에 대한 멜라니 클라인의 응답에 관해서는 『아이들에 관한 정신분석 *La Psychanalyse des enfants*』(1932) 11장의 후기 「소녀의 성적인 성장에 관한 불안을 야기하는 초기 상황에 관한 분노 Le retentissement des premières situations anxiogènes sur le développement sexuel de la fille」를 참조하라. 장바티스트 불랑제 Jean-Baptiste Boulanger 불역(Paris: PUF, 1959/1998), pp. 250~58.

15 멜라니 클라인 Melanie Klein, 『시기심과 감사 *Envie et Gratitude*』(1957), 빅토르 스미르노프 Victor Smirnoff·술라 아기옹 S. Aghion·마르그리트 데리다 Marguerite Derrida 불역(Gallimard, 1968/1978), p. 11.

16 그렇지만 클라인학파의 이론에서 아버지는 부재와 거리가 멀다(줄리아 크리스테바, 「5. "결합된 부모" 혹은 짝짓는 부모」, 『천재적 여성 2. 멜라니 클라인』, pp. 210~16 참조).

17 멜라니 클라인, 「전이의 기원 Les origines du transfert」(1952), 『전이 외 *Le Transfert et autres écrits*』, 클로드 뱅상 Claude Vincent 불역(Paris: PUF, 1995), p. 19를 참조하라.

18 그러니까 "좋은" 가슴과 "나쁜" 가슴을 중심으로. 멜라니 클라인, 『시기심과 감사』, p. 15를 참조하라.

클라인은 그의 중요한 기여 중의 하나인 "우울적" 자리라는 개념을 제시한다. 그것은 "유아가 자신의 어머니를 전체 대상으로 인식할 때 시작된다. 대상관계와 불안의 결합 상태로서, 이때 불안은 양가적인 방식으로 사랑하는 어머니를 공격하고, 외적 대상으로서나 내적 대상으로 어머니를 상실한 유아의 체험을 통해 특징지어진다. 이 체험이 고통과 죄책감, 그리고 상실감을 낳는다."[19] 이로부터 애도의 과정이[20] 생겨난다. 고통스러운 애도는 "사랑의 외적·내적 대상을 재구성하기" 위한 복구 충동을 수반한다. 해나 시걸은 "유아가 우울적 자리에 진입하고, 자신의 전능함으로 어머니를 죽였다는 감정, 그 죄책감, 어머니를 상실했다는 절망감에 직면할 때, 유아 안에는 외적·내적으로 그녀를 되찾기 위해 어머니를 부활시키고 재창조하려는 욕망이 싹튼다"[21]고 요약한다.

그렇다면 "우울적 자리"에서는 정확히 무슨 일이 일어나는 것일까? 줄리아 크리스테바가 『검은 태양—우울증과 멜랑콜리』에서 분명하게 이야기하듯이, 그것은 사실상 모친 살해와 다르지 않다. 그리고 그것은 "절대적으로 필요한, 우리가 개별화하기 위한 **필수불가결한** 조건"[22]이다. 줄리아 크리스테바는 멜라니 클라

19   해나 시걸Hannah Segal, 『멜라니 클라인 저작 입문*Introduction à l'œuvre de Melanie Klein*』(1964), 엘자 리베이로 하웰카Elza Ribeiro Hawelka·주느비에브 프티Geneviève Petit·자크 골드베르Jacques Goldeberg 불역(Paris: PUF, 1969), p. 148.

20   우리는 이 이론이 구상된 최소한의 중요한 맥락에 대해 언급할 것이다. "그 학술회의는 애도의 심리적 작업에 대한 구상에 기여하는 동시에 그것을 검토해주었다." 줄리아 크리스테바, 『천재적 여성 2. 멜라니 클라인』; 멜라니 클라인, 『시기심과 감사』, p. 120을 참조하라.

21   해나 시걸, 『멜라니 클라인 저작 입문』, p. 90.

22   줄리아 크리스테바, 『검은 태양—우울증과 멜랑콜리*Soleil noir: Dépression et mélancolie*』(Paris: Gallimard, 1987/1989), p. 38.

인의 연구를 검토하면서 이 상실의 중요성을 강조한다. "주체의 상징 능력은 바로 이 어머니의 상실—상상계에서는 어머니의 죽음이 되는—로 형성된다."[23] 그녀는 이 핵심적인 단계를 역설하기 위해 더 나아간다. "모친 살해가 없다면 내적 대상은 구성되지 않고, 환상은 생겨나지 않으며, 복구는 불가능하다. [……] 사고하기 위해서는 어머니에게서 분리되어야 한다." 이 분석 가운데 발전된 어머니로부터 "떼어냄"의 이미지가 "주체의 정신적 자유"[24]에 핵심적인 분리를 종합한다. 줄리아 크리스테바가 설명하기를, 어머니로부터 자신을 떼어내는 행위는 "'죽음에 처하는 것'이자, 어머니로부터 출발하여 어머니에 맞서 행해져야 할 '비상'과도 같은 것이다." 따라서 이 불가결한 모친 살해는 구성 능력을 갖는 애도와 겹쳐진다. "상실의 괴로움, 애도의 고통, 그리고 조증 방어[25]를 이겨낸 회복 충동은 상실한 내적·외적 대상의 재구성—즉 상징화—에 도달한다. 그것들이 창조력과 승화의 토대에 놓이게 되는 것은 이러한 과정을 통해서이다."[26]

멜라니 클라인이 이 상태의 잔류 효과를 부각시키기 위해 "단계"가 아닌 "자리"라는 용어를 사용했다는 점에 주목해야 한다. 실제로 이것은 한 번으로 끝나는 고정된 발달 단계들이 아니라 "정서적 삶의" 구조들—"어느 순간에 나타나 [……] 무의식

---

23 줄리아 크리스테바, 『천재적 여성 2. 멜라니 클라인』, p. 212.

24 같은 책, p. 214.

25 클라인은 우울적 자리에서 대상에 대한 지나친 죄책감에서 벗어나기 위해 유아가 조증 방어를 취할 수 있다고 말한다. 조증 방어는 자신이 사랑하는 대상을 전혀 중요하지 않은 대상처럼 여기고, 우월감과 승리감을 느끼며 자신을 하찮은 대상 위에 군림하는 존재라고 여긴다.(옮긴이)

26 같은 책, p. 129.

속에서 되풀이될 수 있는"—에 관한 것이다.[27] 『애도와 우울증』에서 저자는 "유아의 우울적 자리와 일반적인 애도 사이의 관계를" 설정한다.[28] 그녀는 "일반적인 애도 속에서 현실의 시련과 유아기의 어떤 심리적 과정 사이에는 긴밀한 관계가 존재한다." "내가 주장하는 것은, 아동이 성인의 애도에 비견될 만한 상태를 통과한다는 것, 아니 그 이상으로 **이때 이른 애도가 훗날 고통을 겪을 때마다 매번 재체험된다는 것이다**"[29]라고 말한다. 그녀는 반복해서 논의하며 더 나아간다. "우울적 자리를 통과하는 어린아이가 무의식 속에서 자신의 내면 세계를 수립하고 통합하기 위해 힘겹게 노력하는 것처럼, 애도 중인 사람 역시 자신의 내면 세계를 재수립하고 재통합하기 위해 큰 노력을 기울여야 한다."[30] 따라서 모든 애도는 사실상 최초의 애도, 토대가 되는 애도로 되돌려진다. 어머니에 대한 애도로.

II. 여성의 삶에서 "가장 가슴 찢어지는 상실"?

이 작업의 기반이 되는 가설로 돌아가보자. 아버지의 죽음에 관한 프로이트의 고찰로부터 정식화된 것으로, 만약

---

27 같은 책, p. 108.

28 멜라니 클라인, 「조울증 상태의 정신발생학적 연구에의 기여Contribution à l'étude de la psychogenèse des états maniaco-dépressifs」(1934), 『정신분석학 에세이 1921-1945Essais de psychanalyse, 1921-1945』(Paris: Payot, 1968); 『애도와 우울증Deuil et Dépression』(2004), p. 77.

29 강조는 저자의 것이다.

30 같은 책, p. 97.

아버지의 상실이 남성에게 가장 "가슴 찢어지는" 일이라면, 당연한 귀결로서 여성에게는 어머니의 상실이 가장 "가슴 찢어지는"—아마도 또한 가장 고통스러운—상실이 된다는 것이다. 이 가설은 단순히 언어적-논리적 평행관계에 만족하여 성립되는 것이 아니라, 정신분석학—특히 클라인학파의—이론이 (모자관계보다 더 불분명한) 모녀관계의 강도와 복잡성에 대해 우리에게 이야기해준 것에 근거한다. 그것은 특히 "어머니가 주된 경쟁자가 되고,"[31] 어린 딸이 사랑의 대상을 바꾸어[32] 더없이 혼란스럽고 불안정한 심리적 변화를 겪어야 하는 오이디푸스기를 대상으로 한다.

법으로서의 아버지, 자아로서의 어머니

　　모녀관계의 변화에 따라 전개되는 최초의 양가성과 경쟁관계에 더해서 신체적 차원의 거울관계[33]에 대한 인식(비록

[31]　멜라니 클라인, 『시기심과 감사』, p. 42. 그녀는 "남자아이의 경우 증오의 대부분이 아버지에게로 쏠린다"고 덧붙여 말한다.

[32]　이 주제와 관련해서는 줄리아 크리스테바, 「두 얼굴의 오이디푸스L'Œdipe biface」, 『천재적 여성 3. 콜레트Le Génie féminin tome III. Colette』(Paris: Fayard, 2002), pp. 545 이하를 읽을 것.

[33]　프랑수아즈 쿠샤르Françoise Couchard는 『모성적 지배와 폭력Emprise et violences maternelles』(Paris: Dunod, 1991)에서 "신화학자들은 정신분석가들과 마찬가지로 전능한 어머니와 아이의 관계를 검토할 때 대부분 남성 성별의 아이에게 초점을 맞추고 연구한다"는 점을 확인한 후, 어머니의 관점을 부각시키며 모녀간의 긴장과 유사성을 강조한다. "그렇지만 남근 중심적 어머니는 모든 면에서 아들들과 마찬가지로 딸들에게도 똑같이 냉혹해질 이유가 있다. 딸들은 그녀의 복제물이자 경쟁자, 특히 처음에는 아버지, 다음에는 남자의 유혹에서 경쟁자가 아닌가? 딸들은 늙어가는 어머니에게 아름다움과 잃어버린 젊음을 나르시시즘적으로 떠올리게 만드는, 상처 입히는 환기물이 아닌가?"(p. 36) 더 나아가 그녀는 "모녀간의 불가피한 동일시 관계"를 이야기한다(p. 83). 우리가 강조하고자 하는 것이 바로 이 관계이지만, 우리는 딸의 관점을 부각한다.

그것이 부분적일지라도)이 결합된다. 내가 남자일 때, 어머니는 내 첫 애증의 대상으로 남지만, 내가 아버지의 분신이면서도 별개의 존재이기 때문에, 내 몸은 근본적으로 나를 아버지에게 돌려보낸다. 내가 여자일 때, 나의 어머니는 또한 내 첫 애증의 대상이지만, 내가 그녀의 분신이면서도 별개의 존재이기 때문에, 내 몸은 근본적으로 나를 어머니의 몸으로 돌려보낸다.

베아트리스 디디에는 『여성으로서의 글쓰기』에서 다음과 같이 강조한다. "여성들에게 어머니의 존재는 필연적으로 남성들과 다른 의미일 수밖에 없다. 여성들에게 어머니는 정확히 원형이자 예고된 형상이므로."[34] 따라서 최초의 모친 살해와 어머니가 죽었을 때 반복되는 상실은 여성에게 훨씬 더 극심하게 다가온다. 여성이 차이와 유사성을 동시에 갖는다는 점에서 어머니는 필연적으로 딸을 자기 자신에게로 돌려보내기 때문이다. 만약 아버지가 **법**이라면, 여성에게 어머니는 일종의 **자아**이다.

우리가 연구할 마르그리트 유르스나르, 시몬 드 보부아르, 아니 에르노, 세 작가는 이처럼 정체성 그리고 자아와 타자의 경계들을 불안정한 것으로 이해한다. 우리는 그녀들이 어머니의 죽음에 바친 텍스트들에서 이러한 이해가 몇몇 발전된 고찰 속에 강조되고 있음을 발견한다. 신체와 정신의 두 축에서 이루어진 세대의 전도轉倒는 반사관계가 가장 두드러지게 나타난 부분이다. 어머니의 죽음에 대해 쓸 때 작가들은 **자신들의 어머니의 어머니**가 된다. 마르그리트 유르스나르는 『경건한 추억들』에서 어머니

---

34 베아트리스 디디에Béatrice Didier, 『여성으로서의 글쓰기 L'Ecriture-femme』(Paris: PUF, 1981), p. 25.

에 대해 이렇게 썼다. "더구나 시간의 흐름이 우리의 관계를 전도시킨다. 나는 1903년 6월 18일의 어머니 나이보다 두 배의 나이를 먹었다. 이해해보려고 최선을 다해 노력하지만 결코 성공하는 일이 없는 딸에게 하듯이, 나는 어머니에게 내 온 마음을 기울인다."[35] 아니 에르노는 『한 여자』에서 다음과 같이 강조한다. "이제 나에게는 내가 어머니에 대해 쓴다는 것이, 이번에는 내 차례가 되어 **어머니를 세상에 낳기** 위해서인 것처럼 보인다."[36] 시몬 드 보부아르는 『아주 편안한 죽음』에서 말한다. "나는 오늘, 거의 **어머니의 어머니가** 될 수 있을 것이다."[37] 어머니와 딸, 죽은 어머니에 대해 쓴 이 책들에서 서로의 자리는 뒤섞인다. 그리하여 거울 관계를 탐사하는 작품들 속에서 자아의 토대는 불안정해진다.

불안정한 자아, 의지처로서의 글쓰기

애도 중에 있다는 것은 무엇보다 세상이 공허해지는 일이지만—우울증의 경우처럼 자아가 공허해지는 것은 아니라 해도—,[38] 자아 역시 영향을 받고 그에 사로잡힌다. 그것이 단

---

35 마르그리트 유르스나르Marguerite Yourcenar, 『경건한 추억들*Souvenirs pieux*』(Paris: Gallimard, 1974/1991), p. 747. 강조는 저자의 것이다. 유르스나르는 이어서 말한다. "75세에 돌아가신 나의 아버지가 이제는 내게 아버지라기보다 오빠처럼 보이는 이유는 시간의 흐름이 낳은 똑같은 결과이다." 『경건한 추억들』 『북쪽 지방의 고문서들*Archives du Nord*』 『뭐? 영원이라고?*Quoi? Éternité*』의 모든 인용은 플레이아드 총서(1991)를 따랐다. 주석을 불필요하게 늘리지 않기 위해 출처는 인용 뒤 괄호 안에 표기한다.

36 아니 에르노Annie Ernaux, 『한 여자*Une femme*』(Paris: Gallimard, 1987/1989), p. 43. 출처는 폴리오 전집(1989)에 근거하여 인용 뒤 괄호 안에 표기한다.

37 시몬 드 보부아르Simone de Beauvoir, 『아주 편안한 죽음*Une mort très douce*』(Paris: Gallimard, 1964/1972), p. 148. 출처는 폴리오 전집(1972)에 근거하여 인용 뒤 괄호 안에 표기한다.

38 "애도 중일 때는 세상이 보잘것없고 공허해지며, 우울증의 상태에서는 자아가 그

지 상실에 불가피한 "고통스러운 영혼의 상태," 그로 인해 생겨나는 정서적 혼란, 뒤따르는 심리적 반응에 불과할지라도, 분명히 "자아의 억제와 [……] 제한"이 있다. 따라서 애도 작업은 대상이 더 이상 세상의 일부가 되지 못하고, 그 죽음이 모든 것을 침식시키기에 충분한, 그러한 대상의 부재로 인해 빈곤해지는 **세상**만큼이나 **자아**와 관련된 일이다. 결과적으로 애도 작업은 애도하는 자와 죽은 자, 우리의 분석 틀에서는 **애도하는 여성**과 **죽은 여성** 사이에 구성된 이원적 관계를 시험하는 일이다. 이전관계의 본성("실제 우리가 무슨 관계를 맺고 있었던가?")과 현재 관계의 본성("이제 멈춰버린 이 관계가 어떻게 될 것인가?")을 묻는 일이다. 더 근본적으로는 대상의 지위, 그 실존과 상실의 무게에 대해서까지 문제를 제기하는 일이다.

장 라플랑슈는 『문제 제기 1, 불안』에서 바로 그 애도 작업을 검토하기 위해, 바꾸어 말해 정서가 아니라 정신역동Psychodynamic을 검토하기 위해 프로이트의 분석을 발전시킨다. "그래서 애도 작업은 무엇으로 구성되는가?"[39] 그는 이렇게 말하며 대상의 상실과 죽은 대상과의 관계 존속 사이의 대립을 강조한다. 그 결과 "주체는 세 가지 가능성 앞에 놓인다. 첫번째는 당연히 가장 급진적인 것으로 대상과 함께 죽는 것이다. 그것은 상상하기 어려운 일이 아니며 드물지 않게 발생한다. 두번째 가능성은 관계의 존속이 **또한** 대상을, 마치 마술적으로, 어떤 환각을 일으키듯이, 혹은 정말로 환각을 일으키는 방식으로 유지시키는 일이다. [……]

렇게 된다."(지크문트 프로이트, 『애도와 멜랑콜리』, p. 150)

39 장 라플랑슈, 『문제 제기 1, 불안Problématique I, L'angoisse』(Paris: PUF, 1980/1988), p. 312.

세번째 가능성은 말의 고유한 의미에서의 애도 가능성이다. 우리는 '그를 애도한다'라고 하는 직관적으로 정확한 어법 속에서 그 가능성을 발견한다. 이 경우 정서관계보다 중요한 것이 현실에 대한 존중이다. 현실은 주체가 더 이상 존재하지 않는 사람과의 관계를, 제거하지는 않더라도 전환하기를 요구한다." 이 세번째 결과[40]가 가장 행복하고 바람직하다는 것, 애도 작업의 궁극적인 해결이 어떤 "분리"에 도달하는 데 있다는 것은 당연하다. 프로이트에 이어 라플랑슈가 강조하듯이, 이 분리가 한순간 "반대로 애착의 **증가를**" 거칠 수 있다 하더라도.

애도의 장소로서의 글쓰기

출발점이 된 우리의 가설은 애도를 드러낼 수 있는 방식 중의 하나가 글쓰기이며, 글쓰기는 분리에 이르기 위해 애착을 증가시키는 방법이라는 것이다. 실제로 관계 "전환"을 위한 한 가지 가능성은 글쓰기 작업을 통과하는 것이며, 글쓰기는 마치 동전의 양면처럼 심리적 작업의 수반물이자 반영물이 된다. 요컨대 그것은 애도 작업의 표출 그리고/혹은 실현으로서의 문자적 "전환"이다.[41]

---

40 『미완성으로 남은 코페르니쿠스 혁명 *La Révolution copernicienne inachevée*』(Paris: Aubier, 1992)에서 장 라플랑슈는 다음과 같이 명확하게 설명한다. "[……] 상실은 내 존재를 재구성하는 작업을, 사랑하는 대상의 부재를 인정하는 새로운 전망을 강요하지만, 또한 그에 대한 추억을 통합한다."(p. 330)

41 이러한 관점에서 카린 트르비장Carine Trevisan은 『애도 이야기, 거대한 전쟁—죽음과 글쓰기 *Les Fables du deuil, La grand guerre: mort et écriture*』(Paris: PUF, 2001)에서 강조한다. "글쓰기는 매장의 연장으로, 장례 행위와 마찬가지로 죽음을 상징화하는 첫 몸짓으로 인식될 수 있다."

애도가 불러일으키는 상실과 부재의 경험은 글쓰기 속에서 자신의 어두운 면과 밝은 면을—장례를 치르려는 충동이라는 점에서는 어두운 면을, 그것이 지향하는 삶의 부여라는 측면에서는 밝은 면을—동시에 발견하게 될 것이다.[42] 라캉은 애도가 **로고스**의 차원에서 완성된다고 말한다.[43] 그의 말을 그대로 받아들이자. 애도는 실제로 **로고스**의 형태로 실현되는 것처럼 보이며, 이 **로고스**는 때때로 텍스트의 살갗 속에 닻을 내릴 수 있는 것처럼 보인다. 바로 그 살갗이 여기 마르그리트 유르스나르, 시몬 드 보부아르, 아니 에르노의 텍스트를 우회하여 우리의 의지처가 되어줄 것이다.

III. 어머니에 대한 애도 그리고 여성적 글쓰기?

어머니에 대한 애도의 글쓰기를 연구하는 데 왜 마르그리트 유르스나르,[44] 시몬 드 보부아르,[45] 아니 에르노[46]를 선택했는가? 이유는 다음과 같다. 시대와 사회 계급의 차이에도 불

42　밝은 면과 관련해서는 앙드레 그린André Green을 예로 들 수 있다. "[……] 글쓰기 작업은 외상과 상실, 상처와 애도를 전제한다. 작품은 그것을 작품의 허구적 실증성으로 덧씌우는 전환이 될 것이다." 『풀어냄(정신분석, 인류학, 문학)La Déliaison(Psychanalyse, anthropologie et littérature)』(Paris: Les Belles Lettres, 1992/Paris: Hachette Littératures, 1998), p. 63.

43　자크 라캉Jacques Lacan, 「햄릿—욕망과 애도Hamlet: Le désir et le deuil」, 『오르니카르?Ornicar?』, 26~27호(1983), p. 30.

44　마르그리트 유르스나르는 1903년에 출생하여 1987년에 사망했다.

45　시몬 드 보부아르는 1908년에 출생하여 1986년에 사망했다.

46　아니 에르노는 1940년에 출생했다.

구하고, 여성·작가로서 그들 삶의 여정의 다양성에도 불구하고 이 세 사람은 모두 어머니의 죽음에 깊이 사로잡혀 있다. 버지니아 울프의 표현을 빌리면,[47] 세 사람은 모두 일시적으로나마 "자기만의 방"을 "장례의 방"으로 만들었다. 이 방으로부터 우리가 앞서 세대의 전도 문제와 관련해 인용한 텍스트들이 나온다. 시몬 드 보부아르의 『아주 편안한 죽음』(1964), 마르그리트 유르스나르의 『경건한 추억들』(1974)—또한 더 조심스럽고 은밀한 방식으로 다룬 「죽은 여인(이후 '여인'으로 언급됨)을 위한 일곱 개의 시 *Sept poèmes pour une morte*」(1930)[48]—, 아니 에르노의 『한 여자』(1987)와 그로부터 10년 후 어머니의 투병 기간 동안 쓴 일기인 『나는 나의 밤을 떠나지 못했다 *Je ne suis pas sortie de ma nuit*』.

이 네 개의 텍스트는 미학적 차이에도 불구하고 애도에 대한 작품, 어머니에 대한 애도의 글이라는 점에서 일치한다. 그것은 갱신된 모친 살해의 방식이자, 때로는 사랑했고 때로는 두려워했으며, 선하면서 악했던 어머니, 현존하는 그리고/혹은 부재하는 어머니, 실제적으로 상실해야만 하는 이 타자를 장례 치르는 방식이다.

어머니와 딸이 죽음을 넘어 혹은 죽음 덕분에 재회하는 이 텍스트적 장례의 방은 죽음을 여성성의 장소로, 일종의 치명적인 규방으로 만든다. 우리는 여기에서 여성적 글쓰기를 이야기할 수

---

47 버지니아 울프Virginia Woolf, 『자기만의 방 *Une chambre à soi*』(1929), 클라라 말로 Clara Malraux 불역(Paris: Denoël, 1996). "여성이 소설을 쓰길 원한다면 약간의 돈과 자기만의 방을 가져야만 한다."(p. 8)

48 마르그리트 유르스나르, 『알키페의 애덕 *Les Charités d'Alcippe*』(Paris: Gallimard, 1984).

있을까?

여성적 글쓰기, "여성으로서의 글쓰기?"[49]

복잡하고 불분명한 동시에 까다롭고 도발적인 '여성적 글쓰기' '여성으로서의 글쓰기' 혹은 그보다 '여성성의 글쓰기'[50]라고 해야 할지 모를 이 문제는 최근 30년간 수없이 제기되었다. 하지만 그것이 무엇을 의미해야 하는가? 좀더 신중하게 말해, 이 용어로 무엇을 이해해야 할 것인가? 이 문제를 재론하면서 프랑수아즈 반 로섬 기용은 『비평가의 심장, 뷔토르, 시몽, 크리스테바, 식수』『새로운 패러다임, 여성들의 글쓰기 *Un nouveau paradigme, l'écriture des femmes*』에서 논쟁의 용어들을 분명하게 요약한다.

> [……] 여성적 글쓰기의 공통분모는 무엇일 수 있을까? 여성들의 글쓰기? 하지만 글을 쓰는 모든 여성들이 여성성에 대해 쓰지는 않는다. 전혀 아니다. 한 장르의 쇄신? 하지만 우리는 거기에서 온갖 장르들과 심지어는 장르 개념의 초월을 마주한다. 문학 운동? 하지만 그것은 또한 적확하게 텍스트와 문학의 제도적 울타리를 문제 삼는다.[51]

---

49 베아트리스 디디에, 『여성으로서의 글쓰기』.

50 세 개의 명칭은 서로 완전히 겹치는 것은 아니지만, 성적 범주와 실천을 연결한다는 공통점이 있다.

51 프랑수아즈 반 로섬 기용Françoise van Rossum Guyon, 『비평가의 심장, 뷔토르, 시몽, 크리스테바, 식수 *Le Cœur critique, Butor, Simon, Kristeva, Cixous*』(Amsterdam: Rodopi, 1997), p. 150.

저자는 이어 다음과 같은 사실을 강조한다. 중요한 혁신은 한순간, "오늘날 몇몇 여성 작가들이 글 쓰는 여성으로서의 여성적 특수성을 인식했을 때, 남성과는 다른 리비도 구조, 문화 구조에 따라 형성된 글쓰기의 필요성과 그 가능성을 긍정했을 때 일어났다."[52] 이로부터 여성 작가들을 세 그룹으로 재편성하는 유형학적 시도가 나타났다. 먼저 "차이를 인정하지 않거나 승화시키는" 여성들(나탈리 사로트Nathalie Sarraute, 마르그리트 유르스나르 등), 다음으로 "차이를 인정하지만 순전히 문화적인 것으로 여기며 부정적인 차이라고 거부하는" 여성들(시몬 드 보부아르), 마지막으로 "차이들을 인정할 뿐만 아니라 그것을 요구하고 탐험하는" 여성들이다. 1970년대에 가장 중요한 영향력을 끼쳤던 이 마지막 그룹에 식수Cixous, 가뇽Gagnon, 르클레르Leclerc, 카르디날 Cardinal 등의 모습이 드러난다. 이 점에서 분명 가장 상징적인 인물 중 한 사람일 엘렌 식수는 1975년에 다음과 같이 설명했다. "여성은 글로 '쓰여야 한다.' 여성은 여성에 대해 쓰고 여성들을 글쓰기로 불러 모아야 한다. 여성들이 그들의 몸으로부터 멀어졌던 것만큼이나 폭력적으로 멀어졌던 글쓰기로."[53]

그렇지만 매우 빠르게 여성적 글쓰기는 몸에 대한 글쓰기로, 용어의 가장 평범한 의미에서의 몸, 특히 주이상스jouissance와 월경, 임신, 출산과 관련된 여성의 몸에 대한 글쓰기로 단순화되었다. 비록 그러한 관점이 40년 전에는 유효했고 분명 필요했을지도 모르지만, 그것은 스스로를 왜곡시킬 뿐이었다. 1981년 이후

---

[52]   같은 책, p. 151.

[53]   엘렌 식수Hélène Cixous, 「메두사의 웃음Le Rire de la méduse」, 『라르크 L'Arc』, 61호 (1975), p. 39.

베아트리스 디디에는 설명했다. "우리는 오로지 여성과 관련된 주제만을 견지한다는 구실로 자신을 제한하고, 여성을 생리학으로 환원시키는 위험을 무릅썼던 것은 아닐까? 그것 역시 여성을 틀에 넣고 제한하는 방법이다."[54] 그렇다면 여성적 글쓰기에 다가가고자 할 때, 어떤 진입 지점을 선택해야 할까?

줄리아 크리스테바는 1989년의 대담에서 어머니/딸의 관계에 초점을 맞추며 흥미로운 길을 제시했다. "여성의 창조에서, 어머니라는 대륙, 모성적 권위와 대면하는 일은 [⋯⋯] 어머니 이미지와 [⋯⋯] 극도로 폭력적인 대면을 전제로 한다."[55] 그런데 그것이 바로 마르그리트 유르스나르, 시몬 드 보부아르, 아니 에르노가 공유하는 문제의식이다. 특히 아니 에르노는 자신의 작품에 여성성을 기입하는 문제와 관련하여 이 점을 강조했다. 그녀의 글쓰기는 "여성과 여성의 조건, 예를 들어 어머니/딸의 관계와 같은 특수성들을 포함한다."[56]

아마도 어머니에 대한 애도의 글쓰기 속에서, 비할 데 없는 명철함으로 모녀관계의 양가성을 되살리는 바로 그 애도 속에서 여성적 글쓰기의 경계를 찾을 수 있을 것이다. 그렇지 않더라도 최소한, 험난한 시도로서 그것의 한 형태가 될 수 있을 것이다. 21세기 초, 신선했지만 결국 결론을 내리거나 결정적일 수는 없었던 수많은 시도 이후에 여성적 글쓰기의 구성요소들을 분명하

54   베아트리스 디디에, 『여성으로서의 글쓰기』, p. 6을 참조하라.

55   프랑수아즈 반 로섬 기용, 「줄리아 크리스테바와의 대담Entretien avec Julia Kristeva」, 『아방가르드Avant-garde』, 4호(Amsterdam: Rodopi, 1990); 『비평가의 심장, 뷔토르, 시몽, 크리스테바, 식수』에 재수록, pp. 181~82.

56   피에르루이 포르Pierre-Louis Fort, 「아니 에르노와의 대담Entretien avec Annie Ernaux」, 『더 프렌치 리뷰 The French Review』, 5호, 76권(2003년 4월), p. 987.

게 밝히는 일은 불가능해 보였다. 최근 수년간 자주, 고정된 경계와 엄격한 성별 구분을 의문시하는 다공성多孔性의 시대라 인식된 만큼 더욱 그러하다. 여성적 글쓰기라는 불확정적 개념의 유효성 역시 이 영향에서 자유롭지 않았다. 흔들리고 불안정한 개념인데 더해 남성적 글쓰기라는 잠재적 분신에 대한 문제 제기까지 덧붙여져야 했을 것이다.

지난 30년간 급증해온 비평 텍스트들에도 불구하고 여전히 "여성적 글쓰기"를 포착하기 어렵고, 그것의 실재를 과학적이고 엄격한 방식으로 입증할 수 없다는 것이 드러난다면, 이때의 난점은 사용된 용어에 기인한다고 봐야 하지 않을까? 여성적 글쓰기에 대해 말한다는 것은 너무 많은 것을 껴안는 행위, **사실상** 잘못 파악하는 행위가 아닐까?

"트랜스페미닌" 글쓰기를 향하여

우리는 좀더 신중하게 연구의 대상인 세 작가가—단언하거나 너무 일반화하지 않는 방식으로, 저작물 전체가 아닌 선택한 작품들 내에서—포착하기 어려운 여성적 글쓰기가 아니라, 아마도 운이 좋다면 그렇게 부를 수 있을, "트랜스페미닌transféminine" 글쓰기에 속한다는 것을 보여줄 것이다. 어쨌거나 그것이 우리가 옹호하고자 하는 가설이다.

분명 '트랜스trans-'라는 접두사가 그 자체로 음색이나 미학적 면에서 이점은 없지만, 그럼에도 초점을 정확히 가리킨다는 강점은 있다. 자신을 '트랜스페미닌'으로 만드는 글쓰기, 바꾸어 말해 여성성을 '가로질러' 쓰는 글쓰기, 그것은 단순히 주체와 대상이 여성이라는 것(쓰는 여성으로서의 저자와 쓰이는 여성으로서의 어머니)뿐만 아니라, 텍스트가 구상되고 스스로 질문을 제기하게 만드는 토대관계가 매우 특별하게 여성적(어머니/딸의 관계)이라는 이유에서 그렇다. 따라서 '트랜스'는 '맞닿음, 접촉, 몰입'으로 이해될 '통하여au travers'의 의미를 띠게 된다. 하지만 접두사의 이점은 그 역동성에 있는데, 그것은 동시에 '넘어서au-delà'의 의미로, 즉 필수적이지만 끝은 아닌 횡단의 의미로 이해할 것을 전제로 한다.

즉 세 텍스트는 여성적 세계를 향한 잠수이고 '검은 대륙'에 대한 분명한 탐구라는 데 이론의 여지가 없지만, 여기에서 더 나아간다. 작품들이 특별하게 여성적인 경험에 속한다고 해서 그 경험에만 집중하며 여성성을 요구하거나 낙인찍는 것은 아니다. 반대로 감정적 측면에서 인간, 즉 공통의 감수성의 영역에 도달하기 위해 남성성과 여성성의 엄격한 경계를 넘어서는(비록 그 기반이 여성적인 것이라 할지라도) 어떤 운동 공간이, 벌어진 틈과도 같은 것이 존재한다.

"트랜스페미닌" 글쓰기는 생식기관이나 성적인 차이를 요구하는 부류에 속하지 않는다. **불가피하게** 여성적인, 그런 경험을 이야기한다는 것은 목표가 아니라 강점이라 할 수 있고, 바로 그 경험이, 그것의 범위 안에서 여성중심주의의 한계를 극복한다.

*

마르그리트 유르스나르, 시몬 드 보부아르, 아니 에르노에게서 어머니에 대한 애도를 작품화하는 방식은 당연하게도 큰 차이를 보인다. 많든 적든 정서에 초점이 맞춰지고, 애도가 분명하게 드러

36

나며, 고통이 표출된다. 따라서 애도의 글쓰기의 다양한 양태를 분명하게 보이기 위해 각각의 작가에 한 장章씩을 할애할 것이다. 시간의 순서에 따라[57] 마르그리트 유르스나르로 시작하여, 시몬 드 보부아르를 거쳐 아니 에르노로 끝맺는다.

그렇지만 연구가 칸막이 쳐지듯 구획되지 않도록, 각 작가에게 반드시 거쳐야 할 통과 지점인 "죽음의 장면"(혹은 "타나토스의 장면")을 4장에서 분석한다. 특히 죽음의 장면이 애도의 글쓰기를 정초하고 근본이 되는 하나의 계기임을 보게 될 것이다. 그 과정의 끝에서 "여성적 글쓰기"에 대한 물음과 관련하여 애도의 글쓰기를 다시 정의하는 일도 가능할 것이다.

---

57 선택된 작품들의 출판 연도가 아닌 작가들의 출생 연도를 의미한다.

1장

마르그리트 유르스나르,
또는 은밀한 애도

마르그리트 유르스나르는 『뭐? 영원이라고?』에서 자신의 어린 시절 내내 반려견이었던 독일산 개, 트리에의 죽음을 말한다. 병든 개는 "가축이 너무 오래 극심한 고통을 겪을 때 끝내는 방식대로 [……] 귀에 권총 한 발을 맞고"[1] 쓰러졌다. 「어린 시절의 파편」이라는 글은 전부, 반려견의 죽음과 어린 소녀[2]의 감정에 관한 서술에 바쳐졌다. 글은 소녀가 자신의 이모에게 보냈던 편지를 옮겨 적으며 끝난다. "이모께. 제가 무척 슬프다고 말씀드리려고 편지를 써요. 가여운 내 개, 트리에가 죽었기 때문이에요." 이어 마르그리트 유르스나르는 다음과 같이 강조한다. "이렇게 우연히 단 하나의 메시지가 시작되었다. 그것은 결국 내 최초의 문학적 글쓰기이고, 그것으로 만족할 수도 있었다."

이상하다. 단지 짧은 편지 구절인데, 마르그리트 유르스나르

[1] 마르그리트 유르스나르, 『뭐? 영원이라고?*Quoi? L'Éternité*』(Paris, Gallimard, 1991), p. 1345.

[2] 파스칼 도레Pascale Doré는 『유르스나르 또는 참을 수 없는 여성성*Yourcenar ou le féminin insoutenable*』(Genève: Droz, 1999)의 3장에서 "여기서 말하고 있는 고통이 마르그리트 글쓰기의 최초 흔적"이라고 강조한다.(p. 60)

는 그 구절을 "문학적 글쓰기"라고 규정한다. 이러한 규정은 "문학적 글쓰기"를, 드넓은 폭을 지닌 총체로 보려고 하는 일반적인 의미에서는 부적합해 보일 수 있다. 그런데 이런 부적합성이 오히려 상실, 즉 죽음과 글쓰기의 관계, 우리 연구의 주요한 관계에 집중하게 만드는 장점이 있다.

게다가 마르그리트 유르스나르는 트리에의 상실을 자신의 글쓰기의 기원으로 삼을 뿐 아니라 ("내 최초의 [……] 글쓰기") "그것으로 만족할 수도 있었다"라는 문장의 명확한 역설에서 보듯, 자기 작품의 중심축에 둔다. 그러니 평범하게 보면, 마르그리트 유르스나르는 그 주제가 아니고선 결코 다른 것을 쓸 수 없었고, 작가라는 직업에 과감히 뛰어들 수 없었다고 이해할 수 있다. 위의 구절에서 어떻게 유르스나르의 모든 문학적 시도가 죽음과 글쓰기 사이의 관계를 토대로 구축된 것이라는 기호로 보지 않을 수 있겠는가?

잠시 문장의 구조를 논의해보자. 인사말("이모께")과 서두의 짧은 보류("제가 [……] 말씀드리려고 편지를 써요") 외에 본질적인 모태는 다음 문장이다. "제가 무척 슬프다고 [……] 가여운 내 개, 트리에가 죽었기 때문이에요." 정보는 두 단계로 전달된다. 처음 단계에서는 분명한 형태로 슬픔이 표현된다. 이어 두번째 단계에서는 종속절의 형태로 이 감정의 원인이 전달된다. 애도의 글쓰기는 여기에서 가장 단순한 표현으로 귀착된다. 상실과 명확한 정서를 기반으로 한, 상실을 문자로 옮겨 쓰는 일의 결합.

하지만 비록 그녀가 자신의 글쓰기를 상실의 기호 아래 두고 있기는 해도 그녀의 인생 최초의 상실은 어머니의 상실인데, 마르그리트 유르스나르는 1974년 『세상의 미로Le Labyrinthe du monde』

라는 유명한 자서전 3부작에서 비로소 어머니의 상실에 대해 쓰게 된다. 역설일까? 반드시 살펴볼 일이다. 애도? 은밀한 애도, 우리는 그렇다는 것을 밝히게 된다. 그리고 연대순으로 보아서『경건한 추억들』이 애도의 두번째 작품이었고, 이것이 최초의 어머니, **생물학적** 어머니에 대한 애도였다면, 애도의 첫번째 작품은 표현할 수 없고 특히나 밝힐 수 없었기 때문에 말할 수 없는 애도를 위한 것이었고, **환상의** 어머니에 대한 애도였다고 할 수 있지 않을까?

I.『경건한 추억들』, 은밀한 애도

　　『경건한 추억들』은 제목부터 명백히 죽음과 결부된 관점으로 이어진다. 왜냐하면 그것은 부고를 알릴 때 인쇄되어 나오는 짧은 자료들을 가리키기 때문이다. 구체적 의미는, 마르그리트 유르스나르의 다음과 같은 설명으로 알 수 있다. "경건한 추억은 미사 경본 사이에 끼워 넣을 수 있을 정도로 작은 크기의 종이를 뜻한다. 앞면에는 하나 또는 몇 개의 기도문과 성화가 있고, 각각의 기도문 아래에는 아주 작은 활자로 그 기도로 인해 연옥에 있는 영혼들이 얻게 될 면죄부의 연도, 월, 날짜, 시간의 정확한 표기가 있었다. 뒷면에는 성서나 기도문, 짧고 열렬한 기도에서 뽑아낸 인용구 몇 개와 고인에 대한 추억을 담아 **신**에게 청원하는 글이 있다."(741쪽)

　　복수複數적 의미를 지닌 제목이 말해주듯, 마르그리트 유르스나르는 이 작품에서 여러 개의 '경건한 추억들'을 환기시킨다. 어머니 페르낭드(741~42쪽), 할머니 마틸드(807쪽), 할아버지의 형제인 옥타브(869쪽), 이모 조에(889쪽), 그리고 가스통의 추억을 회상하고 할아버지 아르튀르(904쪽)의 추억으로 끝을 맺는다. 작품의 대부분은 이와 같은 기억의 환기를 동반한다. 어떤 부분에서는 간결하게 언급할 뿐이고, 반면 어떤 부분에서는 훨씬 길게 이어간다. 어머니 페르낭드의 추억은 『경건한 추억들』에서 많이 다루어진다.

마르그리트 유르스나르는 페르낭드에 관한 "경건한 추억"이 "흔한 경건함"을 담고 있다면서 "눈에 띄지 않는" 것이라고 규정한다. 반대로 그녀의 아버지가 작성했을 것이라고 추정되는 뒷면의 두 문장은 더 각별하다.

> **이제 없다고 울어서는 안 된다. 전에는 있었기에 미소 지어야 한다.**
> **그녀는 언제나 최선을 다하려고 애썼다.** (742쪽)

마르그리트 유르스나르는 두 문장에 긴 문체론적 설명을 덧붙인다. 그녀의 설명은 이 문장들의 약점, 특히 두번째 문장의 우스꽝스러움을 강조한다.

> 미셸은 확실히 누군가에 대해, 그는 최선을 다했다는 말이 사람들이 할 수 있는 최상의 찬사라고 느꼈던 것이다. [……] 하지만 문장은 어색하게 위축되었다. "그녀는 언제나 최선을 다하려고 애썼다"라는 문장은 페르낭드가 최선을 다하지 않은 때도 있었다는 인상을 준다. 이러한 찬사를 읽은 친구들이나 친척

들 중 몇 명은, 거짓말하고 싶지는 않은 선량한 남자가 자기 직을 떠난 사람 그리고 특별히 칭찬할 만한 재능을 찾아볼 수 없는 어떤 사람에게 부여하는 '증서'와 유사한 것을 발견할 게 분명하다. 문장은 우월감을 드러낸다고 할까, 아니면 감동적이랄까 그렇다. 므시외 C***는 문장이 감동적이기를 바랐다.(742쪽)

이어지는 여백은 분명히 나름의 의미가 있는데, 마르그리트 유르스나르는 위 문장이 우월감을 드러낸다고 여긴다. 관례적인 표현을 최대한 무시하고, 가족을 서로 비교함으로써 느낄 법한 불쾌감을 빠짐없이 강조하면서 드러내려고 애쓴 것은 바로 이런 측면이다. 그럼에도 불구하고 거의 역설적이다 싶은 방식으로 책 전체가 향하는 애도의 대상은 바로 페르낭드이다. "경건한 추억"이라는, 우회적인 다루기, 간결한 언급은, 더 진지하고 미묘한 방식으로 그런 흔적을 남긴다. 마르그리트 유르스나르가 몰두한 흥미로운 실험은 훨씬 심오한 애도의 작업을 감추고 있다.

페르낭드의 부재: 결여?

「분만」[3]의 마지막 장에서 마르그리트 유르스나르는 자신을 낳고 열흘 후에 돌아가신 어머니의 상실에 영향을 받지 않았다고 말한다.

나는 어머니를 일찍 여의는 일이 언제나 재앙이라거나 어머니를 잃은 아이는 평생 결여의 감정을 겪거나 부재하는 어머니

---

3   '분만L'Accouchement'은 『경건한 추억들』의 1부 제목이다.

에 대한 그리움을 느낀다는, 흔히 인정되는 주장에 반대한다. 적어도 내 경우는 상황이 다르게 전개되었다.(744쪽)

같은 장의 앞부분에서 내놓은 이 지적은 중요하다. 흔히 그렇듯 마르그리트 유르스나르는 여기에서도 자신의 작품이 수용되는 방식을 통제하고, 독자의 확대해석을 막고, 부당하게 여겨지는 해석을 피하고 싶어 한다. 앞서 본 그녀의 주장은 어머니의 부재로 인한 고통이나 정신적 외상에 대한 생각을 거부한다. 게다가 문제는 저자의 고백에서 자주 되풀이되는 주제, **라이트모티프** *leitmotiv*에 관한 것이다. 1977년의 한 대담에서 그녀를 낳은 직후 어머니가 돌아가셨다는 단순한 사실로 인해 그녀를 마치 어머니의 사형집행인처럼 대하는 장 몽탈베티의 상당히 잔인한 질문에 ("당신 어머니께서 당신을 낳고 열흘 후에 돌아가셨으니 당신은 어머니를 모릅니다. 살아오는 동안 당신이 태어남으로써 어머니를 죽게 했다는 일종의 죄책감 같은 감정을 한 번이라도 느껴봤는지요?")[4] 유르스나르는 다음과 같이 아주 차분하게 대답한다.

나는 어떤 죄책감도 느끼지 않았습니다. 왜냐하면 그 일은 너무 일찍 일어났고, 누구에게나 일어날 수 있는 일처럼 여겨졌기 때문입니다. 그리고 내게 어머니는 구체적인 사람으로 존재

---

4 장 몽탈베티Jean Montalbetti, 「몽데제르섬의 마르그리트 유르스나르—"나는 정치에서 멀어졌다: 본질은 다른 곳에 있다Marguerite Yourcenar dans son île de Mont-Désert: "Je me suis éloignée de la politique: l'essentiel est ailleurs"」(1977), 모리스 델크루아Maurice Delcroix가 엮고 주해한 책 『목소리의 초상*Portrait d'une voix*』(Paris: Gallimard, 2002)에 수록, p. 190.

하지 않았기 때문이지요. 아버지는 그리움에 젖어 살지 않으셨고 어둠을 환기시키는 분이 아니었답니다.

1979년 말 베르나르 피보는 그녀에게 다시 어머니의 '결여'에 관한 질문을 던졌는데, 대답은 비슷하다.

결여라는 말은 전혀 중요하지 않다고 생각합니다. 극도로 몽상적인 성격의 사람이라면 몰라도, 우리가 한 번도 본 적이 없는 사람에게 애정을 품거나 마음이 흔들리는 일은 없지요.[5]

이런 반복된 질문 때문에 결국 작가는 짜증이 났는데, 어머니의 부재에 관한 여러 차례의 대담에서 그녀가 내놓은 즉각적이고 격렬한 답을 보면 알 수 있다.

어머니는 내가 태어나고 겨우 일주일여 만에 돌아가셨어요. 만약 내가 어머니의 '부재'에 괴로워했다면, 내가 기이하게 조숙한 아이였다는 뜻이겠지요. 그거야말로 기적이었을 테고요![6]

5　　베르나르 피보Bernard Pivot, 「베르나르 피보 마르그리트 유르스나르를 만나다 Bernard Pivot rencontre Marguerite Yourcenar」, 『목소리의 초상』, p. 231.

6　　프랑수아즈 뒤쿠Françoise Ducout, 「마르그리트 유르스나르와의 대담Entretien avec Marguerite Yourcenar」, 『엘Elle』(1981년 1월 14일)을 파스칼 도레가 『유르스나르 또는 참을 수 없는 여성성』에서 인용, p. 24. 이 신랄한 답은 마르그리트 뒤라스가 1984년 아버지에 대해 말한 것을 떠오르게 한다. "나는 아버지의 부재로 고통받지 않았어요. 어떻게 한 번도 보지 못한 사람이 떠났다고 고통받겠어요?" 이 말은 『뒤라스 읽기Lire Duras』(Lyon: Presses Universitaires de Lyon, 2000), pp. 41~61에 수록된 「아버지—오랜 부재Le père: une aussi longue absence」라는 논문에서 뒤라스 아버지의 부재에 관한 연구를 했던 클로드 뷔르줄랭Claude Burgelin이 인용한 것이다.

만약 독자와 비평가들이 끊임없이 이 문제를 재론한다면, 그 것은 분명히 루소를 무의식적으로 차용하는 것이다. 왜냐하면 루 소는 자기 입으로 직접 어머니의 상실이 던져준 무게를 강조하면 서 자서전(『고백록』)을 시작하기 때문이다.

나는 어머니께 목숨을 빚졌다. 내가 태어난 것이 내 불행의 시초였다. [……] 아버지께서 내게 '장자크, 네 어머니에 대해 말 해보자'라고 말씀하시면, 나는 "어휴 뭘요! 아버지, 우리는 그럼 울고 말 텐데요"라고 답했다. 이 말만으로도 아버지는 이미 눈물 을 찔끔거리셨다.[7]

하지만 마르그리트 유르스나르는 어머니의 부재를 정신적 외상으로 다루는 전통을 따르지 않는 것처럼 보인다. 무엇보다 본인이 그러기를 원하지 않는다.

페르낭드의 작품 속 현존

경건한 추억

어머니의 부재가 중요하지 않다고 끊임없이 되풀이 해 말하면서도, 『경건한 추억들』은 그녀의 어머니를 중심으로 구 성된다. 작품의 구성은 은연중에 어머니가 주된 주제라는 사실을 입증한다. 어머니가 작품의 1부와 마지막 부에서 압도적인 존재

---

7   장자크 루소Jean-Jacques Rousseau, 『고백록*Les Confessions*』(1765~70), 1권 1부.

감을 드러내는 것이 주된 증거이다.[8]

작품의 1부는 저자에 대한 언급("내가 나라고 부르는 존재는 1903년 6월 8일 어느 월요일 세상에 태어났다")으로 시작하는데, 이것은 이 탄생이 페르낭드의 죽음으로 귀결되는 극적인 상황을 더 잘 돌아보기 위해서이다. 사실 작품 전체가 페르낭드의 죽음을 중심으로 구성된다. 누구의 관심도 끌지 못하는 처지의 갓 태어난 여자아이를 희생시키고, 페르낭드가 첫번째 자리를 차지한다.

작품의 마지막에서도 페르낭드는 여전히 작품의 중심축에 놓이는데, 한결 가벼운 방식으로 다루어진다. 왜냐하면 마지막 부에서 페르낭드를 고찰envisage하기 위해 채택된 관점이 죽음이 임박한 시기가 아니라 그녀의 유년기와 청소년기이기 때문이다. 결론 부분에서 드러나는 페르낭드의 역할은 마르그리트 유르스나르가 부여한 제목 "페르낭드"로 인해서 한층 강화된다. 이 마지막 부에서 임신한 페르낭드의 초상은 심지어 아주 차분하고 밝은 느낌으로 완성된다.

대서양을 가로지르는 다리 위에 서 있는 여행자처럼 그녀는

8　책의 중심을 차지하는 두 개의 장에서 페르낭드에 관한 언급이 없다 해도 간접적인 방식으로 연결되어 있는 셈인데, 거기에서 논의되는 사람들이 외가의 조상, 페르낭드의 조상이기 때문이다. 1974년 6월 30일 마르트 라미에게 보낸 편지에서 마르그리트 유르스나르는 『경건한 추억들』에서 페르낭드가 가장 중요하다고 강조한다. "나는 어머니와 어머니의 가족에게 바치는 '경건한 추억들'이라는 제목의 책을 막 끝냈어요." 이후 미셸 사르드Michèle Sarde · 조제프 브라미Joseph Brami · 엘리얀 드종존스Elyane Dezon-Jones 협업으로 출간[마르그리트 유르스나르, 『친구들과 다른 몇 사람에게 보낸 편지들 Lettres à ses amis et quelques autres』(Paris: Gallimard, 1995/1997), p. 514].

테라스에 있는 긴 소파 위에 누워 있다. 테라스에서는 연초록 물결이 넘실거리는 평원 저쪽에 희미한 수평선이 보인다. 아니라고 해도 그렇게 보인다고 치자. 하늘에는, 이 지역들에서 17세기의 전투 화가들이 그렸던 것과 비슷한 장엄한 구름들이 가득 떠다닌다. 페르낭드는 담요를 덮고 책을 한 권 무심히 펼친 채 그녀의 발아래 웅크리고 있는 트리에를 쓰다듬는다. 시간의 스크린 위에 내 얼굴이 구체화되기 시작한다.(943쪽)

다시 1부로 오면, 초점이 점진적으로 변한다. 주된 주제가 마르그리트 유르스나르에서 페르낭드로 이전한다. 페르낭드의 죽음에 관한 이야기[9]가 정점의 자리를 차지한다. 그녀의 죽음이 너무나 강렬하게 환기되기 때문에 얼핏 보아서는 '출생의 이야기'가 '사실상 죽음의 이야기'로 된 것 같다. "분만"이라는 제목이 전제하는 출생의 주제는 페르낭드의 죽음으로 무화無化까지는 아니어도 적어도 전복된다. 페르낭드가 결국 서술의 진정한 목적이라는 사실이 드러나는데,[10] 죽은 어머니가 지닌 본질적 무게를 증명하는 것이다.

---

9 베아트리스 디디에, 「자서전 속 탄생에 관한 이야기—『경건한 추억들』Le récit de naissance dans l'autobiographie: *Souvenirs pieux*」, 『마르그리트 유르스나르—전기, 자서전*Marguerite Yourcenar: biographie, autobiographie*』(Actes du colloque de Valencia,1986/ Universitat de Valencia, 1988), p. 150.

10 안이본 쥘리앙Anne-Yvonne Julien, 『마르그리트 유르스나르 또는 나무의 기호 *Marguerite Yourcenar ou la signature de l'arbre*』((Paris: PUF, 2002), "결국 페르낭드의 죽음은 아이의 탄생을 죽음의 그림자로 완전히 덮은 것이다."(p. 227)

탄생 이야기의 전복

마르그리트 유르스나르는 자신의 출생을 다루면서 이 순간을 결코 경이로운 단계로 변형시키지 않는다. 비평가들이 종종 주목했던 것처럼, 출생의 순간과 연결된 자료들은 시시하고 보잘것없는 차원으로 축소되어 다루어진다.[11] **첫 구절**은 출생의 날짜와 시간을 가리키고, 출생 장소를 명확히 드러내며 혈연관계를 명시하는데, 바로 뒤에서 "그 자체로는 아무런 의미 없는 사실들"이라고 격하된다. 그러니 **선험적으로도**, 독자가 작품에 대한 관심 축으로 찾아내야 할 것은 출생의 기쁨이나 신비가 아니다.

이러한 **서두**에 뒤이어 오는 지면들은 독자에게 그런 사실을 말해준다. 애초부터 페르낭드의 임신은 아주 긍정적인 방식으로 다루어지지 않는다.

나는 페르낭드의 세세한 감정들은 잘 알지 못한다. [……] 그녀에 관해 내가 알고 있는 것들을 고려해보면, 모성이라는 욕망이 그녀와 미셸이 생각했던 것만큼 심오한 것인지도 의문이다. 페르낭드가 젖을 먹이는 농부의 아내를 보거나 미술관에서 화가 로렌스의 아이들 그림을 보고 이따금 했다는 말들을 고려하면 그렇다.(717쪽)

11　카를리에C. Carlier, 「작가의 탄생La naissance d'un écrivain」, 『유르스나르 연구 국제 학회Bulletin de la Société internationale d'études yourcenariennes』, 6호(1990), p. 34 참조. 더불어 베랑제르 드프레Bérengère Deprez, 「유르스나르 작품에 나타난 아이의 욕망 Le désir d'enfant dans l'œuvre yourcenarienne」, 『마르그리트 유르스나르, 글쓰기, 모성, 창조주Marguerite Yourcenar, écriture, maternité, démiurgie』(Bruxelles: P.I.E.-Peter Lang, 2003), p. 131, 페르낭드에 관한 내용이 담긴 페이지, pp. 183~92 참조.

여기에서 "모성이라는 욕망"은 단번에 그 깊이를 의심받고 무의식적 모방에서 유래한 것처럼 제시된다. 그러므로 마르그리트 유르스나르는 모성적인 본능[12]이라는 말에 깊이 자리한 어머니의 이미지를 구축하지 않는다. 반대로 페르낭드의 모성은 개인적인 실행의 문제가 아니라 오히려 사회적 필요에 더 속하는 경우다. "모성은 이상적인 여성을 구축하는 부분이고, 이상적인 여성은 모성을 표현하는 상투적인 표현들로 그려졌다. 결혼한 여자는 어머니가 되기를 원해야 할 의무가 있었다."(717쪽) 앙케트 조사원 같은 역할을 하는 서술자는 이런 취지에 부합하는 모든 기호들을 검토하고 제시한다. 가령 "자신의 임신을 자매들에게 (모든 면에서 조언자였던 잔을 제외하고) 최대한 늦게"(718쪽) 알린 어머니의 상태는 임신의 기쁨이 부재한 것이라고 주장하는 경우가 그렇다. 이어 작가는 즉각적으로 간결한 판단을 덧붙인다. "[……] 그것은 모성의 기쁨에 취한 젊은 여성의 행동으로 보이지는 않는다."

페르낭드가 자신의 임신에 대해 열광하지 않았다는 사실이 정당화될 수 있음을 인정해야 한다. 그녀가 처한 사회 문화적 환경에서 임신이 "경건하고 자신의 의무를 아는 여자가 체념 속에

---

[12] 모성 본능은 평가절하된다. "모성 본능은 흔히 인정하는 것처럼 그렇게 절대적이지 않다. 모든 세기를 거쳐 소위 특권층의 여자들은 별 부담 없이 자신의 자식들을 유모나 하층민에게 위탁하기 때문이다. 편의 때문이든 부모의 사회적 위상 때문이든 예전에는 비전문적이고 부주의한 하녀들에게, 오늘날에는 개성 없는 보육 교사들에게 맡긴다. 다른 책들에서도 모성에 대한 평가절하가 보인다. 이 주제에 관해서는 조지안 사비뇨Josyane Savigneau, 『마르그리트 유르스나르, 생의 발명Marguerite Yourcenar, l'invention d'une vie』(Paris: Gallimard, 1990/1997), p. 391에서 말하는 디안 드 마르즈리 Diane de Margerie와의 일화를 참조하라.

서 지고 갈 십자가"와 같았다면(717쪽), 그녀의 고유한 가족 환경에서는 단순한 십자가 그 이상이었고, 십자가의 길과 같은 차원에 속한 무엇에 가까웠다. 페르낭드의 모계를 보면 출산과 관련된 시기에는 전부 위험이 따랐다.

페르낭드의 어머니는 열 달의 임신 기간 동안 녹초가 된 상태였고, 그녀가 태어난 지 1년 뒤에 '치명적인 질병'을 앓다 돌아가셨다. 다시 아이를 가진 것이 치명적인 질병의 원인이었던 것으로 보인다. 페르낭드의 할머니는 스물한 살이 되던 해에 산욕열로 돌아가셨다.(718쪽)

여러 세대에 걸쳐 있었던 비극적인 사건들이 간결한 문장으로 압축되어 이 모계 혈통에서는 임신과 분만 과정, 심지어 출산 이후에도 언제든지 죽게 될 수 있다는 사실을 강조하며 출생의 고통스러운 무게를 부각시킨다. 모계의 여자들이 임신으로 인해서 끊임없는 위험에 직면하는 일이 되풀이되자 위협의 잠재성이 강화된다.

낮은 목소리로 가계의 여자들에게 전달되는 민간전승의 일부는 난산, 죽은 채 태어난 아이들의 이야기, 세례를 받기 전에 죽은 아이들, 젖몸살 때문에 신경이 곤두선 젊은 어머니들의 이야기이다.(718쪽)

그러므로 [출산의] 위험은 끝없이 상기되고, 이 모든 것은 페르낭드가 자신의 임신을 정말로 기뻐하지는 않았다는 사실을 강조한다. 그래서 작품은 다가올 출생을 축하하는 데 집중하는 대신, 장차 어머니가 될 사람의 두려움에 집중한다. 『경건한 추억들』 1장에서 페르낭드가 자신의 모계를 짓누르는 운명을 벗어나지 못한 사실이 드러나며 이 두려움은 **사후적으로** 정당화된다.

"분만이 다가올수록 경건하고 흥미롭지만 상투적인 이야기들은 매우 단순한 감정, 즉 두려움을 남겼다"고 서술자는 쓴다.(718쪽)

명백한 전복이다. 아기를 기다리는 것과 전통적으로 연결된 긍정의 감정은, 다른 감정들을 망라하고 빼앗아 없애버리는 단 하나의 부정적인 감정, "두려움"으로 바뀐다. 심지어 아기의 존재도 그 자체로 느껴지지 않는다. 페르낭드는 "구토, 불쾌감, 자신의 내부에서 자라고 곧 태어나게 될 어떤 것의 무게와 어린 피조물 사이에 아무런 관계도 성립시키지 않았다. 어린 피조물은 밀랍으로 만든 예수상이 지닌 매혹과 비슷하고, 레이스 장식이 달린 옷과 수놓은 모자들을 이미 소유한 존재였는데도 말이다." "어떤 것"이라는 막연한 표현의 사용은 찾아올 아이에 대한 어머니의 무심함을 상징적으로 보여준다. 아기가 태어나게 되면, 작품은 어머니와 아이의 불일치를 계속 깊이 파고든다. 태어나면서 아기는 "어머니와 분리되는데"(722쪽), 자신이 낳은 아기를 마주한 페르낭드가 보인 최초의 움직임은 이 측면에서 상징적이다.

어머니는 더 이상의 피로를 감당하기에는 너무나 기진맥진한 상태여서 사람들이 아기를 보여주자 고개를 돌렸다.(722쪽)

작품의 서술자는 이와 같이 페르낭드의 첫번째 몸짓을 거부의 몸짓, 더 나쁘게는 비非승인의 몸짓으로 만든다. 공간적 구성은 아이의 최초의 분리를 더 강화한다. "사람들은 갓난아이를 작은 옆방에 있는 하늘색 새틴으로 만든 멋진 요람에 두었다." 집 안의 여자들도 갓난아이의 고립에 마찬가지의 태도를 보이는 것으로 그려진다.

이따금 그 여자들 가운데 한 명, 아니면 마담 아젤리가 요람으로 힐끗 눈길을 주고는 서둘러 부인이 있는 곳으로 돌아간다.(725쪽)

"부인"이 확실히 모든 관심을 받는 주체이다. "통통한 여자아기"(722쪽)였던 아기와는 전혀 다르게 어머니는 위독한 상태다. 마르그리트 유르스나르는 페르낭드가 했을 법한 생각을 너무 나쁘게 상상해버렸기 때문에, 결국 「분만」의 마지막 부분에서는 어머니에게 아기가 아무런 실질적 중요성을 지니지 못했다고 강조하기에 이른다.

31년 4개월이라는 실존의 시간 동안 내가 어머니에 대해 생각한 것은 기껏해야 8개월 남짓일 뿐이다. 어머니에 대해서 먼저 드는 생각은 불확실함이고, 이어지는 생각은 희망, 불안, 의심이다. 몇 시간 남짓의 고뇌. [……] 사람들은 그녀가 남기고 떠날 아기의 운명에 대해 잠시나마 걱정했을 것이라고 여겼지만, 그녀를 사로잡은 것은 아기인 나의 미래라기보다는 자신의 임박한

죽음이었을 게 분명하다.(740쪽)

마르그리트 유르스나르에게는 분명히 긍정적인 감정보다 부정적인 감정이 압도적이고, 페르낭드의 최후의 시간들은 새로운 생명의 중요성보다는 임박한 죽음으로 채워졌다.

그러니 「분만」에서 출생은 오직 죽음과 연결되어서만 고려된다. 출산 이전, 출산하는 동안, 출산 후가 다 그렇다. 출산 이전, 임신에 따르는 치명적인 위협 때문이다. 출산하는 동안 출산이 극도로 위중한 양상으로 전개되기 때문이다. ["아름다운 침실이 마치 범죄의 현장 같았다."(721쪽)] 출산 이후 페르낭드가 떨어지지 않는 산욕열 때문에 열흘 만에 죽기 때문이다. 그러니 출생보다 페르낭드의 죽음이 훨씬 더 장면의 전경을 차지하는 것이다.

애도의 글쓰기?

결여의 부정

어머니와의 접촉은 잠깐이었고, 그 접촉도 정서적인 것이 아니라 육체적인 것이었다["나는 몇 달 동안 그녀의 몸에서 양분을 얻어 자랐지만, 내가 그 사실을 통해 얻은 지식은 교과서의 진실처럼 차가웠다"(739쪽)]. 유르스나르는 어머니를 실질적으로 알 기회도 없었지만, 앞서 본 것처럼 작품은 첫번째 자리를 어머니에게 부여한다. 그것도 작품의 서두에서부터 그렇다. 게다가 마르그리트 유르스나르가 부재하는 어머니와 맺을 수도 있었던 관계에 대해 자문하는 것은 사소한 일이 아니다. 하지만 역시 어머니/딸의 관계에 대해 많은 환상을 품지는 않는다.

나는 그녀를 사랑했어야 하는가? 이것이 우리가 겪어보지 못했던 사람에 관한 질문이라면 서둘러 대답할 수 없다. 상황을 전부 고려해보면, 먼저 나는 아이들 대부분이 그렇듯이 이기적이고 산만하게 그녀를 사랑했을 것 같다. 이어 성인들이 자신의 어머니를 사랑할 때 그러하듯이 무관심으로 인해 점점 더 약화되기는 하겠지만 자주 다투면서, 습관적으로 형성된 애정으로 그녀를 사랑했을 것 같다. 나는 불쾌하게 만들려는 것이 아니라, 있는 그대로를 직시하기 위해서 이렇게 쓴다.(745쪽)

『경건한 추억들』에서 페르낭드가 차지하는 대단히 중요한 위상과 결합된 질문을 제시하는 것만으로도 상실이 무의미하지 않고 마르그리트 유르스나르가 스스로 생각하는 것보다 훨씬 더 깊이 각인된 것을 보여준다.[13] 여러 비평가들은 마르그리트 유르스나르의 진술이 부정의 기호 아래,[14] 주목할 가치가 있는 해석 아래 놓여 있다고 지적했다.

프로이트는 부정을 "억압된 사유나 재현의 내용으로서 [······] 부정을 당하는 경우에는 의식 위로 길을 낼 수 있다"[15]고 설명한다. 라플랑슈와 퐁탈리스는 "주체가 그때까지 억압해온 자신의 욕망, 생각, 감정의 하나를 공식화하며 그것이 자신에게 속한다는

---

13 카롤 알라망Carole Allamand, 『마르그리트 유르스나르, 어머니에 대한 악의적 글쓰기Marguerite Yourcenar, une écriture en mal de mère』(Paris: Imago, 2004)에서도 마찬가지로 강조한다. "제목만 봐도 어머니의 죽음을 다룬 작품인데, 시작 부분에서 드러내는 이런 식의 무관심은 얼마나 미덥지 못한가."(p. 14)

14 파스칼 도레, 『유르스나르 또는 참을 수 없는 여성성』, pp. 19~37.

15 지크문트 프로이트, 「부정La négation」(1925), 『결과, 개념들, 문제들Résultats, idées, problèmes』 II, 2판(Paris: PUF, 1987), p. 136.

사실을 부정하면서 계속 자신을 방어하는 과정"[16]에 대해 글을 쓰면서 부정의 과정을 요약한다. 마르그리트 유르스나르가 "어려서 어머니를 잃는 일이 언제나 재앙이라거나 아이가 자신의 어머니와 떨어지게 되면 일생 동안 결여의 감정을 느끼고 부재하는 어머니에 대해 그리움을 느낀다는 식으로 흔히 듣게 되는 말을 거짓"이라고 반박할 때『경건한 추억들』에 담긴 확언, 여기에서 작용하는 근본적인 확언은 그야말로 정확하지 않은가? 어머니와의 관계에서 유지되는 거리[17]에도 불구하고(어머니를 대체한 존재들에 대한 회상),[18] 발화된 내용은 정확히 어머니의 결여를 표현했다고 볼 수 있다.

저자의 확언과 달리, 만약 어머니의 결여를 가정하고 이 부정의 주제를 받아들이면,『경건한 추억들』은 애도의 글쓰기라는 관점으로 보게 된다. 그러나 그것은 부정(이를테면 "나는 애도의 작품을 쓴 것은 아니라고 인정한다")의 주제 아래 작동하고, 은연 중에 전달될 뿐이라는 점에서 특별한 애도이다. 물론 이 작품의 애도는 상실(마르그리트 유르스나르는 어머니가 어땠는지 알 길이 없었다)과 관련된 것은 아니고, 결여와 관련된 것이다. 작품은 바로 이 결여, 즉 또 다른 형태의 상실─변함없는 상실─에 집중

16   장 라플랑슈·장베르트랑 퐁탈리스,『정신분석 용어들 *Vocabulaire de la psychanalyse*』(Paris: PUF, 1967/1998), p. 112.

17   유르스나르는 페르낭드를 결코 '엄마'나 '어머니'와 같은 말로 부르지 않고, 대단히 거리를 두고서 "마담 C***"와 같이 단지 일반인을 지칭하는 식으로 부르거나 페르낭드처럼 대단히 중립적인 호칭을 쓰는데, 이는 파스칼 도레가『유르스나르 또는 참을 수 없는 여성성』에서 "정서에 얼음 입히기glaçage"라고 부른 것이다(pp. 39 이하 참조).

18   "바르바라야말로 내가 일곱 살 때까지 엄마 대신이었다. 그녀가 엄마였고, 내가 겪은 최초의 괴로움이 페르낭드의 죽음이 아니라 하녀였던 바르바라의 떠남이었다는 사실을 알게 될 것이다"라고 유르스나르는 썼다(『경건한 추억들』, p. 744).

한다. 사후의 그리고 작품의 현존으로 인해 어머니의 결여를 보충하면서 애도가 완성된다. 이것은 어머니와의 분리, 더 정확히 말하자면 어머니의 결여와의 분리를 뜻한다. 체험된 상실의 부재는 작품을 통해서 다시 헤아려지는데, 사실 그것이 작품의 첫 번째 목표이고, 그로 인해 사람들은 출생(마르그리트 유르스나르)의 이야기가 죽음(페르낭드)의 이야기로 변형되는 것을 더 잘 이해한다. 『경건한 추억들』에서 드러낸 애도에는 애정의 흔적이 없고, 고통으로 인해 깊어진 것이 아니라 저자가 고백하려는 것보다 더 의미심장한 애착의 대상인 어머니와 결정적으로 분리될 필요성에 따라 행해진 냉담한 애도다.

어머니에 대한 애도(그러므로 진실로 가능한 단 한 가지, 어머니의 결여를 애도함)는 『경건한 추억들』을 쓴 뒤에 완성된 것처럼 보인다. 『세상의 미로』의 구조가 그 증거이다. 『북쪽 지방의 고문서들』이나 『뭐? 영원이라고?』에서 페르낭드는 거의 문제가 되지 않는다. 물론 이 책들에서도 페르낭드는 이따금 모습을 보이지만 아주 빠르게 스쳐가는 방식이다. 비록 『뭐? 영원이라고?』가 미완성이어도, 우리는 그 책에서 빠진 지면들이 어머니와 관련된 것이 아님을 안다. 그럼에도 유르스나르가 『경건한 추억들』을 통해 어머니에 대한 작별을 고했다는 점에서 어머니에 대한 애도는 책을 통해서 마무리되었다. 이 작품에서 유르스나르는 자신의 조상에 대해 이야기하는 부분조차도 거의 전적으로 어머니에게 할애한다.

내포된 애도/대위법

작품이 은연중에 애도의 문제적인 성격에 사로잡힌

것처럼, 마르그리트 유르스나르는 자신의 것이 아닌 다른 애도를 겹쳐놓는다. 그러나 그녀는 간접적으로 그 체험을 하고 글을 쓴다. 이 애도는 실질적으로는 사랑한 사람을 상실한 데에서 비롯된 것으로『경건한 추억들』에서 애도의 글쓰기라는 은밀한 공간을 창출하는데, 거기에서는 글쓰기가 어머니에 대한 애도를 뒷받침하거나 보충했다. 그것은 옥타브나 페르낭 피르메를 통해 전환된 방식으로 행해진다. 그 이야기는『경건한 추억들』의 3부「불변의 지역을 향해 떠난 두 명의 여행자」에 서술된다.

옥타브 피르메와 페르낭(레모라고 불린다)은 마르그리트 유르스나르 할아버지의 형제들이다. 페르낭이 동생인데 28세의 나이에 자살한다. 형인 옥타브는 그에게 책(『레모, 형제의 추억 *Rémo, Souvenir d'un frère*』)을 써서 헌정한다(844쪽).『경건한 추억들』1장에서 마르그리트 유르스나르는 옥타브가 죽어가는 그의 삼촌 루이 트루아의 침대 머리맡으로 찾아가는 이야기로 시작한다. 그리고 점차 죽은 형제의 모습이 첫번째 자리를 차지한다. "삼촌이 겪는 단말마의 고통이 단번에 그를 다른 고통의 중심으로 데려간 것 같았다"(818쪽)라고, 유르스나르는 옥타브의 생각을 상상하며 썼는데, 여기서 다른 고통은 바로 레모의 고통을 뜻한다. 마르그리트 유르스나르는 옥타브의 글쓰기를 토대로 콜라주 양식으로 임종의 고통에 대해 이야기한다. "이어지는 지면들은 하나의 몽타주이다. 진정성을 고려해, 나는 옥타브의 책에서 글을 가져와 가능한 한 그가 독백하게 만들었다." 여기에서 중요한 부분은 옥타브가 자기 형제의 죽음에 관한 글을 쓴 것이고, 마르그리트 유르스나르는 "옥타브가 자신의 형제에게 실물과 유사한 초상을 그려주고 동시에 비극적인 장례의 추도사를 한다는 의도를 성공적으로 실행"(848쪽)했다고 강조한다. 옥타브는 자신의 의도대로 레모를 애도했지만, 마르그리트 유르스나르는 페르낭드를 제대로 애도할 수 없었다. 그녀는 사진을 보고 초상을 그릴 수 있었을 뿐이고 추도사는 불가능했고 생각조차 할 수 없었다.

이 부분에서 마르그리트 유르스나르는 자신처럼 "지나간 일에 관해 명상하기"를 좋아하는 선대의 작가에게 다가선다. 그녀의 조상은 박학한 사람으로 그려진다. "더할 나위 없이 박학하고, 그가 살던 시대에는 아주 드물게 박학했다."(845쪽) 그녀 역시 마찬가지인데, 그녀의 작품은 모든 장르를 충족시키고 반박 불가능한 박식함을 보여준다. 그녀의 조상도 "하인들의 전언을 통해서"(818쪽)만 "동생의 마지막 순간들"을 알았다. 그녀가 페르낭드의 마지막 순간들을 전언으로만[19] 듣고 안 것과 마찬가지다. 유사점들은 당황스럽다. 물론 마르그리트 유르스나르와 그녀의 친척 할아버지인 옥타브 사이에 표면적인 동일성은 없다. 반대로 유르스나르는 이 무명작가[20]의 결핍, 약함, 결점을 지적한다. 그러나 두 사람은 죽음과 관련된 시도에서 서로 일치한다. 유르스나르가 자신의 글 중심에 옥타브의 글을 삽입하는 것은 유사점을 확인하는 것 이상의 의미이다. 그녀는 옥타브가 "레모를 위한 추모집"(825쪽) 저자의 권한을 갖도록 승인하고, 대리인 자격으로 옥타브의 진정한 애도의 글쓰기를 도왔다. 옥타브와 페르낭의 관계

19　마르그리트 유르스나르는 『경건한 추억들』에서 "간접적으로 전해진 기억들과" "짧은 편지들이나 비망록의 지면들에서 발견한 사실들"에 대해 분명하게 말한다.(p. 708)

20　시몬 프루스트Simone Proust, 『마르그리트 유르스나르의 『세상의 미로』에 나타난 자전적 요소, 정신적 훈련으로 경험한 글쓰기 L'Autobiographie dans «Le Labyrinthe du monde» de Marguerite Yourcenar. L'écriture vécue comme exercice spirituel』(Paris/Montréal: L'Harmattan, 1997), pp. 109 이하 참조.

를 통해서 그녀는 은연중에 자신과 페르낭드의 관계를 체험하기에 이른다. 옥타브와 페르낭, 페르낭드와 마르그리트. 죽은 사람들의 이름이 지닌 발음의 유사성은, 우연에 지나지 않은 것이라고 해도 이 결합을 강화한다.²¹

여기에서 일종의 전환이 이루어진다. 페르낭드에 관한 유르스나르의 애도의 글쓰기는, 어머니에 관한 애도의 책 속에 포함된 옥타브의 페르낭에 관한 애도의 글쓰기를 가져옴으로써 결여가 보충된다.

"어머니의 결여"에 대한 저자의 부정에도 불구하고 『경건한 추억들』은 "애도의 글쓰기"에 속한다는 것이 잘 드러난다. 마르그리트 유르스나르가 제대로 알지 못했던 어머니에 대한 애도가 아니라 어머니의 결여 자체에 관한 애도이다.

마르그리트 유르스나르는 『경건한 추억들』에서 어머니와 더 잘 분리되기 위해서 어머니에게 다가간다. 다가가기, 과연 그렇다. 어머니에게 느끼는 친밀함은 작품 안에서 여러 번 되풀이되면서 부각되기 때문이다. 저자는 「분만」에서 "어머니의 존재를 포착하고 이야기하기 위한 현재의 노력으로 인해, 지금까지 없었던 페르낭드를 향한 공감으로 가득 찼다." "어머니 역시 그들을 살아가게 하거나 되살아나게 만들기 위해서 저자가 자신의 핵심을 공유했던 상상이나 현실의 인물들과 같다"(745쪽)고 썼다. 더구나 알지 못했던 인물인 어머니에게 다가가 불가능했던 관계를 대체하고 반전시켜 가상의 긴밀한 관계를 만들면서 어머니를 자

---

²¹ 카롤 알라망, 『마르그리트 유르스나르, 어머니에 대한 악의적 글쓰기』, pp. 107 이하 참조.

신의 딸처럼 만든다.

> 시간의 흐름이 우리의 관계를 뒤바꾼다. 나는 1903년 6월
> 18일 당시의 어머니 나이보다 두 배 이상 나이를 먹었다. 어머니
> 를 향한 나의 관심은 제대로 이해하지 못한 채 최선을 다해 이해
> 하려고 애써야 할 딸을 향해 갖는 관심과도 같았다.(745쪽)

아니 에르노와 시몬 드 보부아르와 마찬가지로[22] 어머니/딸
의 관계의 전복이 이루어진다. 애도의 글쓰기를 통해 어머니에게
생명을 주면서 딸이 자신의 어머니의 어머니가 된다. 애도의 글
쓰기에서는 딸들이 자신들의 어머니의 어머니가 되는 일이 아주
흔하다. 애도는 최초의 관계와 첫번째 역할에 관한 애도이기도
하다.

그러므로 어머니에게 다가가는 일은, 결국 어머니와 분리되
는 일, 어머니에게서 벗어나는 일이다. 수용된 애도의 끝에서처럼
말이다.

그러나 마르그리트 유르스나르 작품에서 자주 드러나듯이,
내기에 대한 뚜렷한 취향과 심화된 통제 의지로 인해서 모든 것
은 예상보다 더 복잡하다. 비록 『경건한 추억들』, "가짜-자서전"[23]

---

22 이 책의 p. 26~27 참조.

23 피에르루이 포르, 「자아의 저자, 탄생에 관한 작품과 작품의 탄생 Auteur de soi.
Œuvre de naissance et naissance de l'œuvre」, 『마르그리트 유르스나르, 1903년 6월 8일 어
느 월요일 Marguerite Yourcenar, Un certain lundi 8 juin 1903』(Paris: L'Harmattan/Centre
Roland Barthes, 2004)에서 베랑제르 드프레는 이 지면들의 문제적 성격을 강조하고 그
런 특성이야말로 "가짜-자서전"에 부합한다고 한다. "[세상이라는] 미로는 자서전이
아니라 가짜-자서전이다."(p. 66) 안이본 쥘리앵은 "불분명한 자서전"에 대해서 말한

이 페르낭드에 관한 은밀하고 고백되지 않은 애도의 책이라는 사실이 드러났지만, 유르스나르 작품 중 어머니에 관한 애도를 그린 유일한 책은 아니다. 『경건한 추억들』보다 훨씬 앞서 나온 작은 시집에서 애도를 찾아내야 하는데, 마찬가지로 숨겨지고 은밀한 형태지만 어머니에 관한 강박적인 애도가 담긴 작품은 1930년에 처음 발표된 『알키페의 애덕』이다.

II. 『알키페의 애덕』—소네트와 애도

『알키페의 애덕』(시집의 첫번째 작품의 제목을 따른 것)은 대단히 다양한 특성을 드러낸다. 아주 긴 작품이 있는가 하면, 아주 짧은 작품이 있고, 애가, 소네트, 풍자시, 서정적인 단시, 2행시까지 있다.

초판은 1956년에 나왔고, 마르그리트 유르스나르의 분노를 야기했다. 그녀는 작품 결과물과 편집자의 몇 가지 선택에 대해 불만을 표시했고, 출판되어 나온 책들을 주저 없이 직접 수정했다. 초판은 곧 절판되었고,[24] 28년 후에 새로운 판본이 간행되었다.

두번째 판본에는 여러 가지 변화가 있었다. 1956년의 작품집은 3부로 나뉘었다. 1부는 「알키페의 애덕」, 2부는 「다양한 시

다(『마르그리트 유르스나르 또는 나무의 기호』, p. 213).

[24]　이러한 갈등에 관해서는 조지안 사비뇨, 『마르그리트 유르스나르, 생의 발명』, p. 80. 그리고 M. 고슬라르M. Goslar, 『유르스나르, 행복에 그토록 덤덤했었다Yourcenar, Qu'il eût été fade d'être heureux』(Bruxelles: Éditions Racines, 1998), pp. 223~24 참조.

편」, 3부는 「소네트」이다. 1984년의 재판본은 31편의 작품이 더해졌고, 부를 나누지 않은 채 훨씬 더 혼합된 방식으로 이어졌다. 하지만 「소네트」라는 분류가 사라졌는데도, 소네트 수는 1956년의 11편에서 1984년에는 32편으로 늘었다—작품 전체 시편의 절반 이상의 분량이다—1984년에 늘어난 시편이 총 31편인데, 그중 21편이 소네트인 것이다.

소네트들 중 1956년과 1984년의 판본에 모두 실린 소네트 하나가 유독 주의를 끈다. 모든 점에서 자기지시적이고 성찰적인 작품으로 「소네트」 자체에 관한 것이다. 시는 주제가 소네트이고, 형식도 소네트이며, 제목도 "소네트"[25]이다. 일종의 **아르스 포에티카**(*ars poetica*, 시론)를 구성하여 대단히 체계화된 시적 형식, 애도와 무관하지 않은 형식, 어머니에 관한 애도가 행해지는 형식, 즉 마르그리트 유르스나르가 의도한 방식을 포착할 수 있게 한다. 이 애도는 **생물학적** 어머니에 대한 애도가 아니라 **환상** 속의 어머니에 대한 애도이다.

추모의 시로 쓰인 소네트

마르그리트 유르스나르는 소네트를 많이 썼다. 1956년 판본과 1984년 판본의 소네트는 형식이 동일하지만, 『신들은 죽지 않았다』라는 시집에서는 상당히 다르다.[26] 그러나 서로 상쇄하는 것은 아니고, 두 시집의 변형은 상호 보완적이고 내용도 유사한데, 가능한 여러 주제 가운데서 사랑과 죽음을 내세운다.

---

25 마르그리트 유르스나르 『알키페의 애덕』, p. 55.
26 마르그리트 유르스나르, 『신들은 죽지 않았다*Les Dieux ne sont pas morts*』(Paris: Sansot, 1922), p. 129.

1922년의 시집이나 1956~84년 시집, 두 시집에 모두 실린 소네트의 4행시들은 저명한 인물들을 환기한다. 페트라르카와 로라에 대한 참조, 롱사르와 카산드라에 대한 환기, 미켈란젤로와 「콜로나의 눈물」에 대한 암시. 사랑과 상호주체성의 측면이 강조되고, 소네트는 사랑하는 여인을 향한 말처럼 구현된다.

시는 두 가지 버전에서 똑같이 소네트라는 대상과 죽음 사이에 관계를 만든다. 첫번째 1922년 시집의 3행시, "**추억**의 신비로운 상자여,/ 애도와 욕망, 영광과 시간의/ 기념품"에서 볼 수 있는 것처럼 소네트를 통해서 연결된다. 두번째 1956~84년 시집의 3행시에서도 죽음은 과거의 기억, "무덤들 사이로 난 길"처럼 여겨지는 소네트를 통해서 환기된다.

> 우리가 무덤들 사이로 난 길을 다시 지나갈 때,
> 열네 마리의 백조, 아니면 열네 마리의 비둘기들,
> 열넷의 천사가 서서 과거를 돌아본다네.

이 시의 중심에 **에로스**와 **타나토스**가 놓이는데, 마르그리트 유르스나르는 뛰어난 역량으로 소네트를 작품 공간에 자리한 무덤처럼 만든다.

『알키페의 애덕』의 전체 시편들은, 소네트를 무덤처럼 만드는 **아르스 포에티카**의 심오한 반향이다. 소네트의 하위 그룹들이 중요한데, 여기서는 1956년 판본에서 1984년 판본으로 가는 과정에서 드러나는 특징인 전체적인 분산과 다르게 통일성이 유지된다. 1956년 판본의 "죽은 자들을 위한 다섯 편의 소네트"라는 제목의 시는 1984년 두 개의 소네트가 더해져서 「죽은 여인을 위한 일곱 편의 시」가 된다.

　「죽은 여인을 위한 일곱 편의 시」의 중심에는 현실로 존재하는 무덤과 작품 공간의 무덤 사이의 내밀한 접속을 확인하는 시행이 하나 있다. "나의 후회는 무덤 모서리에 부딪힌다."("Ⅲ. 나는 망설일 줄만 알았다……"의 11행) 시의 문맥을 살필 때 "무덤"이라는 단어는 구체적인 무덤과 문학적인 무덤을 동시에 가리키는 것으로 이해될 수 있다. 이 시행은 소네트와 무덤의 관계에 확증을 더해준다.

「죽은 여인을 위한 일곱 편의 시」

이졸데에서 잔까지

　『알키페의 애덕』에 다시 싣기 전에 이 소네트들은 1930년『자필 원고』라는 문학잡지에 "죽은 이졸데를 위한 일곱 편의 시"[27]라는 제목으로 실렸다. 마르그리트 유르스나르는 트리스탄과 이졸데의 신화를 환기함으로써 유명한 사랑 이야기를 암시했다. 하지만 우화로서가 아니라—일곱 편의 시에 그런 흔적은 전혀 없다—사랑과 죽음이 동시에 결합된 주제로 소환되었는데, 이는「소네트」의 지침에 부합하는 **에로스**와 **타나토스**의 오래된 결합이었다.

　1956년에는 두 편의 작품이 삭제되어「**죽은 자**들을 위한 다섯 편의 소네트」가 되었다. 하지만 편집에서 작품의 제목을 수정하기 위해 한 페이지 분량이 변형된다. 즉 다섯 개의 소네트 서두

27　마르그리트 유르스나르, 「죽은 이졸데를 위한 일곱 편의 시Sept poèmes pour Isolde morte」, 『자필 원고Le Manuscrit autographe』, 27호(1930년 5~6월), pp. 85~88.

(제목도 없고 순서를 매긴 번호도 없는 원고)에서 (편집자의 추측을 따른) **"죽은 자들을 위한"**이라는 제목은 **"죽은 여인을 위한"**이라는 제목으로 바뀐다.

1956년 판본의 제목은 실수처럼 보인다. "소네트"라는 정확한 표현을 대신하여 "시"라는 총칭적 표현으로 이행하면서 추상화가 이루어졌다. 이것은 독자의 관심을 특정한 문학적 형식이 아니라 언어가 작품으로 구현되는 보편적인 서정의 차원으로 돌린다. 보완 과정에서 두 번의 변화만 있었다. 1930년의 "죽은 이졸데를 위한"과 1956~84년의 "죽은 여인을 위한"인데, 한결같이 죽은 사람을 가리키는 말이어도 훨씬 간결하게 바뀌었다. 마르그리트 유르스나르는 이졸데라는 특정 대상을 지우고, 중립적인 방향으로 나아간다. 사실은 그 시들이 실제로 가리키는 대상, 잔 드 피팅호프Jeanne de Vietinghoff를 더 이상 문학적인 암시 뒤에 숨기지 않으려는 방식이기도 하다.

잔 드 피팅호프: 비밀스러운 어머니

전기『당신, 마르그리트 유르스나르, 열정과 가면』에서 미셸 사르드는 작가의 삶과 작품에서 잔 드 피팅호프가 차지하는 중요성을 드러낸다. 미셸 사르드는 고인이 된 저자에게 말을 걸면서 다음과 같이 쓴다.

잔, 그녀는 기숙사에서 페르낭드의 가장 다정한 친구였습니다. 당신은 말했지요, 그녀는 미셸[28]이 가장 큰 사랑을 느낀 여인

---

28 미셸은 마르그리트 유르스나르의 아버지이다.

이었을 거라고요. 그녀는 당신의 전 생애 동안 인간적이고 여성적인 이상형을 구현한 사람이었지요. 그녀는 『알렉시*Alexis*』의 모니크, 『새로운 에우리디케*La Nouvelle Eurydice*』의 테레즈, 시 속 이졸데의 구현에 영감을 주었습니다. 이후에는 당신 작품의 가족 연대기에서 직접 그녀를 그려냈는데, 잔이라는 실제 이름으로 『뭐? 영원이라고?』의 거의 모든 자리를 차지합니다.[29]

미셸 사르드가 강조했듯이 잔은 다양한 이름으로 마르그리트 유르스나르의 작품들에 상존한다. 하지만 완전하고 전적으로 잔에게 귀속된 것은 단지 두 개의 글에서다. 「죽은 여인을 위한 일곱 편의 시」와 「디오티마를 추모하며―잔 드 피팅호프」인데, 하나는 1927년에, 다른 하나는 1928년에 썼다. 이는 모두 1926년 잔이 사망한 직후다.

「디오티마를 추모하며―잔 드 피팅호프」[30]는 1929년에 발표했는데, 마르그리트 유르스나르는 "잔을 전혀 모르는 사람들에게 잔의 재/유해가 품은 내적 열기를 느끼게"[31] 해주고 싶었다. 그리고 외관을 넘어, "이 장미의 핵심에, 달콤한 꽃받침의 본질(술잔의 바닥/깊은 곳)에 곧바로 이르도록"[32] 만들고 싶었다. 작가가 "마음

---

29 미셸 사르드Michèle Sarde, 『당신, 마르그리트 유르스나르, 열정과 가면*Vous, Marguerite Yourcenar, la passion et ses masques*』(Paris: Robert Laffont, 1995), p. 72.

30 마르그리트 유르스나르, 「디오티마를 추모하며―잔 드 피팅호프En mémoire de Diotime: Jeanne de Vietinghoff」, 『라 르뷔 몽디알*La Revue mondiale*』, 189권(1929~30년 2월 15일), pp. 413~18; 마르그리트 유르스나르, 『에세이와 회고록*Essais et Mémoires*』(Paris: Gallimard, 1991), p. 408.

31 마르그리트 유르스나르, 『에세이와 회고록』.

32 같은 책, p. 410.

씀씀이가 훌륭했던"[33] 이 여인을 찬양하기 위해서 강조했던 요소들은 영성, 감수성과 아름다움이다. 반면에 「죽은 여인을 위한 일곱 편의 시」에서는 작별에 집중하고, 잔을 알리기 위해서가 아니라 서정적인 방식으로, 애도의 체험을 글로 쓰기 위해서 고인에게 말을 건다. 여기에서 애도의 체험은 일종의 모성에 대한 애도이다. 사실 잔은 마르그리트 유르스나르에게 어머니와 같은 존재이다.

『뭐? 영원이라고?』에서 그녀는 다음과 같은 방식으로 혈연관계를 재협상한다.[34]

내가 나를 향해 고개를 숙인 아름다운 얼굴을 상상하고자 했던 이유는 바로, 내가 그 산책이 가족이라는 작은 세상에서 나를 멀리 유괴하는 행위, 일종의 **입양**이기를 바랐기 때문일 것이다.[35](1273쪽)

조금 뒤에서 그녀는 더 단정적인 어투로 다음과 같이 쓴다.

나는 페르낭드의 딸이 아니었다. 나는 그보다 훨씬 더 **잔의 딸**, 내가 태어났을 때부터 나를 돌봐주겠다고 다짐했던 여인의 딸이었다.[36](1402쪽)

---

33 같은 책.
34 잔에 대해서는 베랑제르 드프레, 『마르그리트 유르스나르, 글쓰기, 모성, 창조주』, pp. 87 이하 참조.
35 강조는 저자의 것이다.
36 강조는 저자의 것이다.

서로 다른 판본으로 잔에게 바쳐진 이 시들은, 마르그리트 유르스나르의 생애(1929년에는 26세였고, 1956년에는 53세, 1984년에는 81세였다)를 규칙적으로 수놓는다. 그녀의 생애 내내 지치지 않고 다시 수정한 시들은 그녀 작품의 가장 중요한 조각이자 생의 일부로 여겨진다. 매번 새로운 판본의 시들이 수정되어 나왔는데, 시들을 형식적으로 분류하는 단계와 소네트 내용을 다듬는 단계에서 각각 수정이 이루어졌다.

다양한 변화들이 이루어지면서, 의심의 여지없이 가장 긍정적이라고 할 1984년의 최종 판본에 이르기까지 죽음의 수용을 향한 진전이 감지된다. 우리도 1984년 판본을 대상으로 할 것인데, 이 판본이 마르그리트 유르스나르가 최종적으로 재검토한 상태이기 때문이다. 이 판본은 이전의 판본들보다 훨씬 더 잔의 사망에 대해 수용적인 상태를 입증해주는데, 이는 애도 작업의 최종 단계에 속하는 것이기도 하다.

애도와 시

애도의 작업 이상으로, 그러나 여전히 애도와 맞닿은 상태로, 「죽은 여인을 위한 일곱 편의 시」는 우리에게 "애도의 길"에 대해 말하도록 이끈다. "애도의 길"이라는 용어는 시의 분류가 변해가는 양상을 강조하며, 뿐만 아니라 텍스트 자체에서 언급된 것이다.

사실 애도의 진전은 지시적인 의미의 산책과 비지시적 의미의 산책 사이의 결정 불가능한 혼합 속에서 지속적으로 이루어진다. 그것은 동사의 형태일 수도 있고 ('오다' I, '나아가다' '도착하다' Ⅱ, '달려오다' '여행하다' Ⅲ과 Ⅶ, '걸어가다' Ⅶ), 명사의 형태일 수도 있는데('대로' Ⅲ, '오솔길' Ⅲ, Ⅵ, Ⅶ), 이 연작시는 이동의 의미를 가리키는 용어들로 가득하다.

소네트를 상세하게 검토하기 전에도 우리는 "오솔길"이라는 용어가 두 번 나오는 것을 단번에 포착할 수 있다. 하나는 세번째 소네트에 있고, 다른 하나는 끝나기 직전인 여섯번째 소네트에 있다. "나는 아주 오랫동안 나의 고독한 오솔길을 따라왔네." (Ⅲ. 3행) "오솔길을 따라 내가 도달한 곳은 바로 당신의 부드러운 품이었네."(Ⅵ, 9행) "고독한" 길이라고 한 첫번째 길은 지시적인 의미인 동시에 추상적인 의미로 이해될 수 있다(산책이라는 틀에서 보면 구체적인 길일 수 있고, 인생의 흐름이라는 틀에서 보면 추상적인 길일 수 있다). 두번째 "오솔길"은 추상적 해석을 향해 방향을 전환한다. 이동의 의미들이 도처에 있고 정신적 차원을 향해 진화하면서 시의 분류 속에서 이루어지는 "진전"에 대해 자문하게 되고 이 "길"이 어떻게 구체화되는지를 묻게 된다. 그러므로 우리가 한 걸음 한 걸음 따라가고자 하는 것은 바로 "애도의 길"이고, 그 길에서 각각의 소네트는 고인이 된 여인을 환기시키고 시인의 정서를 표현하면서 무덤이 된다.

"애도의 길"

일반적인 애도에서 개별적인 애도로

애도의 길은 지극히 비非개인적인 방식으로 시작된다. 「죽은 여인을 위한 일곱 편의 시」 중 첫번째 시("Ⅰ. 우리를 기다렸던 사람들……")에는 "나je"라는 표현이 전혀 없다. 대신 "우리nous"라는 표현이 있는데, '우리'라는 말에서 서술자는 불분명한 집단 속으로 사라지고, 가까운 이의 죽음에 상처받은 사람들 중 하나가 된다. 이 소네트는 이와 같이 죽은 사람들과 살아남은 사람들 간의 관계를 성찰하는 일반성을 획득한다. 그것은 일종의 독자의 호의를 얻기 위한 **캅타티오 베네볼렌티아이**_captatio benevolentiae_로, 애도의 체험이 아니라고 해도 적어도 죽음에 의해 야기된 작별에 관한 성찰에 독자를 포함시키고 참여시키는 수사학적인 역할을 수행한다. 이러한 작별의 표현은 시의 7행과 8행 한가운데서 정점에 이른다.

> 산 자들은 죽은 자들을 듣게 만들 수 없다네,
> 죽음, 찾아온 죽음은, 우리를 결합시키지 않은 채 연결하네.

7행에서 "죽은 자들"이라는 명사가 부각되는데, 8행의 시작과 중간 휴지의 위치에 "죽음"이라는 단어가 있어 강조되는 것과 마찬가지다. "죽음"이라는 명사로 텍스트의 공간을 가득 채우는 두 개의 행은 시의 핵심에 회복 불가능한 분리의 특성을 부여한다.

앞서 인용한 행에서 드러난 소통 불가능성에 대한 확신은, 시의 마지막 3행에서, 7행의 '듣다entendre'에 조응하는 13행의 '듣다écouter'라는 단어의 사용에서 되살아난다.

> 산 자를 무시하는, 아니 침묵을 강요당하는 죽은 자들은,
> 듣지 못하네, 신비의 어두운 문턱에서,
> 우리가 우는 소리를 [……]

죽은 자들이 듣지 못하는 상황임에도 시인의 언어는 소네트 안에서 계속 펼쳐진다. "너무 늦게 내지른 비명"(10행)을 뚫고 나오는 말, "우리"라는 방어벽을 벗어난 말, 서술자의 개별성을 긍정하는 말, 고통의 표지와 다른 표지 아래 분리를 생각하는 말.

두번째 소네트는 무엇보다 발화의 순서를 바꾸면서 중요한 전환을 맞는다. 이 시에서 ("Ⅱ. 여기에 꿀이 떨어진다⋯⋯")는 앞선 시의 "우리"와 구분되는 정확한 주체와 앞서 환기된 "죽은 자들"이라는 불분명한 집단에서 벗어난 특정한 고인이 등장한다.

시에서 "나"가 다섯 번 언급될 정도이다. 여기에서 문제가 되는 것은 소네트들에서 서술자의 개인적 현존을 만들어내는 최초의 기호들이다. 그러한 현존은 9행에서 신체의 일부를 환기시키는 표현으로도 똑같이 강조된다. "여기에 당신을 찾는 내 눈, 내 손, 내 발이 있습니다."

3행에서는 독특한 죽음의 형상이 나타난다. "당신은 [⋯⋯] 더 이상 미소 짓지 않으실 테지요." '그녀'가 아니라 '당신'이라는 대명사를 사용하는 것에 주목하면 흥미롭다. 왜냐하면 시는 그때부터 일종의 청원으로 이루어지고 앞의 시에서 환기한 죽은 자들의 듣지 못하는 상태에 과감히 맞서기 때문이다.

시의 1행에서 주어로 드러난 수신자는 부정문의 구조 속에 포함된다("당신은 사물의 아름다움에도 더 이상 미소 짓지 않으실 테지요." 3행). 이러한 부정문의 구조는 두번째 4행시의 서두에서 즉각적으로 되풀이된다("당신은, 눈을 감은 채, 더 이상 느끼지도 않으실 테지요." 5행). 죽음은 이렇게 수신자와 함께 환기된다. 소네트 전체에 보편적으로 존재하는 죽음은 소네트를 종결짓는 순간, 죽음을 확인하는 마지막 행에서 암시적으로 다시 나온다("당신이 살아 계셨을 때," 14행).

"I. 우리를 기다렸던 사람들……" "II. 여기에 꿀이 떨어진다……"의 연속에서 눈물, 분리, 사랑과 같이 이미 소집된 요소들이 되풀이된다. 되풀이는 의미의 차원이기도 하고, (I의 14행 '울다,' II의 6행 '울음,' I의 14행, II의 14행 '사랑') 주제의 차원이기도 하다. 예를 들면 첫번째 소네트의 처음 두 행이 그렇다. "우리를 기다렸던 사람들은, 기다림에 지쳤다/ 그리고 우리가 오리라는 사실을 알지 못한 채 죽었다." 이것은 두번째 시에서 다시 메아리처럼 울린다("나는 너무 늦게 당신을 찾아왔습니다. 나는 후회하고, 부러워합니다." 12행). 이 행은 '나'의 고통의 원천을 이루는 '놓쳐버린 만남'이라는 주제를 구현한다. 이 고통은 12음절 시의 뒷부분에서 **파토스**_pathos_의 양상을 드러내는 동사와 함께 "나"의 출현을 이끌어냄으로써, "나"의 현존을 확장시키는 단조의 리듬으로 운율을 생성하기에 더욱더 강조된다.

이렇게 "II. 여기에 꿀이 떨어진다……"의 두번째 부분에서는 "나"가 점점 더 많은 자리를 차지하는 경향을 드러낸다. 게다가 세번째 시에서는 시의 제목이기도 한 첫번째 행, "나는 망설일 줄만 알았다……"에서부터 "나"라는 대명사가 나온다. 그때부터 시 전체가 1인칭의 표지 아래 자리 잡는데, 특히 처음의 4행시에서는 행의 시작에서 세 번에 걸쳐(1행, 3행, 4행) "나"가 되풀이해 나온다.

언제나 상실과 후회에 사로잡힌 상태의 고통받는 "나"는 그럼에도 희망을 갖는데(이 희망은 뒤이어 오는 시에서 훨씬 더 강조된다), 사랑하는 여인과 비현실적인 일치를 이루리라는 희망이다. "만약 당신이 우리를 생각한다면, 당신의 심장은 우리를 가엾게

여겨야 한다."(13행)

그렇지만 이 소네트는 죽음과 "나" 사이의 강렬한 대응, 죽음이 나를 이기는 대응을 통해서, 죽음의 지고함을 영원히 기린다(소네트가 "나"/"당신"의 관계에 몰두한 이래로 최초로 죽음이라 말한다).

나는 묘비 모서리에서 회한에 부딪힙니다.
죽음은 덜 망설였기에 당신에게 이르는 길을 더 잘 알았습니다.(11~12행)

평온함을 향해

승리를 거둔 죽음은 네번째 시에서 다시 나타난다("Ⅳ. 사이프러스 나무들이 심겨 있는 과수원……"). 그러나 드러난 것은 바로 죽음에 대한 새로운 개념이다. 이제 앞선 시들처럼 지나치게 부정적인 개념, 단지 시인을 공격한 죽음, 분리하는 죽음이 아니다. 마르그리트 유르스나르가 20세 무렵에 입문한 불교의 영향으로 새롭게 다가온 죽음의 개념이다. 불교는 죽음을 유한한 것으로 다루지 않는다. 불교 사상에서는 결코 시작도 없고 끝도 없다. 우주에는 공간적인 끝도 존재하지 않고, 삶의 모든 형상들은 우주 도처에서 나타날 수 있다.[37] 삶과 죽음에 관한 이런 생각은 결구이자 앞선 시에서 나타난 희망의 느낌을 강화하는 시의

---

37 시몬 프루스트, 3장 「마르그리트 유르스나르의 신비에 나타난 불교적인 영감 L'inspiration bouddhique dans la mystique de Marguerite Yourcenar」, 『마르그리트 유르스나르의 『세상의 미로』에 나타난 자전적 요소, 정신적 훈련으로 경험한 글쓰기』, pp. 167~207.

마지막 두 행에서 아주 명료하게 나타난다. 하지만 비록 불확실한 것이기는 해도, 고인과 일치를 이룬다는 관점이 아니라 재생의 시작이라는 관점을 지닌 불교의 영향으로 생겨난 희망이라는 의미에서 차이가 있다.

> 사랑과 희망은 꿈꾸고자 노력합니다.
> 죽은 자들의 태양이 다른 생명들을 자라게 해주기를.

이 마지막 두 행과 앞 시의 마지막 행("불빛의 사라짐에 우리는 눈이 멀었다고 생각합니다") 사이의 불일치에 주목하자. 불과 빛이라는 두 개의 이미지가 시의 끝을 이룬다. "III. 나는 망설일 줄만 알았다……"에서 "불빛의 사라짐"은 죽음이 살아 있는 사람들을 눈멀게 만든다는 부정적인 관점을 보인다. 반면 "IV. 사이프러스 나무들이 심겨 있는 과수원……"에서는 바로 "불빛의 사라짐"에서 생성의 태양이 솟아오른다. 하나의 빛이 사라지는 것은 새로운 빛을 살리기 위함이고, 재생의 기호 아래 하나의 순환이 형성된다. 애도의 길에서 택한 긍정적인 측면은 마지막 행의 구조에서 그만큼 더 잘 느껴진다. 마지막 행의 구조는, 애도의 길에서 작동하는 진전된 움직임을 모방하면서, 앞의 반구半句에 나온 "죽은 자들"은 뒤의 반구에서 "생명들"로 이어진다.

애도의 길에서 나타나기 시작한 평온함은 죽음에 관한 관점이 더욱더 긍정적으로 드러나는 다섯번째 소네트에서 훨씬 더 강화된다. 작별을 수용한 사실을 환기한 이후(10행과 11행)에 시는 마지막 3행시에서 죽음에 관한 아주 부드러운 이미지로 끝을 맺는다.

죽음은 우리를 기다리고 있습니다. 그 안에서 우리를 재우기 위해서

당신의 오므린 팔 안에서 아이가 웅크리고 자는 것처럼

나는 영원한 생명의 심장이 뛰는 소리를 듣습니다.

죽음은 알레고리적인 표현 수단으로 모성적이고 평온한 양상을 띤다. 부드러움의 어휘와 모성적 보살핌의 이미지는 이어지는 시의 마무리에서 주된 역할을 한다. 시의 서술자는 비교 방식을 이용하면서 구체적인 작별에 대한 언급을 비켜간다. 그녀는 죽은 여인을 제2의 어머니 형상으로 만들고 자신을 어머니 품에서 보호받는 아이와 동일시한다. 보호받는 느낌을 강조하는 "웅크리고 자는"이라는 표현은 부드러움을 의미하고, 중간 휴지부에 위치해서 다정함이 더 두드러진다. 여기에서 환기되는 팔은 죽은 여인의 "팔"이고, "당신"이라는 소유 한정사의 사용으로 수신자에게 새로운 청원을 하는 것이 허용된다.

"팔"이라는 단어는 애도의 길이 시작된 이후로 세번째 나온 것이다. 앞서 두 번("I. 우리를 기다렸던 사람들……"의 3행에서 죽은 사람들의 다시 오므린 팔들과 "II. 여기에 꿀이 떨어진다……"의 4행에서 "곧 팔을 벌릴 것"같더니, 결국엔 오므린 사랑하는 여인의 팔)의 오므림은 죽은 사람들과 살아 있는 사람들 사이에 돌이킬 수 없는 단절을 가리키는 역할을 할 뿐이었다. 반대로 이 소네트에서는 "오므린 팔"이 더 이상 부정적인 양상을 내포하지 않고, 죽음의 수용을 향한 긍정적인 진전을 입증하면서 환대의 장소로 바뀐다. 이것은 물론 시의 서술자가 "영원한 생명의 심장이 뛰는

소리를 듣”게 해준 불교의 교리를 따른 까닭이다.

애도의 길에서 각각의 '소네트-무덤'은 상실의 두려움 속에서도 승리의 여정을 구성하고, 그 결과 서술자의 평온함도 점점 더 분명해진다.

이러한 평온함은 여섯번째 소네트에서 다시 강화된다. 평화로운 체념이 처음 나오는 4행시의 끝에서 표현된다. "가야 하는 것에는 그저 미소를 지어야 할 뿐입니다."(4행) 제한된 의미의 부정은 "세상의 무상함"[38]이라는 불교적 특성과 실제 상황에 직면해서 반드시 필요한 개방적인 태도를 다시 확인하는 구절에서 체념의 움직임으로 드러난다.

애도의 길은 비유적으로 행복한 종착지를 향해 가는 오솔길의 이미지와 더불어 훨씬 더 긍정적으로 표현된다. ("오솔길을 따라 내가 도달한 곳은 바로 당신의 부드러운 품이었네." 9행) 이 행은 특정한 구성 요소에 초점을 맞추게 되는 "바로 ~이다C'est ... que"라는 분리 형식을 사용하면서 강조된다.

초기의 소네트들에 나타나는 비탄은 끝에서 두번째 행에서 강조하는 체념과 더불어 분명하게 사라진다("나는 헛된 비탄으로 par une plainte vaine 혼란스러운 것을 원하지 않아요." 13행). 영원한 비탄의 부질없음은 마지막 행에서 형용사를 뒤에 놓음으로써 강조된다. 더구나 거기에서는 "나"가 최초로 자신의 의지를 표현하는데, 이것은 애도의 길을 따라가면서 제어가 시작된 표지이기도 하다.

시의 마지막에서 거의 약속처럼 침묵을 다짐하면서도, 서술

---

38 시몬 프루스트, 앞의 책.

자는 여전히 애도의 길을 따라가는데, 확신과 희망에 찬 확실한 평온에 이르기 위해서는, 열네 마리의 "비둘기", 열넷의 "천사", 열네 줄의 "시"[39]를 거쳐야 했다.

길의 끝: "당신을 따르겠습니다"

연작시의 마지막 소네트는 시의 길에서나 애도의 길에서 사실상 마지막을 차지한다. 이중의 여정을 종결지으면서, 이 소네트는 상을 당한 서술자가, 상실의 아픔에도 결국 고통을 극복하고 세상에서 자신의 자리를 되찾는 것을 보여준다.

소네트는 죽은 여인에게 건네는 말을 중심으로 구성된다. 우리는 첫번째 4행시의 서두에 나타난 "당신"이라는 단어가 첫번째 3행시의 서두에 나타나는 것을 볼 수 있다. 소네트에 보편적으로 존재하는 시의 수신자를 향한 호소가 8행시의 서두와 6행시의 서두에서도 반복되고, 시의 리듬을 이룬다. 더구나 이 소네트는 "당신은 당신의 영혼이 여행하고 있다는 사실을 결코 모르시겠지요"라는 구절에 특별한 위상을 부여하면서 "당신"을 중심으로 완전히 연결된 유일한 시다. "결코 ~이 아니다"라는 부정의 부사가 12음절의 앞쪽에 놓인 채, 사랑의 언어를 전달하는 일이 불가능하다는 사실을 환기시킨다. 그러나 이런 사실은 중요하지 않고, 서술자에게는 죽음이 끝이 아니고, 인간 존재가 분리의 고통을 극복해낸다는 사실이 중요하다.

잠시 마지막 두 개의 3행시에 대해 논의해보자. 이 3행시들은 마지막 소네트의 결론일 뿐만 아니라 「죽은 여인을 위한 일곱

---

39 마르그리트 유르스나르의 「소네트들」을 참조하라. 『알키페의 애덕』, p. 55.

편의 시」의 결론으로 읽을 수 있다.

> 당신은 결코 모르시겠지요, 내가 당신의 영혼을 안고 감을,
> 길을 걷는 나를 환히 비추는 황금 램프처럼,
> 당신 목소리 일부가 내 노래로 옮겨온 사실을.
>
> 부드러운 횃불, 당신의 빛, 부드러운 불덩이, 당신의 불꽃,
> 내게 당신이 걸었던 오솔길을 가르쳐줍니다.
> 당신도 조금은 살아 계신 것이지요, 내가 당신의 뒤를 이어
> 살아가고 있으니.

마지막 소네트의 9행은 1행의 주제를 되풀이한다. 죽은 여인의 영혼의 중요성과 이동의 주제다. 하지만 1행과 다르게 9행에서는 수신자("당신의 혼이 여행합니다")가 아닌 서술자["(나는) 안고 갑니다"]를 강조한다. "길을 걷는(en marchant, 앙 마르샹)"이라는 제롱디프[40]는 "노래(chant, 샹)"와 각운을 맞추고, 연작시를 시적인 애도의 길로 간주한 우리의 생각을 확인해주면서, 길의 여정과 시 사이에 내적인 관계를 만든다.

이 길의 끝에 이르면, 죽은 여인은 동반자 또는 안내자(이것은 "영혼"과 "나를 [⋯⋯] 비추는 황금 램프"의 유사성을 통해서 환기된다) 이상의 존재가 되어, 시인의 일부("당신 목소리[⋯⋯]가 내 노래로 옮겨" 왔습니다)를 이룬다. 죽은 여인에게 언어를 부여하는 우회적인 방식, "목소리"가 "노래"로 변형되는 지극히 서정적

---

40 제롱디프는 주어의 동시 동작을 표시한다. en+동사의 현재분사. (옮긴이)

인 방식을 따르면서다. 또한 꿈꾸었던 어머니의 모습이 딸의 꿈으로 이어진다고 말하는 방식, 모녀관계를 언급하는 방식이다.

마지막 3행시는 빛을 의미하는 "횃불" "빛" "불덩이" "불꽃"이라는 네 개의 단어를 사용해 타오르는 여인의 이미지를 다시 취한다. 12행의 "횃불"은 세번째 소네트("불빛의 사라짐에 우리는 눈이 멀었다고 생각합니다." 14행)를 연상시킨다. 여정의 끝에서 다시 사용된 빛의 은유는 첫번째 소네트 이후로 서서히 이루어온 변화의 결과이다. 애도의 길은 처음에는 어두운 길["신비한 방의 문턱에서"(I의 13행), "불빛의 사라짐에 눈이 먼" 것(Ⅲ의 14행)]에서 시작되었다. 이어 네번째 시에서부터 빛이 들기 시작해서("죽은 자들의 태양이 다른 생명들을 자라게 해주기." 14행) 일곱번째 소네트에서 형성된 빛의 정점을 비춘다.

행의 끝에 나온 "뒤를 이어 살아가고survis"라는 표현은 죽음에도 불구하고 삶과 죽음이 긴밀하게 혼합된 진정한 열림을 뜻하면서, 죽음에 대한 삶의 상징적 우위를 보여주고, 연작시 전체가 긍정적인 느낌으로 종결되는 효과를 낳는다. 마침내 견뎌낸 작별이라는 느낌, 시적인 애도의 최종 단계이다.

『알키페의 애덕』에서 죽음은 보편적으로 존재한다. 드문 경우를 제외하고는 모든 단편에서 죽음을 소환하는데, 죽음을 탐험하기 위해서든 죽음에 말을 걸기 위해서든 그렇다. 작품 구조 자체가 이러한 반복 속에서 연결된다. 죽음은 첫번째 시「알키페의 애덕」에서부터 강력하게 드러나고,「소환Intimation」[4]과 더불어 작품 전체가 완전히 끝날 때 여전히 다시 발견된다.

41 마르그리트 유르스나르, 『알키페의 애덕』, p. 79.

죽음이 다가온다, 죽음의 웅성거림

형제여, **친구**여, **그림자**여, 무엇이 네게 중요한가?

죽음은 우리가 빠져나갈 단 하나의 문

모든 것이 죽어버린 세상에서.

마르그리트 유르스나르가 시에서 노래하는 것은 바로 죽음이 스며든 이 세상이다. 죽음은 차례대로 비난받고, 수용되고, 승리를 거두고, 극복된다.

죽음, 죽은 사람들. 마르그리트 유르스나르는 고인들을 잊지 않는다. 그녀는 "우리를 떠난 소중한 존재들이 계속 우리와 함께 존재한다"고 생각하는지를 물었던 드니즈 봉바르디에에게 죽은 자들은 "기억은 물론, 생각과 그들을 향한 애정 속에서 계속 함께한다"[42]라고 답한다. 그들은 그녀의 글쓰기에서조차 점점 더 자리를 차지하면서 계속 함께한다. 『경건한 추억들』과 「죽은 여인을 위한 일곱 편의 시」를 비롯해, 가장 개인적인 작품 『알키페의 애덕』 전체가 물론 그렇다.

마르그리트 유르스나르가 가장 절실한 찬사를 바친 사람은 바로 잔, "특정한 관점을 넘어서는 탁월한"[43](107쪽) 여인, "지성과 여성적인 미덕의 모델"[44]이자 이상적인 어머니였던 인물이다. 유르스나르가 죽음과 작별에서 벗어나 차분한 수용에 이르게 된

---

42 드니즈 봉바르디에, 「마르그리트 유르스나르와의 대담」, 『마르그리트 유르스나르, 목소리의 초상』, p. 344.

43 마르그리트 유르스나르, 『친구들과 다른 몇 사람에게 보낸 편지들』, p. 526.

44 같은 책.

것은, 애도의 길 위에 뿌려진 보석들처럼 아름다운 무덤이 된 소네트들 덕분이다.

*

죽음에 대해 글을 쓰는 일, 더 정확히 말해서 누군가의 죽음에 대해 글을 쓰는 일은 마법적인 강신술[45]과 같은 시도이고, 『세상의 미로』에서 마르그리트 유르스나르가 자기 조상에 대해 한 말을 검토해보면, 대대로 내려온 관행처럼 보인다. 그녀의 증조모인 이레네 드리옹은 '선량한 고인들'이라는 문집을 만들었고, 종조부인 옥타브는 죽은 레모와 미셸에 대해 많은 지면의 글을 썼으며, 아버지인 미셸은 「고인들에게 바치는 서정 단시」를 썼다. 각 세대별로 작가 역할을 한 사람에게 죽음은 영감의 원천으로 간주되었다. 마르그리트 유르스나르는, 후세가 기억하는 유일한 작가로, 장례의 글쓰기라는 집안 전통에 속해 있다. "교훈적인" 목표가 있는 글을 썼던 이레네 드리옹과는 전혀 다르게, 그녀는 문학적인 의지를 공유한 미셸에 더 가까워 보이고, 특히 옥타브와 가깝다.

　　마르그리트 유르스나르는 옥타브의 뒤를 따라서 내밀한 범주 안에 있는 고인들에게 관심을 보였다. 이레네처럼 먼 고인들도 아니고, 미셸이 참조한 것 같은 불분명한 집단도 아니고, 바로 개인들, 개성을 지닌 존재들, 숭고하든지 실질적이든지, 고려해야 하는 어떤 순간에 살았던 가까운 존재들이 관심의 대상이었

45　이 표현은 마르그리트 유르스나르가 「불변의 지역을 향해 떠난 두 명의 여행자 Deux voyageurs en route vers la région immuable」에서 종조부인 옥타브에 대해 언급하면서 한 말이다. "나는 이런 낯선 시도가 강신술에 가깝다고 이해한다."(p. 841)

다. 잔이나 페르낭드처럼 말이다. 사실 잔과 페르낭드는 마르그리트 유르스나르의 삶과 연결된 전적으로 중요한 두 존재이다. 하지만 완전히 다른 방식으로 연결되어 있다. 애도의 글쓰기는 고인이 된 존재와 지닌 근접성의 정도나 관계의 영향을 느끼게 한다. 잔에 대한 애도는 숭고한 어머니를 향한 미학적 애도이다. 페르낭드에 대한 애도는 미지의 어머니를 향한 텅 빈 애도이다.

두 어머니에 대한 애도[46]는 작품 속에서 간결하고, 은밀하게, 비밀의 양식으로 구축된다. 『경건한 추억들』의 실제 목표의 비밀(작품은 비록 애도의 영역에 속한 것으로 밝혀지지만, 애도의 글쓰기가 아니라 자서전, 또는 모계 조상의 탐구이다). 두 어머니에 대한 애도가 「죽은 여인을 위한 일곱 편의 시」의 실질적 대상이라는 비밀. 마르그리트 유르스나르가 자신의 애도를 작품화하면서 거리가 필요했던 것처럼 말이다.

---

[46] 「죽은 여인을 위한 일곱 편의 시」가 비록 모성적 애도의 글쓰기라고 해도, 마르그리트 유르스나르와 관련해 이어지는 우리 연구는, 그녀의 생물학적인 어머니에 관한 애도의 책 『경건한 추억들』만을 기준으로 한다.

2장
시몬 드 보부아르,
또는 회복으로서의 애도

　　시몬 드 보부아르는 에세이 『노년』(1970)의 서문 첫 페이지에서 당대에 금기로 여겨지는 두 가지, 죽음과 노년을 부각시킨다.

　　미국은 어휘에서 **죽음**이라는 단어를 제거했다. 사람들은 잃어버린 소중한 것에 대해 말을 한다. 또한 그와 마찬가지로 미국은 노년에 관한 모든 언급을 회피한다. 현재의 프랑스에서도 역시 금지된 주제이다. 『사물의 힘 *La Force des choses*』의 마지막 부분에서 난 이 금기를 위반했고, 얼마나 심한 항의를 받았던가.[1]

　　『사물의 힘』(1963)을 출간하고 1년 후에 자기 어머니의 죽음에 헌정한 책, 『아주 편안한 죽음 *Une mort très douce*』(1964)을 출간하며 정면으로 비난한 것도 바로 이 같은 금기이다. 물론 시몬 드 보부아르가 이 책에서 처음으로 죽은 여인을 언급한 것은 아니다. 그녀는 『얌전한 처녀의 회상』(1958)을 자자Zaza[2]의 죽음으

---

[1]　시몬 드 보부아르, 『노년 *La Vieillesse*』(Paris: Gallimard, 1970), p. 7.

로 마무리 짓지 않았던가? 그렇지만 아주 편안한 죽음은 거의 전적으로 죽은 여인의 모습에 집중한다. 곧 죽게 될 여인, 어머니의 노년 초기를 다룬다. 그렇기에 이 책을 읽으면서, 그녀가 7년 후에 비판한 노년과 죽음이라는 두 가지 금기를 생각하지 않을 수 없다.

그러나 글을 쓰는 보부아르를 사로잡은 문제는 그것이 아니었다. 일반적인 차원의 성찰보다는 그녀를 괴롭히던 개인적인 고통이었다. 실제로 이 책에서 제일의 추동력은 대단히 내밀하다. 사실 이것은 애도의 책, 애도의 마음이 일어나 애도를 표하기 위해서 쓴 책이다. 『결국』에서 그녀는 써야만 했던 절박함, 거의 의무를 이행하듯 써야만 했던 절박함을 강조한다.

어머니는 병원으로 실려 왔다. 나는 어머니의 병, 어머니의 고통에 압도당했다. 어머니 장례를 치른 며칠 후에 갑자기 이야기의 제목, 에피그라프와 헌사獻詞를 비롯해서 이에 대해 이야기하겠다는 결심이 섰다.[3]

1964년 4월에 넬슨 올그런에게 보낸 편지는 『아주 편안한 죽음』의 글쓰기가 전적으로 애도의 지표 아래 놓였다는 사실을 마찬가지로 입증한다.

---

2   자자는 보부아르의 어린 시절 절친한 친구이다.(옮긴이)
시몬 드 보부아르, 『얌전한 처녀의 회상 Les Mémoires d'une jeune fille rangée』(Paris: Gallimard, 1958/1972), "우리는 우리를 노리고 있는 치욕적인 운명에 맞서 함께 싸웠고, 나는 오랫동안 내가 그녀의 죽음을 겪으며 자유를 얻었다고 생각했다."(p. 503)

3   시몬 드 보부아르, 『결국 Tout compte fait』(Paris: Gallimard, 1972/1978), p. 168.

나는 미친 듯이 글쓰기에 몰입하면서 내게 크나큰 충격을 주었던 그 이유를 당신에게도 좀 설명했지요, 어머니의 죽음에 관한 이야기를 시작했어요. 나는 그것에 대해 써**야만 했어요.** 그렇게 격렬한 충동을 따랐던 일은 결코 없었지요.[4]

시몬 드 보부아르는 이 책을 감싸고 있는 갑작스러움과 폭력에 대해서 강조한다. 『아주 편안한 죽음』에는 서로 구분되는 세 가지 폭력이 있다. 죽어가는 주체와 관련된 폭력—어머니, 함께 연루된 주체와 관련된 폭력—딸, 단말마의 고통과 삶의 끝에서 드러나는 온갖 적나라함을 가식 없이 보여주는 글쓰기의 폭력.

I. "그리고 끝이 났다"

『아주 편안한 죽음』의 주제인 어머니의 죽음은, 서술의 관점에서 보면, 최초의 사건이 아니다. 예를 들면 아니 에르노의 『한 여자*Une femme*』는 첫 구절부터 죽음을 언급한다. 반대로 『아주 편안한 죽음』에서는 어머니의 죽음이 작품의 끝부분에 가서야 그려진다.

어머니의 죽음이 이렇게 미루어진 것은 『아주 편안한 죽음』

4　시몬 드 보부아르, 『넬슨 올그런에게 보낸 편지들, 대서양을 횡단한 사랑 1947~ 1964 *Lettres à Nelson Algren, Un amour transatlantique, 1947-1964*』(Paris: Gallimard, 1997), p. 609.

이 고통에 관한 이야기이기 때문이다. 시몬 드 보부아르는 반복해서 그 사실을 강조한다. 그녀는 자신이 서술하는 이야기는 "고통"(62쪽)에 관한 이야기라는 사실을 알린다. 그녀는 또한 "단말마의 고통과 죽음이 일상적 사건인 병원"(123쪽)을 암시하면서 이야기의 틀을 환기하고, 어머니의 "임종의 침상"(85쪽)에 관해 말한다.

죽음이 이미 시작되었지만 아직 닥치지는 않은 시간성과 끝이 가까워지고 있지만 아직 도달하지는 않은 추상적 공간성을 지닌 단말마의 고통은, 그녀가 말하는 모든 것의 토대를 이룬다. 그녀는 여러 양상을 살피면서 단말마의 고통을 작품으로 구상하는데, 자제력을 지닌 작품, "끝의 시작"[5]이라고 할 작품, "끝의 시작"이 반영되고 문제가 되는 작품이다. 그러므로 우리가 이 장에서 연구하게 될 것도 바로 고통의 작품화이다. 작품의 주제로서 "끝의 시작"이 어떻게 구성되는지, 미학의 원칙으로서 "끝의 시작"이 어떻게 작품을 구성하는지를 살펴보기 위해서다.

멀어져가는 공간

지연되는 끝: 얼마나?

『아주 편안한 죽음』의 서두부터 끝의 시작은 갑작스러운 사건이라는 형태로 언급된다.

1963년 10월 24일 목요일 오후 4시에 나는 로마의 미네르

---

5   "끝의 시작"이라는 문제에 관해서 우리는 원문과 일치하는 제목인 「끝의 시작 Le début de la fin」을 읽을 수 있다. 『라크*Lac*』, 48호(Université Paris VII-Denis Diderot, 2005).

바 호텔 방에 있었다. [······] 전화벨이 울렸다. 파리에 있는 보스트가 내게 전화해서 말했다. "당신 어머니께서 사고를 당하셨어요."(11쪽)

하지만 최악의 상황(어머니의 교통사고)을 예상했던 것에 비하면 사고는 그다지 심각하지 않았다. 보스트는 시몬 드 보부아르에게 어머니가 목욕탕에서 넘어졌고, 대퇴골 경부에 골절상을 입었다고 알렸다. 그러니 끝은 멀었다. 흔한 사고로 병원에 입원을 하고 나서야 어머니가 암에 걸린 사실을 조금씩 알게 되었다. "거대한 종양, 최악의 암이었다."(42쪽) 끝이 가까이 다가온다. 책의 흐름을 따라가면 끝을 미루는 의학적 치료 덕분에 프랑수아즈드 보부아르의 증상은 차츰 완화되는데, 거기에서 여러 차례 "단말마의 고통"이 언급된다.

푸페트는 신경이 날카로워졌다. 나는 긴장되었고, 피가 거꾸로 솟았다. 특히 우리를 괴롭힌 사실은, 어머니의 **단말마의 고통들**,[6] 어머니의 회복, 그리고 우리 자신의 모순이었다.(106쪽)

"단말마의 고통"과 "회복"의 연이은 교차는 이 작품의 추동력 가운데 하나이다. 한 차례의 수술 후에 "침대에 누워 고통스러워하던 가여운 아무개가 밤샘 간호 덕분에 여인으로 바뀌었다"(64쪽) 혹은 더 이상 반복이 가능하지 않은 순간까지 그와 반대의 과정도 자주 되풀이된다.

6   강조는 저자의 것이다.

비록 이 작품이 언제나 끝의 시작을 다루고 갑작스럽게 들이닥친 끝을 다루고는 있어도, 가식적인 태도에 대해서는 말을 더듬듯 서술한다. 끝의 시작, 그 사실을 아는 사람들(어머니를 제외한 주요 등장인물들과 독자들)과 그 사실을 알지 못하는 사람(어머니)으로 나뉘어 있기에 그만큼 더 잔인하다. "어머니는 곧 돌아가실 것이었다. 어머니는 그 사실을 모르셨다. 그러나 나, 나는 그 사실을 알고 있었다."(119쪽) 게다가 어머니는 이런 관점을 받아들이려고 하지 않으셨는데, "일흔여덟의 나이에 살아간다는 것의 기적에 새롭게 눈을 떴기 때문이다."(71쪽) 서술자는 이처럼 아이러니한 비극을 제시하는데, 삶에 대한 강렬한 욕구가 "죽음이 임박한 바로 그 순간"(65쪽)에 드러났기 때문이다. 서술자는 어머니가 끝, "끝의 시작"에 있는데도 시작의 편에 서고 싶어 하는 희망의 허위성을 강조한다.

시몬 드 보부아르는 정확히 책의 중반쯤 되는 곳에서 문제의 핵심, 지속의 본질에 대해 묻는다. "엄마는 얼마나 더 살아 계실까?" 이러한 긴장이 야기하는 힘은 삶과 죽음이 대립하는 힘이지만 이 게임에는 이미 속임수가 따르는데, 끝이 이미 개입하고 있는 상태라 바로 직후는 아니더라도 불가피하게 죽음이 승리를 거둘 것이기 때문이다.

검사 결과, 어머니의 종양은 극도로 치명적인 악성 종양이었고, 모든 기관으로 전이되기 시작한 상태였다. 하지만 나이를 드셨기 때문에 진행은 상당히 더딜 수 있었다.(89쪽)

작가는 의료계, 적어도 그중 몇몇 의료진을 향한 비난을 암암리에 드러내는데, 그들은 끝이 임박했는데도 존엄사를 외면하고 극성스러운 치료에 집착한다.

N 박사와 나눈 대화를 예로 들어본다.

> "왜 이런 주입관을요? 이제 희망이 없는데 왜 엄마를 괴롭히는 거죠?" 그는 나를 노려보며 말했다. "저는 해야 할 일을 하는 겁니다."(38쪽)

인간 대 과학기술. 장 보드리야르는 『상징적 교환과 죽음』에서 현대 보건 의료계의 특징, 즉 더 이상 집에서 죽지 않고 대부분 의료기관에서 죽음을 맞게 되는 사실, 그 결과 몸에 관한 생물학적 설명이 증가하게 된다는 사실을 환기한다.

> 우리는 이제 집에서 죽지 않고 병원에서 죽는다. 현실적인 '타당한' 이유들(의학적, 도시 환경적 등)이 있지만, 특히 **생물학적** 신체로서, 죽어가는 사람이나 아픈 사람이 **과학기술**의 환경에서만 자기 자리를 가질 수 있어서 그렇다.[7]

시몬 드 보부아르의 비판의 핵심은 이와 같이 증대되는 의료기술에 대한 것이다. 다음의 인용에서 우리는 외과의사의 실질적인 만족감이 부각되고 의학적인 처치로 인해서 어머니의 건강이 애매한 상태라는 사실이 강조되는 것을 알 수 있다.

---

[7] 장 보드리야르Jean Baudrillard, 『상징적 교환과 죽음L'Échange symbolique et la Mort』(Paris: Gallimard, 1976), p. 277.

[외과의사는] 의기양양했다. 오늘 아침만 해도 반쯤 죽은 상태였던 어머니가 길고 위험한 수술을 아주 잘 견뎌내셨다.

기호학자와 같은 서술자

확신할 수 없는 시기, 흐릿하고 불분명하고 규정짓기 힘든 윤곽을 지닌 단계에 직면한 시몬 드 보부아르는 기호학자를 자처한다. 어머니가 단말마의 고통을 겪는 동안 그녀의 행동은 『아주 편안한 죽음』에 잘 그려지고 있는데, 기호를 포착해서 엄격한 분석을 하는 일이다. 그녀는 무엇에 대해 질문하는가? 분명히 기호들은 어머니 몸의 악화와 연결된 것들이다. 그래서 질병의 심각성이 예고되기 전, 책의 초입에서도 경련에 대해 주의를 기울인다. "어머니는 언제나 경련을 일으켰다. (아니, 언제나 그런 것은 아니다. 하지만 오래전부터다. 언제부터지?)"[8](14쪽) 병의 위중함을 포착하게 된 것도 바로 몸과 관련된 징후들을 매개로 해서다.

나는 문을 열었고 얼어붙었다. 엄마, 너무 말랐던 엄마가 더 야위고 쪼그라들었다. 메말라 쭈글쭈글해진 빛바랜 분홍 포도나무 가지 같았다.(34쪽)

이 강박적인 이미지가 시몬 드 보부아르의 꿈에 되풀이해 나

8　걱정을 벗어나려는 잘못된 방식들에 주목할 수 있다. "하지만 어머니는 신경이 예민했고, 걱정이 많았다. 어머니의 경련 증세도 그런 이유들 때문이었다."(p. 35)

타난다.[9] 하지만 보고 싶지 않은 사람의 눈에는 아무것도 보이지 않는 법이다. 기호학자는 기호가 뜻하는 의미를 거부하지 않는 사람일 뿐이다.

암이다. 기미가 심상치 않았다. 심지어 명백했다. 거무스레한 눈가, 야윈 몸 [……] 하긴 잘 알려진 사실이다. 부모는 자기 아들이 미쳤다는 것을 결코 인정하려 들지 않고, 자식들은 자기 어머니가 암이라는 사실에 대해 그러하다.(36쪽)

이 순간부터 보부아르는 개표 참관인 같은 태도를 버리지 못한다.[10] "나는 사르트르에게 엄마의 입술, 그 입술을 보고 **읽어낸** 모든 것에 관해서 말했다."[11](44쪽) 일련의 기호 체계는 전부 이러한 행위의 중요성을 입증해준다. "엄마의 얼굴이 달라졌다. 얼굴빛은 노래졌고, 오른쪽 눈 아래로는 붉거진 주름 하나가 코를 따라서 늘어져 있었다."(88쪽) "엄마의 야윈 얼굴 때문에 나는 무서웠다."(107쪽) 이것이 지속적이고 전반적인 강박으로 바뀐다. "나는 사람들이 옷 아래 복잡한 관을 숨기고 있는 것은 아닌가 하는 강박을 느끼면서 새롭게 보게 되었다."(106쪽)

그러나 기호학적 조사 행위의 중심에 있는 것은 바로 어머니

9　예를 들어 다음을 보라. 『결국』, p. 144, 주 2. "꿈을 다시 돌아보면 어머니가 죽어가는 느낌을 주었다는 생각이 든다. 메마른 포도나무 가지."

10　시몬 드 보부아르의 시선에 대해, 많은 말장난을 포함하여 고유명사에 관한 연구가 이루어졌다. 『시몬 드 보부아르 연구*Simone de Beauvoir Studies*』(20권, 2003~2004), 베르나르앙리 레비Bernard-Henry Lévy는 "보부아르의 멋진 시각beau voir de Beauvoir"에 관해 말하면서 사르트르의 동반자인 그녀의 "시각voir"을 시적으로 부각시킨다.(p. 7)

11　강조는 저자의 것이다.

의 육체였다. 어머니의 육체는 "고통을 겪는 육체"(27쪽) 또는 "죽음을 앞둔 가여운 육체"(75쪽)로 제시되는데, 그러면서도 시몬 드 보부아르는 끊임없이 어머니의 노쇠가 어느 정도인지 궁금해한다. 이러한 양가성을 드러내는 표현은 모순어법처럼 보인다. 이를테면 어머니를 "살아 있는 시체"(103쪽)로 규정하는 것, 달리 말해 **비오스**(*bios*, 생명)와 **타나토스**(*thanatos*, 죽음)라는 양극단에 의해 한정된, 둘-사이의 공간에 위치한 존재로 규정하는 것이다. 글의 맥락을 보면, 이미 **타나토스**가 **비오스**에 승리를 거두고 있다는 사실을 잘 알면서도 그렇다.[12] 시몬 드 보부아르의 여동생인 푸페트도 역시 어머니에 대해서 "산 채로 썩고" 있다고 말하는데, 우리는 그 말에서 같은 종류의 의미론적 충격을 느끼게 된다. 덧붙여서 프랑수아즈 드 보부아르를 "둔중한 무기력 상태로 생명이 연장되고 있을 뿐인 것처럼 보이는,"(27쪽) "집행유예 상태의 시체"로 규정하기도 한다. 어머니의 육체, 쇠퇴한 육체, 소멸의 과정, 이미 죽은 거나 마찬가지의 상태, 그러므로 "살아 있는 시체"는 죽음을 구현하는 매체가 되는 수준까지 끊임없이 흔들리며 **비오스와 타나토스** 사이를 오간다.

얼굴을 찡그린 채 비웃으며 죽음의 춤을 추는 **사신**死神을 본 것은 바로 어머니의 침대 머리맡에서였다. 동화 속 **사신**은 손에

---

[12]   다음의 문장에서도 마찬가지이다. "어머니가 요구하신 대로 새벽 5시에 요구르트를 드리기 위해 어머니를 깨웠다. 나는 어디에선가 사람들이 죽은 자들의 묘지에 두는 음식들을 생각했다."(p. 122) 어머니는 이미 돌아가셨다. 다음의 구절은 전형적인 예측과 같다. "미소를 지으니 엄마의 턱뼈가 드러났다. 이미 해골의 음산한 비죽거림과 같았는데, 그래도 눈은 약간의 열기가 느껴지는 순진함으로 빛났다."(p. 108)

낫을 들고 문을 두드린다. 다른 곳에서 온, 낯설고 끔찍한 **사신**. 알 수 없는 미소를 짓던 어머니에게서 **사신**의 입술을 발견하고 보니, **사신**이 어머니의 얼굴을 하고 있었다.(151쪽)

그러므로 시몬 드 보부아르의 기호학적인 행위는 어머니의 육체가 보여주는 끝의 시작에 몰입하고 있다. 하지만 어머니의 육체는 기호 속에서 확실하고 안정적인 지표를 보여주지 못한다. 큰 구조의 차원에서도 마찬가지인데, 작품은 불안, 놀라움, 신중함의 동력에 의지한다. 수많은 플래시백이 쓰이면서, 처음으로 돌아가려고 끝을 향해 나아가는 일을 지연시킨다. 끝의 시작이 아니라, 기원의 시작을 뜻한다. 어머니 또는 어머니와 딸의 관계의 시작. 작품 내부적으로도 그만큼의 단계들이 있어 제목에서부터 시작된, 죽음의 도래라는 불가피한 순간을 지연시킨다.

핵심 단어: "끝"

"그것은 끝이다"

이야기의 핵심 단어인 "끝"은 강박적인 방식으로 작품에 제시된다. 대부분이 일어나지 않은 죽음을 언급하는데, 피할 수 없지만 "아직-여전히" 도래하지 않은 죽음이다. 『승부의 끝』에서 클로브가 말한 것을 생각해도 좋으리라. "끝난, 끝난 거야, 끝날 거야, 아마 끝이 나겠지."[13] 『아주 편안한 죽음』의 끝도 거의 비슷하다. "끝난, 끝난 거야, 끝날 거야, 아마 끝이 나겠지." 시몬 드 보부아르도 확정되지 않는 "끝"에 대해 같은 생각을 펼치

---

13   사뮈엘 베케트Samuel Beckett, 『승부의 끝Fin de partie』(Paris: Minuit, 1957), p. 15.

며 글을 쓴 것일 수 있다.

여러 차례 끝이라는 말 자체를 사용하면서 끝이 다가온 것을 가정한다.

나는 전화기를 끄지 않았다. 엄마는 '촛불처럼' 곧 꺼져버릴 수 있다고 의사들은 말했다. 조금이라도 위험 신호가 보이면 동생은 내게 전화를 할 게 분명했다. 전화벨이 울려 벌떡 일어났다. 새벽 4시. "**끝이구나.**"[14](66쪽)

하지만 그저 잘못 걸린 전화였다.

수화기를 움켜쥐었는데 모르는 목소리였다. 잘못 걸린 전화였다. 동틀 무렵에야 다시 잠이 들었다. 8시 반. 다시 벨이 울렸다. 서둘러 받았는데 중요하지 않은 소식이었다. 영구차 색깔의 전화기가 증오스러웠다. "당신 어머니는 암입니다. 오늘 밤을 넘기지 못하실 겁니다." 어느 날인가는 내 귀에 대고 찍찍거리며 "**끝났습니다**"라고 말할 것이다.[15](66쪽)

"끝났습니다." 달리 말해 예정된 끝을 향한 두려움은 이제 극도로 축소되어 시간적으로 응축된 지점에 놓이는데, 끝에 가장 가깝지만 아직은 일어나지 않은 끝에 대해서다. 끝에 대한 예언적이고 예측된 생각은 실현되지는 않는데, 끝은 죽음의 임박한

---

14   강조는 저자의 것이다.
15   강조는 저자의 것이다.

상태를 가리키기 위해 우회적으로 사용되고 있기 때문이다. "잠이 깼다. 전화벨이 울리고 있었다. '몇 분밖에 안 남은 것 같아.' 파리를 가로질러 가는 사이 죽음이 덮쳐왔을 것이다. "푸페트가 우리를 맞으러 병원의 뜰로 나왔다. '끝났어.'"(124쪽)

그사이에 있었던 모든 잘못된 경보들. "푸페트가 문을 밀쳤을 때, 그녀는 모든 것이 **끝났다**고 믿었다"(93쪽) 또는 "그리고 나는 생각했다. '이번에는 **끝이구나.**'"[16](108쪽) 이어서 조금 뒤에는 "끝이 가까웠다." 그러나 매번 다양한 양태로 가정된 끝은 지연되었다. 그러니 "끝"이라는 단어는 빈번하게 돌아오고, **되풀이되는 주제로서 작품을 침식해 들어간다. 언제 닥칠지 모르는 위험을** 지연시키는 다모클레스의 칼처럼, 기다려지진 않지만 숙명적이고 필연적인, 궁극의 목표로서 말이다.

이 책에서 "끝"이라는 단어의 최초 출현은 이야기의 전개 과정에서 일어난 일을 잘 보여준다. 즉 끝의 시작과 거리를 두는 일이다.

나에게 어머니는 언제나 존재해 계신 분이셨고, 어느 날인가, 곧, 어머니가 돌아가시게 될 거라는 생각을 진지하게 한 적은 결코 없었다. 어머니의 **죽음**은, 어머니의 태어남이 그런 것처럼, 신화의 시간 속에 위치해 있었다.[17](27쪽)

---

16   강조는 저자의 것이다. 우리는 여러 번 상징적인 표현을 재발견한다. 108쪽에서는 출현 빈도가 두 배인데, 몇 줄 뒤에서 시몬 드 보부아르는 다음과 같이 말한다. "어머니는 다시 잠드셨다. 나는 N 박사에게 물었다. '이것이 끝인가요?'"

17   강조는 저자의 것이다.

여기에서 책의 동력이 발견된다. 끝에 대한 언급은, 처음에는 가장 멀리서 고려된 것이었는데(바로 신화의 시간대), 결국에는 시간적으로 근접했다는("곧") 사실로 귀착된다. 어머니의 끝은 점차 다가오는 현실성, 증대되는 실현 가능성으로 둘러싸인다. 이것이 바로 『아주 편안한 죽음』의 동력이다.

끝과 죽음

만약 우리가 '시신=끝'이라는 공식을 받아들인다면, 어머니가 돌아가시면서 끝은 도래했다고 할 수 있다. 더구나 여기서 끝은 이미 우리가 다양한 차원에서 고려한 것처럼, 이중의 끝이다. 어머니의 단말마 고통의 끝, 독자의 기다림의 끝. 그런데 전혀 그렇지 않다. 작품에 죽음이 삽입된다고 해서 끝, 작품의 끝, 어머니의 끝은 아니다. 반대로 끝은 '끝의 시작,' 하지만 종말에 가장 근접한 끝의 시작으로 넘어간다. 어머니 임종을 지켜보지 못한 사실, 이것은 몇 번이고 강조되는 내용이다, 시몬 드 보부아르는 먼저 자신의 고유한 관점으로 어머니의 죽음을 공개하며 시작한다. 다시 말해 임종을 보지 못했기 때문에 약간의 거리를 두고 말하는 것이다. 그녀는 죽음이 임박했음을 알린 전화에 대해 서술한다("몇 분밖에 안 남은 거 같아." 여동생이 전화로 그녀에게 말했다). 그리고 이어서 몇 줄 뒤에 시신에 대한 견해를 밝힌다.

그렇게도 예상되었으나, 그토록 받아들일 수 없었던 일, 시신이 엄마를 대신해서 침대에 있었다.

앞서 말했던 것처럼 우리는 이렇게 끝의 시작에서 끝에 가장 근접한 지점(푸페트의 말), 시신을 매개로 정점에 이른 지점으로 이동한다. 하지만 금세 하나의 회상이 끝의 시작을 강화한다. 시몬 드 보부아르는 여동생 푸페트의 이야기를 효과적으로 드러낸다. 그녀와 다르게 푸페트는 끝, 어머니의 임종을 지켜봤다.

이 부분에서 끝은 상세하게 다루어지고 비교적 느린 템포를 유지한다. 이동은 시간의 지표를 따라서 카운트다운에 들어간 것처럼 진행된다("9시……" "자정 무렵" "1시"). 시몬 드 보부아르는 끝이 가까워졌음을 가리키는 요소들을 강조한다. 육체적 차원에서도("어머니의 얼음장 같은 손" "죽음의 냉기가 퍼진 어머니의 발") 언어적 차원에서도 그러한데, 어머니가 여자 예언가처럼 말할 때다.

한 차례 다시 통증이 지나간 뒤에, 어머니는 다소 탁한 목소리로 웅얼거리셨다. "간직……해야 해……라르모르." "옷장(l'armoire, 라르무아르)을 간직해야 한다고요?" "아니, 죽음(la mort, 라모르)." 어머니는 죽음이라는 단어를 특히 강조하셨다.

많은 세부 묘사가 마지막 숨을 내쉬는 것으로 귀결되는데, 다음 구절은 이 책에서 가장 비통한 색조를 보여준다.

어머니가 갑자기 소리를 질렀다. "숨 막혀." 어머니의 입이 벌어졌고, 살이라고는 하나 없는 얼굴에서 동공이 확장된 눈이 유난히 커졌다. 경련을 일으키더니 어머니는 혼수상태가 되었다.

고통스러운 외침이 전하는 강렬함과 육체의 정지 상태 사이에서 드러난 긴장은 **파토스**를 야기하는 데 적합한 미학의 영역에 속한다. **파토스**는, 시몬 드 보부아르 자신이 그랬던 것처럼, 방심한 관람객 같은 독자가 죽음을 알리는 문장을 읽을 때 정점에 이른다.

> 내가 그러고 있는 동안 푸페트는 엄마 곁으로 돌아갔는데 엄마는 이미 안 계셨다. 푸페트는 가슴이 뛰었고, 눈이 흐릿해져서 주저앉아 숨을 내쉬었다. 그렇게 끝이 났다.(126쪽)

『아주 편안한 죽음』은 끝에 대한 이야기로 구성되는데, 끊임없는 충격이 머뭇거림 가운데 이어진다. 머뭇거림은 이미 끝이 예고된 상태이지만, 임박한 상태에서 오랫동안 끝이 거부되었기 때문이다. 심지어 죽음이 도래한 것처럼 보일 때조차도, 다시 말해 어머니가 돌아가셨을 때도 죽음은 여전히 인정되지 않는다. 여전히 끝의 시작, 불분명한 한계에 머물러 있다. 책 자체가 억제된 끝, 시몬 드 보부아르와 어머니의 복합적인 관계에 대한 어려운 이야기로 구성되었기 때문이다. 하지만 우리 생각과 반대로 『아주 편안한 죽음』은 모녀관계의 조종을 울리지 않는다. 애도를 표하는 같은 성격의 다른 책 『작별의 의식』[18]과 비교하면 납득이 갈 것이다.

---

18 시몬 드 보부아르, 『작별의 의식 *La Cérémonie des adieux*』(Paris: Gallimard, 1981). 여기서 참조한 것은 폴리오 판본(1987)이다.

II. 장폴 사르트르와
프랑수아즈 드 보부아르의 죽음

또 하나의 애도가 15년 후에 작가를 뒤흔든다. 1980년 4월 15일 평생의 동반자 사르트르의 죽음이 그것이다. 그때 다시 시몬 드 보부아르는 슬픔을 극복하기 위해서 글쓰기를 선택하고, 1년 후인 1981년 『작별의 의식』을 출간한다.

어머니와 사르트르, 사르트르와 보부아르의 어머니, 보부아르 삶의 핵심 인물 둘, 한 명은 주어진 관계인 어머니, 다른 한 명은 선택한 관계인 사르트르. 그녀는 첫번째 자서전 『얌전한 처녀의 회상』(1958)에서부터 두 사람에 대해 언급했다. 비록 출발점은 같았지만 종착점은 달랐다. 프랑수아즈 드 보부아르에 대한 『아주 편안한 죽음』, 사르트르에 대한 『작별의 의식』. 『아주 편안한 죽음』의 독특함을 분명하게 드러내려면 두 작품을 비교해야 한다.

물론 두 작품의 전체적인 공통점을 부각시키면 상당히 비슷한 글의 역동성과 주제가 있다. 하지만 더 깊숙이 은밀하게 작동하는 서술을 고려하면, 사실 두 작품은 근본적으로 대립적이다. 두 관계가 서로 달라서 반대 절차를 따르는 것이 아니다. 하나는 친구-연인-공모자, 다른 하나는 "10대 시절의 다정한 엄마"이자 "청소년기의 적대적인 여자"(147쪽)였던 어머니다. 사르트르와 관련된 작품은 작별의 순간에 분리를 말하는데, 어머니와 관련된 작품에서는 새로운 관계의 생성을 말한다.

외형상 비슷한 두 작품

삶의 끝에 관한 두 이야기

우리가 막 살펴본 『아주 편안한 죽음』은 끝에 관한 주제 탐구, 미학적 탐구를 구축한다. 『작별의 의식』도 역시 그렇다. 시몬 드 보부아르는 책의 서문에서 그런 사실을 분명히 밝힌다. "글과 생생한 목소리로, 사르트르의 마지막을 회상하는 데 도움을 준 모든 분께 감사드립니다."(11쪽)

두 작품은 곧 죽게 될 사람의 마지막 순간들에 대한 회고적인 두 개의 서술이다. 유일한 차이점은 역사적 범위다. 『작별의 의식』은 10년의 세월에 걸쳐 있는데(책의 구성 역시 1년에 1장씩, 총 10장이다), 『아주 편안한 죽음』은 마지막 몇 달에 관한 것이다. 그러나 이 차이는 병을 앓은 시기가 어머니는 상대적으로 짧았고, 사르트르는 상대적으로 길었기 때문이다.

죽음이라는 치명적인 결말에 이르는 질병은 두 작품에서 아주 많이 다루어진다. 『아주 편안한 죽음』에서 우리가 본 것처럼 상실의 시간이 이야기의 서두부터 시작된다. 상실의 첫 단계, 낙상으로 입원한 이후 재빨리 여러 검사들이 이루어지고, 프랑수아즈 드 보부아르가 악성 종양으로 고통받고 있다는 사실이 드러난다. 『작별의 의식』에도 비슷한 방식으로 사르트르의 건강 문제가 아주 빠르게 제기된다. 거기에서도 역시, 처음의 지면들에서 질병과 관련된 이야기들이 나온다.

오래전부터 사르트르의 건강은 더 이상 내게 걱정을 끼치지 않았다. [……] 9월 말, 내게 엄습한 두려움은 너무 갑작스러웠다.(19쪽)

보부아르는 사르트르의 초기 건강 문제 중 하나를 이야기한다. 건강 문제는 점차 증가하고 죽을 때까지 그의 삶에 깊은 영향을 끼친다. 두 작품에서 죽음은 책의 서두에서부터 비슷한 예언적 방식으로 알려진다. 그 결과 『아주 편안한 죽음』[19]에서 그랬듯이 시몬 드 보부아르는 『작별의 의식』의 서두에서 다가올 죽음을 예상한다.

이런 불안이 그렇게 두드러진 일은 결코 없었다. 나는 심각한 불안을 감지했다. 다음은 내 일기에 적어둔 것이다. "내가 돌아오면서 지나치게 밝은색이었던 스튜디오의 색이 바뀌었다. 멋진 벨벳 카펫은 장례 중임을 부각시킨다. 최선을 다해 여전히 행복하고 즐거운 순간들 속에서 살아야만 한다. 그러나 위협은 일시 정지된 상태고, 생명은 우연히 연장된 것뿐이다." 이 글을 적어나가다가 나 스스로 놀란다. "이 불길한 예감은 어디에서 오는가?"(20쪽)

두 이야기는 질병의 시간대에 잠겨 있다. 물론 두 작품 다 쉬어가는 부분이 있다. 사르트르에 관한 이야기는 육체적인 쇠약함에서 정지 구간이 있고, 작품은 이런 단절을 수용하기 때문이다.

---

19   "[보스트는] 어머니가 3개월 안에 건강을 회복할지에 대해서는 회의적이었다. 대퇴골 파열 자체는 심각하지 않다. 하지만 오래 움직이지 못하면 욕창이 생기는데, 노인들의 경우는 상처가 잘 낫지 않는다. 더구나 누워 있는 자세는 폐를 약하게 만든다. 폐렴에라도 걸리면 목숨을 잃기 쉽다. 나는 별로 동요하지 않았다. 다치시긴 했어도, 어머니는 강인했다. 그리고 어쨌거나 어머니는 이제 돌아가실 만한 나이였다."(p. 16)

아니면 작품이 더 이상 개인적인 시간이 아니라 다양한 측면에서 사르트르의 삶도 속한 역사적 시간을 내보이기 때문이다. 프랑수아즈 드 보부아르에 관한 이야기는 책에서 다루는 병이 일시적으로 차도를 보이거나 어머니의 삶을 언급하기 위해서 서술이 회고조가 되기 때문이다.

금지와 위반

두 이야기에서 시몬 드 보부아르는 주저하지 않고 자세히 묘사한다. 『아주 편안한 죽음』에서 그녀는 우리가 이미 고찰한 것처럼 어머니의 몸을 기호학적 관점에서 서술한다.[20] 돌아가시기 전 며칠은 끔찍한 이미지들로 그려진다. "[……] 어머니는 자신의 몸 표면에서 일어나는 일은 알아채지 못했다. 상처 난 복부, 누관, 새어 나온 배설물, 푸르스름해진 피부, 모공에서 맺혀 나오는 체액"(109쪽) 『작별의 의식』에서 우리는 좀더 강화되었다고 할 만한 사실주의, 쇠약해진 육체에 관해서 그 무엇도 침묵하지 않겠다는 똑같은 의지를 목격한다. 쇠약한 육체에 관한 자세한 묘사들을 다시 본다. [예를 들면 자다가 소변을 보는 일 같은 것. "약을 잔뜩 먹이는 치료법으로 인해 요실금 증세가 생기고, 장 조절력을 상실하게 되었다."(97쪽)] 두 작품에서 시몬 드 보부아르는 어떤 점잖은 침묵을 가장하지 않는다. 그래서 『작별의 의식』이 나오자 그녀에게 아주 신랄한 비난이 쏟아졌다.[21] 『아주 편안한 죽

---

20 앞의 언급을 참조하라. 이 책 p. 90 이하 참조.

21 주느비에브 이드트Geneviève Idt, 「시몬 드 보부아르의 『작별의 의식』—장례식과 문학적 도발*La Cérémonie des adieux* de Simone de Beauvoir: rite funéraire et défi littéraire」, 『르뷔 데 시앙스 위멘*Revue des sciences humaines*』, 192호(1983) 참조.

음』과 관련해서는 금지의 위반에 대해 언급하는 경우가 적었다. 그러나 이 작품이야말로 아주 명백한 위반의 표지를 담고 있다.

물리치료사가 침대로 다가와서 시트를 걷고 엄마의 왼쪽 다리를 잡았다. 엄마는 무심하게 잔주름이 잡힌 상처가 난 배와 음모가 사라진 치골을 드러냈다. "난 이제 아무런 수치심도 안 남았나 보다." 엄마가 당혹스러운 듯 말했다. 나는 "신경 쓰지 마세요"라고 엄마께 말했다. 하지만 나는 돌아선 뒤 생각에 잠겨 정원을 바라보았다. 엄마의 성기를 보는 일, 내겐 충격이었다. 나에게는 어떤 몸도 덜 존재하거나 더 존재하는 게 아니었다. 어렸을 때, 나는 몸에 애착했다. 청소년기에 나는 몸에 대해 불안한 저항감을 느꼈다. 흔한 일이다. 나는 몸이 혐오와 성스러움의 이중적 성격, 금기로 수용되는 것을 당연하게 여겼다.(26~27쪽)

어머니의 성기는 여기에서 거의 화학적인 의미로 쓰인 단어로, 하나의 현상으로 제시된다. 몸의 일부로서 지니는 상징적 구체성을 넘어서, 사실은 몸 전체를 지시한다. 충격은 '덜 존재하지도 않고—더 존재하지도 않는' 대조적인 두 극단 사이에서 이루어진 결합을 통해 제시되는 관계에서, 몸에 대해 일반적으로 행해지는 지속적인 주의에서 오는 것이기도 하지만, 특별히 엄마의 성기를 보는 것에서 비롯된 것이기도 하다. 문장의 끝에서 불쑥 나온 "금기"라는 단어는 엄마의 몸과 딸의 관계를 말해주는데, 이 단어가 가장 의미심장하게 보이는 것은 『아주 편안한 죽음』의 구성에서다. "금기"라는 단어는 확실한 지표 역할을 하는데, 어머니의 몸에 관한 허식 없는 정확한 묘사가 두드러진다. 마치 첫번째 위반(어머니의 성기를 본 것)이 두번째 금기 위반, 몸 전체 범위로 침입을 허용한 것처럼 묘사한다.

작품의 서두에서부터 몸의 아랫부분을 언급하는데, 처음에는 추상적인 방식으로, 묘사 없이 흔한 질병의 환부를 가리키듯 말한다. "전혀 심각할 것이 없습니다. 주치의 D 박사가 말했다. 간에 문제가 있고 장 기능이 약해졌습니다."(13쪽) 이어서 장의 내용물 자체를 드러내면서 정확한 설명이 늘어난다. 아픈 부위를 확정하고 나서는, 불편한 점에 관해 더 정확하게 생리학적인 설명을 한다.

필름들을 살펴본 뒤, 어머니 주치의는 확신에 차서 말했다. "전혀 걱정하실 게 없습니다. 장에 작은 혹이 있는데, 대장의 혹이라 배변이 어려운 겁니다."(17쪽)

의학적이고 의미론적인 이중의 조사 후에 질병을 알아낸 것도 몸의 아랫부분을 살피고서이다.

어젯밤부터 신경성 경련 때문에 장이 막혀서 기능을 못해요. [……] 그는 결국 소장에 종양이 생겨 막혔다고 말했다. 엄마가 암에 걸렸다.(36쪽)

물론 몸의 아랫부분에 관한 집중은 병의 특징 때문이다. 소화 기관의 암. 하지만 위반은 정확히 제시되는 묘사의 현란함에 있다. 예를 들어 위의 치명적인 내용물에 대한 것. 예를 들면 "'당신은 이런 것들이 어머니 위에 남아 있길 원하신 건가요?' N 박사가 노르스름한 것들로 가득 찬 병을 가리키며 내게 공격적인 어조로 말했다." 이어 시몬 드 보부아르는 정확하고 과감하게 "위와 장을 연결하는 밥통, 관"(63쪽) 또는 "왼쪽 엉덩이의 욕창"을 말한다. 하지만 이러한 나열은, 단지 몸의 현실, 인간성을 제거하지 않으면서 일종의 동물성에 가까이 다가가게 만드는 육체적인 현실을 최대한 가까이서 증언하려는 욕구의 반영이지, 선동하려는 의지는 전혀 아니다.

어머니의 인간적 동물성

"동물성." 이 단어는 어머니를 언급하면서 여러 번 되풀이되어 나온다. 부정적인 맥락에서 최악의 퇴행을 강조하는 것이 전혀 아니고, 몸에 기반을 둔 본능적이고 충동적인 원초적 힘과 자연스러움을 의미하기 위한 것이다. "동물성"이라는 단어는 삶에 대한 어머니의 열정('동물적인 열정')과 죽음에 대한 거부를 가리킨다. "어머니는 죽음에 관해 동물적인 공포심을 느꼈다." 동물성. 그것은 또한 어머니의 존재를 질병으로 축소시킨다. "하지만 아침이면 어머니의 눈은 무력한 짐승과 같은 최대한의 슬픔이 보였다."(92쪽) 몸의 욕구에 집중하기 위해서 어머니는 전통적인 예의범절을 거부하고, 온갖 정숙함의 태도들도 버렸다. 예를 들어 시몬 드 보부아르가 말하는 다음 장면에서 우리는 환자의 편안함이 예의에 앞서는 것, 진실성과 진정성에 대한 고려가 위선에 앞서는 것을 본다.

어머니가 외쳤다. "빨리! 변기 좀." 르블롱과 다갈색 머리의 간호사가 어머니를 환자용 변기에 앉히려고 애썼다. 어머니가 비명을 질렀다. 어머니의 상한 몸과 금속의 강렬한 섬광을 보려니, 사람들이 칼날 위에 어머니를 눕히는 것 같은 느낌을 받았다. 두 여자는 계속 거칠게 어머니를 잡아당겼다. 다갈색 머리의 간호사가 어머니를 거칠게 다루자 어머니의 몸이 고통으로 뻣뻣해지며 비명을 질렀다. "아! 그만 좀 두세요." 내가 소리쳤다. [……] 내가 엄마에게 말했다. "변기 없이 일만 보세요. 간호사들이 시트를 바꿔줄 거예요. 어려운 일 아니니까요." "그래." 엄마가 대답했다. 눈살을 찌푸리고 단호한 표정을 지으며, 결투 신청이라도 하듯 말했다. "죽어가는 사람들은 시트에 잘 그러더라." [……] 지나친 정신주의자인 엄마가 인간의 동물성을 과감하게 수용하는 모습은 일종의 용기이기도 했다.

시몬 드 보부아르는 굴욕적인 장면의 비밀을 폭로하면서도 그것을 용기를 보여주는 장면으로 역전시킴으로써 어머니를 영광스럽게 만든다. 짐승 같은 쇠락이 인간적 힘("용기"의 형태)으로 전환되고 어머니는 시련을 통해 위대해진다.

『아주 편안한 죽음』과 『작별의 의식』은 여러 면에서 아주 비슷한데, 특히 폭력이라는 측면에서 그렇다. 비록 우리가 사르트르와 관련된 것을 훨씬 강조하기는 했어도 프랑수아즈 드 보부아르와 관련된 부분도 역시 중요하다. 이 두 작품은 시몬 드 보부아르가 애도의 글쓰기를 할 때 상당히 비슷한 글쓰기의 절차를 밟는다는 사실을 이해하게 해준다.

여정의 차이

그러나 사실 이 두 작품은 근본적으로 다르다. 차이를 탐색해야 할 부분은 서술의 구도, 작품 구조, 주제가 아니다. 그렇다. 제목에 부합하여, 바로 두 작품이 완성한 작업의 성격이다. 『작별의 의식』은 작별에 관한 책이다. 반대로 『아주 편안한 죽음』은 결합의 책이다. 한 책에서는 작별, 다른 책에서는 결합. 똑같은 결정적인 분리, 죽음을 에워싸고, 두 개의 이야기가 드러낸 사실이다.

작별

『작별의 의식』에서 결정적인 작별의 양상은 이중적으로 표시를 남긴다. 작품의 초입과 끝에서다. 이야기를 시작하면서 시몬 드 보부아르가 사르트르에게 말하는 서문은 다음과 같이 시작한다.

> 이 책은 내 책들 중 인쇄되어 나오기 전에 당신이 읽지 못할 최초의 책, 아마도 유일한 책이겠지요. 전적으로 당신에게 헌정되지만, 당신과 관련된 것은 아닙니다.(11쪽)

사실 이 책은 사르트르와 관련된 것은 아닌데, 본질적으로는 시몬 드 보부아르와 그녀의 애도에 관한 책이기 때문이다. 그래도 역시 이 서문은 대화를 전제로 하고, 시몬 드 보부아르는 사르트르에게 말을 건넨다. 하지만 즉시 최초의 폭로로 적나라한 속임수가 드러난다.

내가 사용하는 당신이라는 말은 하나의 속임수, 수사학적인 책략. 누구도 듣고 있지 않고, 나는 아무에게도 말을 하지 않는다.

시몬 드 보부아르는 소통이라는 덧없고 부드러운 환상을 보여준 후 이와 같이 작별의 현실을 직면하고 견딘다. 두 동반자 사이에 오가는 말장난을 회상하며 작별을 분명하게 실감한다.

우리가 젊었을 때 열정적인 토론 끝에 둘 중 하나가 확실하게 승리를 거두면, 승자가 패자에게 말했다. "당신은 당신의 작은 상자 안에 있군요! 당신은 당신의 작은 상자 안에 있고, 거기에서 빠져나오지 못해요. 나는 거기에서 당신과 만나지 못할 겁니다. 사람들이 나를 당신 곁에 묻어도, 당신의 유해와 내 유골 사이에는 어떤 통로도 없을 겁니다."

이러한 결정적인 소통 불능에 대한 생각은 책의 끝부분에서 되풀이된다. 이와 같은 구조가 연속되면서 책은 작별에 기초할 뿐 아니라, 작별에 논리를 부여하고 시작과 끝에서 분명히 말함으로써 그것을 더욱 강화시킨다. 『작별의 의식』의 끝은 다음과 같다.

그의 죽음은 우리를 떼어놓는다. 나의 죽음으로 우리가 다시 결합하지도 않을 것이다. 그렇다. 우리의 삶이 그토록 오래 서로 일치를 이룰 수 있었던 것으로 이미 아름답다.(176쪽)

진단은 결정적이다. 거기에는 **죽음 이후** 결합에 대한 어떤 희망도 없다. 트리스탄과 이졸데처럼 죽음을 통한 결합이라는 신화도 없고, 작별이 보상되지도 않는다. 달리 말해 이 책에서 다루는 것은 커플의 분리, 분리를 확인하는 일이다. 작별의 현실을 **확언하고 받아들이는** 일(**확언**이라는 말은 '확인하고' '공식화한다'는 의미를 동시에 포함하고, **받아들인다**는 말은 '실현하고' '견딘다'는 의미를 포함한다), 그 결과 정신적으로나 육체적으로 결합에서 해체로 이행한다(작가는 지적인 합의 가능성이 없음을 증언한다. "당신이 읽지 못할"). 물론 이런 사실이 공유했던 과거나 감정적 충실성의 폐기를 의미하는 것은 아니다. 그러나 시몬 드 보부아르에게 사태는 명확해 보인다. 현재는 작별의 시간이고, 과거만이 결합의 시간이었다. 그리고 『작별의 의식』 전부가 커플의 해체를 이야기한다. 두 사람 중 한 사람만 죽음의 길을 떠난 것은 커플의 죽음을 의미하기 때문이다.

화해에 대비해서

　　『아주 편안한 죽음』에서는 완전히 도치된 방식을 따른다. 두 여인 중 한 사람만 죽음의 길을 떠난 것은 커플의 분리를 야기하지 않는다. 여기서 분리는 생물학적인 의미로 존재하는 것이지 감정적인 현실은 아니다. 반대로 커플의 도래, 진실, 계시를 야기하는데, 공모의 표지로서가 아니라 어머니와 딸 간의 최종적이고 실질적인 결합의 표지로서 그렇다.

　　책의 맨 앞, 우리가 이미 인용한 구절에서 본 것처럼, 시몬 드 보부아르는 노여움 없이 말한다. "어머니는 이제 돌아가실 만한 나이였다."(16쪽) 그러나 그녀는 이내 자신의 단언을 뒤집는다. "내가 어머니는 돌아가실 만한 나이라고 말했던 것은, 수많은 말들처럼 공허한 말이었다."(28쪽) 책의 끝에서 그녀는 앞서 말한 고정관념을 확실히 거부하기 위해 이 진술을 채택한다.

"죽어도 될 만한 나이야." 노인들의 슬픔 [……] 나 역시 어머니에 대해 이런 상투적인 말을 했었다. [……] 80세면 죽어도 될 만큼 충분히 나이 든 것이라고…… 그러나 아니다. 사람은 태어나서 죽는 게 아니고, 살 만큼 살아서도 아니고, 늙어서도 아니다. 사람은 **그 무엇**으로 인해서 죽는다. [……] 모든 사람은 죽지만 개별적인 인간에게 자신의 죽음은 하나의 사고와 같고, 심지어 그가 자신의 죽음을 인지하고 거기에 동의한다고 해도 부당한 폭력이다.(152쪽)

책을 끝맺는 말, "부당한 폭력"이라는 단언은 이중의 감내를 포함한다. 떠나는 사람들과 남는 사람들, 이 책에서는 딸. 책의 저자인 딸은 더 이상 앞서 내세운 무관심에 동의할 수 없다. 그렇기에 책 전부가 어머니와 딸의 관계 회복의 시도가 된다. 돌이킬 수 없는 과거에서가 아니라 개방성과 이해를 담은 현재에서 두 여인은 점진적으로 조금씩 가까워지고, 서술자인 딸은 자신의 딱딱함에서 벗어나 놀라운 친밀함에 근접한 구절을 쓰기에 이른다.

너무 충격이다. 아버지가 돌아가셨을 때 나는 눈물 한 방울 흘리지 않았다. 동생에게 "엄마 때도 비슷할 거야"라고 말하기도 했다. 그날 밤까지 살면서 내가 느꼈던 모든 슬픔은 이해가 되는 것들이었다. 슬픔에 사로잡혔을 때조차도 나는 슬픔 안에서 내 자신을 분별했다. 이번에 내가 느끼는 절망감은 제어되지 않았다. 내가 아닌 다른 누군가가 내 안에서 울었다. 나는 사르트르에게 엄마의 입술, 그 입술을 보고 읽어낸 모든 것에 대해 말했다. [……] 사르트르는 내 자신의 입술도 더 이상 내 뜻대로 움직이지 않는다는 사실을 말해주었다. 내 얼굴에 엄마의 입술을 포개어, 나도 모르게 엄마의 입 모양을 따라 하고 있었다. 엄마의 인격 전체, 엄마의 존재 전체가 거기에 드러났고, 내 마음은 연민으로 찢어졌다.(44쪽)

"연민"은 여기에서 어머니와 딸이 결합한 명백한 표지이다. 분석이 진행될수록 이 책은 이처럼 어머니와의 관계에서 되찾은 결합을 증명한다. 마치 애도의 체험과 애도의 글쓰기가 일종의 산파술처럼, 삶에서는 잘 다룰 수 없었던 근접성을 재확인하는 개인적인 분석을 작동시켰다.

절망감을 드러내는 장면에서 무심코 행해진 동일성의 움직임("엄마의 입술" "내 자신의 입술")은 겉보기에는 사소하지만 대단히 계시적인 암시를 계기로 재발견된다. 이는 다음 구절의 "우리nous"라는 대명사의 사용에서 확인된다. "우리는 더 이상 이 병원을 좋아하지 않는다."(104쪽) "우리"라는 말은, 병원의 환경에 대한 거부감을 공유하면서 연결된, 어머니와 딸 사이의 결합을 보여준다. 화해의 시기였던 이 시기에 대해서는 언제나 그러한데, 다음은 두 여인 사이의 내밀한 결합을 강조한 구절이다.

[……] 내 몸의 세포 하나하나는, 질병에 맞선 어머니의 거부와 저항에 결합되어 있었다. 어머니의 패배가 나를 쓰러뜨린 것은 그런 이유 때문이기도 했다.(150쪽)

시몬 드 보부아르는 병에 맞선 투쟁으로 연결된 어머니와 딸의 결합을 강조한다. 질병에 대한 저항이라는 고전적인 표현은 육체적 근친이라는 비유를 통해서 새로워진다.[22] 비유를 이어가자면, 어머니가 투쟁에서 패배했을 때 두 여인은 같이 패배한 셈이다. 이 새로운 커플의 두 구성원은 죽음으로 헤어졌고, 화해까지는 아니라고 해도 내적인 이해로 결합되었다.

> 단순한 말과 몸짓에 슬며시 애정이 스며들면서, 완전히 사라졌다고 믿었던 오래전 애정이 되살아났다.(109쪽)

시몬 드 보부아르는 어머니와 딸의 친밀함을 복원시킴으로써 "충분히 대화를 나누지 못해서 상대가 해야 하는 말을 듣지 못한 사실에 대한 후회 또는 회한"[23]이라는 애도의 암초 가운데 하나를 피하게 된다.

그래도 역시 시몬 드 보부아르는 어머니의 죽음으로 인해 자신이 "쓰러졌다"고 생각한다. 어머니의 죽음은 일종의 전염처럼 보부아르 자신의 죽음이기도 했기 때문에 놀라운 일은 아니다. 바로 이러한 상호 개입, 거의 융합에 가까운 동일시는, 보부아르가 심리적 동요를 강조하는 진술을 반복하는 이유를, "어머니의 죽음이 왜 그토록 보부아르에게 충격을 주었는지를"(146쪽) 이해할 수 있게 한다.

---

22   이러한 친연성은 다음의 발언에서도 역시 발견된다. "나 역시 암이 삼켜버린 것 같다. 회한이라는 암."(p. 80)

23   장 라플랑슈, 『미완성으로 남은 코페르니쿠스 혁명』, p. 378.

자자에 관한 은밀하고 비공식적이고 신중한 무덤과 같은 『얌전한 처녀의 회상』을 회복의 시도라고 한다면,[24] 분명하고 공식적이고 빛나는 무덤과 같은 『아주 편안한 죽음』도 역시 회복의 시도이다. 이중의 회복. 어머니와 딸 관계의 회복과 '자아'의 회복이다. 어머니와 딸 관계의 회복은 작품의 마지막 부분에서 분명해진다.

> 나는 이 죽어가는 환자에게 애착했다. 희미한 빛 속에서 함께 이야기를 나누면 내 오래된 회한이 가라앉았다. 청소년기에 단절되어 우리의 차이점과 유사점으로 인해 다시 계속하지 못했던 대화를 이어갔다.(109쪽)

어머니와 딸은 병을 넘어서, 병 덕분에 그리고 죽음이 다가옴에 따라 서로 다시 만났다. 그것이 이 작품이 입증하는 최초의 회복이고, 작품은 이 회복을 기원으로 만들어진 것이다. 그러므로 어머니와 딸의 결합이라는 궁극의 성과는 죽음에 대해 승리하는 방법이기도 하다.

또 다른 회복은, 이것도 똑같이 중요한데, '자아'의 회복이다. 죽음 전과 후에 걸쳐 어머니와 화해를 이룬 일은 작품의 기본적인 부분이다. 딸로서는 자신의 상처를 치유하는 일이고, 작품을

24　엘리안 르카름타본Eliane Lecarme-Tabone이 주장한 견해다. 『시몬 드 보부아르의 『얌전한 처녀의 회상』*Mémoires d'une jeune fille rangée de Simone de Beauvoir*』(Paris: Gallimard, 2000), p. 121.

통해 표현함으로써 죄의식[25]을 떨치는 일이 가능해진다.

> [······] 겉으로 보이는 것과 달리, 심지어 엄마의 손을 잡고 있을 때조차도 나는 엄마와 함께가 아니었다. 나는 엄마에게 거짓말을 했다. 엄마가 언제나 속아 지냈던 터라 최후까지 이런 속임수를 쓰는 게 너무 가증스럽게 느껴졌다. 내가 엄마에게 폭력적이었던 운명의 공모자가 되었다.(150쪽)

이러한 가혹한 자기비판은 다른 데서도 볼 수 있는데, "속임수"에 대한 아주 격렬한 비난을 동반한다. 작품에서는 서술자가 느끼는 죄의식이 메아리처럼 들려온다.

> 죽음이 승리를 거두고 있는 때조차 가증스러운 속임수라니! 엄마는 우리가 곁에 있다고 믿었다. 그러나 우리는 이미 엄마와 다른 편에 있었다. 모든 걸 파악하는 사악한 재능으로 나는 내막을 눈치챘다. 엄마는 아주 멀리서, 인간적 고독을 느끼면서 몸부림치고 있었다. [······] 나는 이 일이 내 책임은 아니라고 해도 내 잘못으로 인한 일이라고, 그 잘못을 결코 속죄할 수 없으리라고, 절망적으로 깨달았다.(82쪽)

『아주 편안한 죽음』은 심오한 속죄의 방식이다. 글쓰기를

---

25 미셸 아누스Michel Hanus, 『삶 속에서 애도하기, 어른과 아이가 겪는 애도와 작별 Les Deuils dans la vie, deuils et séparations chez l'adulte et chez l'enfant』(Paris: Maloine, 2판, 2001), p. 158("의식적이고도 무의식적인 죄의식은 모든 애도에서 주요하고 본질적인 부분을 이룬다").

통해 잘못을 속죄하고 있는데, 그것은 또한 애도의 작업이기도 하다.

작품의 맨 마지막 부분에서 시몬 드 보부아르는 다음과 같이 말한다. "소중한 누군가가 사라지게 되면, 우리는 살아남은 죄에 대해 고통스러운 회한을 무수히 느낀다."(134쪽) 『아주 편안한 죽음』에서는 이러한 성찰을 반복해서 파고드는 것처럼 보인다. 다른 누구와 같지 않은 한 여인, 어머니의 독자적인 개별성을 강조하는 이 애도의 작품은 시몬 드 보부아르에게 진정으로 '회한'을 피하기 위한 수단이었다.

3장
아니 에르노, 애도에서 영광의 육체로

어머니가 돌아가시고 사흘 후에, 아니 에르노는 그 어떤 일에도 몰두할 수 없었다는 사실을 강조하면서, 어머니의 죽음에 자신이 어느 정도로 마음이 다쳤는지 일기에 적는다.

> 지하실에 내려왔다. [어머니의] 여행 가방이 있었고, 안에는 동전 지갑과 하얀색 여름 가방, 스카프 여러 장이 들어 있었다. 나는 몇 개의 물건 앞에, 입구가 벌어진 가방 앞에 서 있었다. 내가 무엇을 기대했는지 모르겠다.
> 나는 내게 온 소포를 열 마음이 없었고, 무얼 읽을 수도 없었다.[1]

서술자가 환기하는 불안 상태는 분명히 그녀가 겪은 애도와 연결되어 있다. 그 직후에 다음과 같은 말을 덧붙인다. "내 삶에서 두세 번 이런 상태에 있었다는 사실을 안다. 실연 직후, 낙태

---

[1]   아니 에르노, 『나는 나의 밤을 떠나지 못했다*Je ne suis pas sortie de ma nuit*』(Paris: Gallimard, 1997), p. 107. 이후 참조는 전부 '폴리오' 판본(1999)을 기준으로 한다. 주를 너무 장황하게 만들지 않기 위해서 인용 페이지는 작품의 본문 괄호 안에 표시하기로 한다. 필요한 경우 JNS라는 약어로 표기한다.

직후."(107쪽) 실연, 낙태, 어머니의 죽음이 동일한 체험으로 놓인다. 상실의 체험. 낙태와 어머니의 죽음은 공통적으로 모성과 밀접한 관련이 있는데, 표현 방식은 서로 다르고, 심지어 대립적이기도 하다. 어머니가 아이를 상실하는 것, 아이가 어머니를 상실하는 것. 잠재적이었던 관계의 상실, 실재했던 관계의 상실.

서술자가 두 개의 상실을 대상으로 시도한 화해는 그녀가 자신의 낙태에 관해 쓴 『사건』[2]에서 반복된다. "낙태 시술 하는 여자"가 그녀의 자궁 안에 가늘고 긴 관을 집어넣으려던 순간을 다시 떠올리면서 아니 에르노는 다음과 같이 말한다.

> 수술실의 이미지에 도달했다. 분석이 불가능하다. 단지 그 안에 잠길 뿐이다. 소식자消息子를 삽입하고 내 다리 사이에서 부지런히 손을 움직이는 이 여인이 나를 **태어나게** 만든 것처럼 여겨진다.
>
> 그 순간 나는 내 안에서 어머니를 죽였다.[3]

여기에서 삶과 죽음이 동시에 소집된다. 태어남의 끝은 서술자와 연결되고, 죽음의 끝은 어머니와 연결된다. 달리 말해 낙태 시술자의 개입은 상징적 모친 살해처럼[4] 회고적으로 읽힌다. 이 작품에서는 낙태를 매개로 원초적인 모친 살해를 재연한다. 하지만 이것은 여러 가지 유형의 모친 살해들 중 하나일 뿐이다. 가장 중요한 것은 『한 여자』에서 수행된 모친 살해, 애도의 작품이 행

---

2 아니 에르노, 『사건 L'Événement』(Paris: Gallimard, 2000).

3 강조는 저자의 것이다.

4 모친 살해와 그 쟁점에 관해서는 이 책의 21쪽 이하 참조.

하는 강력하고 충동적인 모친 살해이다. 아니 에르노가 낙태의 순간에 '자기 안에서 어머니를' 죽인 것이라면, 그녀가 자신이 상실한 것과 상실의 무게를 자각하게 된 것은 바로 어머니가 실제로 돌아가신 순간이다. 이러한 상실이 구현된 작품은 바로 『한 여자』이다. 『한 여자』와 『나는 나의 밤을 떠나지 못했다』에는 어머니가 편찮으신 동안 에르노가 쓴 일기들이 담겨 있다. 두 작품은 어머니를 향한 애도의 책이라는 공통점이 있다.

우리는 아니 에르노의 작품을 통해서 모성에 대한 애도의 글쓰기가 둘-사이에서 글을 쓰는 일이라는 사실을 밝힐 것이다. 1절에서는 그 사실을 다룰 것이다. 2절에서는 아니 에르노가 어떻게 어머니를 부활시켰는지, 작품이 어떻게 어머니 모습에 관한 "영광의 육체"[5]의 결과물이 되었는지를 볼 것이다.

I. "두 기슭 사이에서"

『나는 나의 밤을 떠나지 못했다』에서 아니 에르노는 고통스러운 시기에 일기를 쓰는 자신의 행위가 어떤 의미인지 질문한다. "나는 내가 하고 있는 일이 삶의 작업인지, 아니면 죽음의 작업인지를 모른다."(99쪽) 여기에서 살피고 있는 "삶"과 "죽음"의 양극단은 서로를 배제한다. 삶의 작업이거나, 죽음의 작업이다. 하지만 더 자세히 들여다보면 일기는 차라리 둘-사이의 긴장, 유동적인 움직임으로 드러난다. 그리고 이 양극단은 작가의

---

5   corps glorieux: 기독교에서 "부활 후의 축복을 누리는 육체"를 일컫는다. (옮긴이)

투쟁 속에서 형성되는, 역동적인 둘-사이의 양 끝이다.

애도의 글쓰기는 이 둘-사이에 관여하면서 둘-사이를 벗어나는 방식이고, 『한 여자』와 『나는 나의 밤을 떠나지 못했다』가 구성하는 애도의 글쓰기에서 우리가 살펴보고자 하는 것도 바로 그 방식이다.

먼저 이 둘-사이를 상징하는 작품인 『나는 나의 밤을 떠나지 못했다』를 살펴본다. 이어서 우리는 『한 여자』에서 이 둘-사이가 어떻게 작동하는지를 살펴본다. 그리고 이 둘-사이의 끝을 의미하는 작품의 완성 방식을 분석하면서 마무리하겠다.

『나는 나의 밤을 떠나지 못했다』

『나는 나의 밤을 떠나지 못했다』는 1997년에 출간되었는데, 『한 여자』 발표 후 12년이 지난 뒤였다. 1996년 3월 서문에서는 이 작품을 "고통의 잔여물,"(13쪽) 다시 말해 지나간 이야기로 읽어야 한다고 강조하면서 작품과 어느 정도 거리를 유지한다. 따라서 출간될 무렵의 일기는 둘-사이에 놓인 것이 아니다.

반면에 시간의 흐름을 고려해서 보면, 일기를 쓴 기간은 이중의 의미로 둘-사이에 놓인다. 한편으로는 두 사람에 대한 애도의 사이인데, 하나는 이미 행해진 것으로 1970년대 말에 돌아가신 아버지에 대한 애도이고, 다른 하나는 앞으로 일어날 것으로 1986년에 돌아가신 어머니에 대한 애도이다. 다른 한편으로는 애도에 관한 두 작품 사이로, 『남자의 자리』[6]라는 완성작과 곧 발간될 『한 여자』라는 작품 사이이다.

---

6   아니 에르노, 『남자의 자리 *La Place*』(Paris: Gallimard, 1984).

어머니에 대한 애도가 시작되는 『나는 나의 밤을 떠나지 못했다』는 미셸 아누스가 말한 "사전 애도"라고 부를 만한 성격을 띤다. 사전 애도는 "죽음을 앞두고 시작된 애도의 작업, 질병으로 인해서 죽음을 피할 수 없다는 생각을 하게 되거나 의사가 죽게 될 거라는 사실을 확인해주는 바로 그 순간"[7]을 가리킨다. "사전 애도"를 반영하여 어머니가 편찮으신 동안 쓴 일기들은 『한 여자』라는 애도의 작품을 출간하기 전에 애도의 계기가 된다.

작품의 글쓰기는 전부 어머니의 끝나가는 삶과 다가오는 죽음 사이, 둘-사이의 기간과 연결되어 있다. "어느 면에서 이 방문 일기는 나를 어머니의 죽음을 향해 이끌었다."(12쪽) 작품은 오랫동안 글을 쓰던 순간과 다시 읽기 사이에 머무를 것이다. 서문에서 아니 에르노는 "『한 여자』를 쓰는 내내, 어머니가 편찮으신 동안 썼던 글들을 다시 읽지 않았다"(12쪽)라고 강조한다. 이것은 그녀가 일기의 마지막에 쓴 구절에서도 확인된다. "언젠가 어머니를 만나고 돌아와 적어둔 기록을 읽으면, 내게 삶과 죽음이 하나의 연속성 속에 있는 듯 보일 것이다."(111쪽)

사실 연속성이란 애도의 글쓰기에서만 생겨날 수 있는 것처럼 보이는데, 『한 여자』를 이끌어 가는 것이 연속성 그 자체일 것이다. 애도의 작품만이 둘-사이를 극복하게 한다. 『한 여자』는 아직 존재하지 않는 작품 『나는 나의 밤을 떠나지 못했다』의 지평을 이룬다. 하나의 호소, 즉 평온 상태를 향한 호소가 아니라 둘-사이의 극복으로 얻는 안도감을 향한 호소이다.

시간적으로 보면 작품의 도래에 대한 첫번째 암시는 1984년

---

7   미셸 아누스, 『삶 속에서 애도하기, 어른과 아이가 겪는 애도와 작별』, p. 109.

7월 26일 목요일에 있었다. "나는 내가 어머니에 대해 『남자의 자리』와 같은 책을 쓸 수 있을지를 자문한다."(37쪽) 아버지의 삶을 저수조 삼아 직전에 완성된 『남자의 자리』 역시 애도의 작품이다. 아버지의 죽음을 계기로 쓰기 시작한 작품이고, 시작부터 끝까지 아버지의 죽음을 다룬다. 게다가 아버지의 사망 순간을 정확하게 기록하고 서술자의 감정을 깊이 있게 파고드는 작품이다. 『남자의 자리』와 비슷한 책을 쓸 수 있을지 자문하는 일은 다른 애도의 작품이 가능할지를 가늠해보는 것이다. 이번에는 어머니에 관한 애도의 책이고, 애도에 관한 두 권의 책 사이에 놓인 작품이다.

1985년 9월 13일 금요일에 다시 아니 에르노는 다음과 같이 적는다. "지금 이 순간, 정확히, 나는 어머니에 관한 책을 생각하고 있었다. 나는 완전히 혼란스러운 상태였다."(79쪽) 책에 관한 질문은, 감정적이고 정서적인 둘-사이에 있는 서술자가 느끼는 불편함을 수반한 채, 이렇게 되풀이되었다.

그러나 어머니에 관한 작품은 삶과 죽음의 사이, '둘-사이'에서 빠져나왔을 때 정말로 완성될 수 있을 것이다. 그래서 아니 에르노는 『나는 나의 밤을 떠나지 못했다』의 서문에서 『한 여자』가 어머니에 관한 글쓰기의 첫번째 시도는 아니라고 설명한다. "1985년 말 나는 죄의식을 느끼며 어머니의 삶에 관한 이야기에 착수했다. 어머니가 더 이상 존재하지 않는 시간에 나를 둔 느낌이었다." 이어 그녀는 다음과 같이 말한다. "내가 상상했던 어머니, 젊고, 세상을 향해 나아가던 어머니에 대해 글을 쓰는 것과 견딜 수 없이 비참한 상태에 있는 어머니를 보게 되는 현재의 방문 사이에서 괴로움을 겪었다."(11쪽) 그렇기에 양극단으로 인한 긴장 상태에서는 어머니에 관한 글을 쓸 수 없다.[8] 어머니의 죽음만

이 작품의 가능성을 확보해줄 것이다.

줄리아 크리스테바는 콜레트의 작품을 분석하면서 다음과 같은 사실에 주목한다. "글쓰기는 사랑으로 **인하여** 존재하고 타자의 죽음과 **더불어** 완성된다. 바로 그대로, 그녀는 '시도Sido'라는 이름의 모성적 인물 속에서 자신의 원천을 발견한다."[9] 여기에서 발견한 "인하여au travers"와 "더불어avec" 사이, 이것은 우리가 『한 여자』를 검토하기 위해 아주 구체적인 방식으로 작동시킬 수 있는 장치이다. 『한 여자』는 어머니에 대한 사랑으로 "인하여," 그리고 어머니의 죽음과 "더불어" 전개된다. 물론 이 경우는 '시도'가 아니라 '블랑슈 뒤셴Blanche Duchesne'이다.[10]

일기가 끝나갈 무렵 어머니가 돌아가시자 글쓰기의 필요성이 점점 더 강해졌다. 아니 에르노는 어머니와 관련된 글쓰기에 대한 전적인 거부와 결국 써야 하는 필요성 사이에서 마음이 흔들린다. "어머니에 관한 책을 상상하는 일의 끔찍함. 문학은 아무것도 할 수 없다."(106쪽) 그렇게 하는 것에 대한 두려움—"어머니의 매장에 관해서, 어머니가 살아 있었던 마지막 날에 관해 글을 쓰는 일의 두려움."(112쪽) 거기에 도달하는 것의 불가능성—"어머니에 관해 '정말로 글을 쓰는 일'은 있을 수 없을 것."(114쪽)

8 하지만 둘-사이의 기간이 지속되는 동안 그녀의 긴장은 지속될 것이고, 신문에 어머니에 관한 작품을 싣는 일을 후회할 것이다. "2년 전부터 가장 나쁜 일은, 어머니에 관한 글을 쓴 것이다. 『르 피가로』에 하나, 『로트르 주르날』에 다른 하나, 어머니를 방문한 후에 남긴 기록들."(『나는 나의 밤을 떠나지 못했다』, p. 108. 그러나 이 글들은 우리 연구의 방향을 바꾸지 못하는데, 이 글들은 단지 인쇄되어 나왔을 뿐 실제로 출판되지 않았기 때문이다.

9 줄리아 크리스테바, 『천재적 여성 3. 콜레트』, p. 153.

10 『한 여자』가 어머니의 정체성을 묵과한 반면, 『나는 나의 밤을 떠나지 못했다』는 정체성을 부여한다. p. 43을 참조하라.

거기에 도달해야 하는 필연성—"아마도 이 고통을 덜어내는 일
은, 고통을 묘사하면서 이야기함으로써 지쳐버리게 만드는 일일
것이다"(105쪽) 또는 "나는 '내 자신을 넘어서기' 위해서 이야기를
해야만 할 것이다."(110쪽)

일기의 마지막은 『한 여자』의 글쓰기가 시작되는 지점과 일
치한다. 작품을 시작하는 지면들은 일기에서도 자주 언급되는데,
4월 20일 일요일은 작품을 시작하는 날짜이고, 『한 여자』의 끝에
서 그 사실을 명확히 한다. "3시에서 4시 사이에 나는 살아 있는
어머니를 보았던—정확히 2주 전이었다—마지막 방문에 관한
이야기를 하고 싶다는 생각이 들었다."(114~15쪽)

애도로 인해서 촉발된 작품은 어머니가 둘-사이를 벗어났을
때 시작된다. 아니 에르노는 밤을 지새우며 자신이 놓인 둘-사이
에 관해 기록한다.

> 나는 분리 상태에 있다. 아마 언젠가, 모든 것이 하나의 이
> 야기처럼 연결되고, 끝날 것이다. 글을 쓰기 위해서는 지금의 이
> 틀이 내 삶의 나머지 부분으로 녹아들기를 기다려야만 할 것이
> 다.(112쪽)

이러한 연결은 『한 여자』의 서두에서는 여전히 실현되지 않
았는데, 서술자는 다시 한번 비슷한 말들로 그런 사실을 말한다.
"나는 어머니에 관해 계속 글을 쓸 것이다. [……] 어머니의 병과
죽음이 내 삶의 지나간 흐름에 녹아들도록 기다리는 편이 좋았을
것이다. [……] 하지만 지금 나는 다른 것을 할 수가 없다."(22쪽)
『한 여자』의 애도의 글쓰기는 전적으로 여전히 감지되는 둘-사

이에 자리 잡을 것이다.

둘-사이라는 기호 아래 글을 쓰는 일

아니 에르노는 『한 여자』에서 구체적인 세상에 대한 자신의 무관심을 떠올리고, 자신이 어떻게 둘-사이에, 심각한 사건(어머니의 죽음)과 무의미한 일상 간의 긴장 사이에 놓여 있는지를 보여준다. "나는 사람들을 대하는 관례적인 방법을 더 이상 이해하지 못했다. 사람들이 정육점에서 고기의 부위를 고르려고 세심하게 신경 쓰는 모습이 무서웠다."(21쪽) 의미심장하게도 꿈의 공간은 애도를 표하는 둘-사이를 되풀이해 보여준다. 아니 에르노는 『한 여자』의 끝에서 다음과 같은 꿈을 이야기한다.

글을 썼던 10개월 동안 나는 거의 매일 밤 어머니 꿈을 꿨다. 한번은 내가 강 한가운데 누워 있었고, 양쪽으로는 물이 흐르고 있었다. 내 배에서, 어린 소녀의 성기처럼 다시 매끈해진 내 성기에서 가느다란 섬유가 달린 식물들이 나와서 흐물거리며 떠다녔다. 그것은 내 성기였을 뿐만 아니라 내 어머니의 성기이기도 했다."(104쪽)

이 꿈에서 서술자는 상징적으로 불안정한 공간에 놓인 자신을 다시 발견하고 애도 행위에 고유한 둘-사이를 반복한다. 이 둘-사이는 삶과 죽음의 사이를 뜻하는데, 삶을 시작하는 시기인

II   이 꿈은 『나는 나의 밤을 떠나지 못했다』에서도 가벼운 변형을 거쳐 제시된다.
(p. 57)

아이의 성기가 글을 쓰는 순간의 죽은 어머니의 성기와 섞이기 때문이다. 물론 이런 둘-사이는 완전히 치명적인 공간이라고 할 수도 있지만(여기서 서술자는 오필리아, 죽은 채 물 위를 떠다니는 다른 여인을 환기시킨다), 그러나 이것은 이 꿈의 중요한 요소, '여성 성기에서 나온 식물들'과 함께 살아 있는 사람에 대한 긴장 형성을 무시하는 일이 될 수 있다.

식물에서 작품의 비유를 볼 수 있지 않을까? 이미 『한 여자』에서 아니 에르노는 다음과 같이 썼다. "어머니에 대해 글을 쓰는 일이 이제는 내 차례가 되어 내가 어머니를 세상에 내놓기 위해서 글을 쓰고 있는 것처럼 여겨진다. 여기에서 창조와 관련된 동일한 절차가 감지된다. 불분명한 정체성을 지닌 성기에서 나온 "가느다란 섬유가 달린 식물들"은 생성되고 있는 작품의 이미지라고 할 수 있다. 불안정성, 유동성(우리는 서술자가 자신의 기획을 완성하고 거기에 응답할 수 있는 자기 역량에 대해 자문하는 메타 텍스트적이고 보편적인 성찰에서 이런 특성을 확인한다)은 식물의 흐물거림의 이미지에 있다. 마찬가지로 수생 식물들은 삶과 죽음 사이의 성기에서 생겨나고, 작품 『한 여자』는 삶과 죽음 사이에 위치한 서술자로부터 생겨난다.

이 둘-사이는 단지 서술자를 특징짓는 것만은 아니다. 그것은 서술자가 실현하고자 하는 통합 의지에 맞서는 것이기도 하다. 대립적인 것을 결합하려는 욕망은 매번 양극단 사이에서 흔들리는 인상과 충돌한다. 아니 에르노는 자신의 어머니가 "때로는 좋은 어머니, 때로는 나쁜 어머니(62쪽)"였다고 보면서 "가장 먼 어린 시절에서부터 생겨난 흔들림(62쪽)"에 어머니를 위치시킨 것이라고 설명한다. 닫힌, 완성된 작품만이 모든 대립적인 것을 결합시키거나 최소한 진정시킬 수 있을 것이고, 우리는 거기에 대해 다시 언급할 것이다.

『한 여자』의 끝에는 작품의 글쓰기가 행해진 기간을 가리키는 날짜가 있다. "1986년 4월 20일 일요일~1987년 2월 26일." 이두 개의 날짜는 시간적으로 제한된 범위를 가리키는데, 양극단은 둘-사이의 출구로 여겨지는 장례를 향해 나아간다. 작품은 텍스트의 공간으로 제시되는 동시에 괄호 사이에 놓인 시간적 공간으로 제시된다. 작품은 시간을 벗어난 시간의 공간이고, 시간 밖에 있는 시간의 공간,[12] 막 시작된 애도의 시간과 끝나가는 애도의 시간 사이의 공간이다. 작품은 삶의 선형적인 전개에서 벗어난 시간이며, 서술자가 애도의 시간을 보내는 침묵의 공간이다.

아니 에르노는 한 대담에서 『한 여자』는 "심오한 애도의 작품이고, 아버지가 돌아가신 직후에 쓴 『남자의 자리』보다 훨씬 더 그렇다"[13]라고 설명한다. 이는 『남자의 자리』가 애도의 작품이 아니라고 말하는 것이 아니다. 분명히 『남자의 자리』는 애도의 작품이고, 애도의 문제를 다룬다. 다만 『한 여자』가 애도의 체험이라는 고통의 순간, 충격에 빠진 순간에 쓰인 작품이고, 더욱 그런 특징을 지닌다는 사실을 강조하는 것이다. 이 작품에서 둘-사이가 훨씬 더 잘 감지되는 것도 바로 이런 이유 때문일 것이다. 『한 여자』는 전날과 다음 날 사이, 오늘의 어제와 회복 불가능한 죽음을 맞은 내일 사이에서 가공의 공간으로 제시된다. 이 공간

---

12   정신분석적 관점에서 시간 밖의 문제를 다루는 것에 대해서는, 줄리아 크리스테바, 『내적 반항, 권력과 정신분석의 한계 La Révolte intime, pouvoirs et limites de la psychanalyse』 2권(Paris: Fayard, 1997), pp. 40~68을 참조하라.

13   아니 에르노, 『한 여자』, 2002, p. 8.

은 어머니에 관한 각별한 이해의 방식이 특징으로 드러난다.

실제로 아니 에르노는 다음과 같이 분명하게 밝힌다. "사람들은 내가 어머니에 대해 글을 쓴다는 사실을 모른다. 그러나 내가 어머니에 대해 글을 쓰는 것이 아니라, 오히려 어머니가 살아 있던 시공간 속에서 어머니와 함께 살아간다는 느낌이다."(68쪽) "~에 대해서"가 아니라 "함께"인 것이다. 애도의 작품은 연속성이 깨지고, 흩어진, 다른, 인공적인 시간의 작품이다. 죽음을 거부하는 것이 아니라 이행의 시간, 지체의 차원에 속한 무엇이다. 이러한 관점은 아니 에르노의 말에서 확인된다. "이런 조건에서 '책을 낸다'는 것은 어머니의 죽음을 확정 짓는 의미일 뿐 다른 의미는 없다. 미소를 지으면서 내게 '다음 책은 언제 나오지요?'라고 묻는 사람들을 향해 욕을 하고 싶은 심정이다."(69쪽)

둘—사이에서 벗어나다

애도의 작품을 완성하는 것은 양극단(그게 무엇이든) 사이의 흔들림이 끝난다는 의미이다. 끝, 애도의 체험으로 야기된 흔들림의 끝, 그리고 무엇보다 글쓰기를 통해 체험한 흔들림의 끝. 애도의 작품을 완성하는 일은 이러한 유동성을 벗어나 고정된다는 의미이다. 이것이 바로 이미 완성된 애도의 작품 『남자의 자리』, 실현 과정에 있는 애도의 작품 『한 여자』에서 아니 에르노가 암시한 사실이다.

1967년, 아버지가 심근경색으로 4일 만에 돌아가셨다. 다른 책에서 이미 그 순간들에 관한 글을 썼기 때문에 새삼스레 다시 표현할 수 없다. 다시 말해 다른 단어들, 다른 순서를 지닌 문장

들을 가지고, 다른 이야기를 만드는 일이 결코 없을 것이라는 뜻이다.(73쪽)

달리 말하면 『남자의 자리』에서 구현한 뱃사공의 일은 돌이킬 수 없게 확고하고 최종적인 일로서, 아버지와 딸은 각자 서로 다른 강의 기슭에 있는 것이다. 이러한 결정적인 배치의 양상은 『한 여자』에서도 마찬가지의 특징으로 드러난다. 우리는 이런 특징을 아니 에르노가 자신의 기획을 설명하면서 세 번이나 "질서ordre"라는 단어를 사용한 메타텍스트적인 언급에서 확인할 수 있다.

나는 단어들의 선택과 배치, 말해야 하는 사물의 **질서**에 대해 질문을 던지면서 많은 시간을 보낸다. 진실을 설명할 수 있는 단 하나의 이상적인 **질서**가 있는 것처럼 그렇다. [……] 글을 쓰는 순간에 바로 이런 **질서**를 발견하는 것보다 내게 더 중요한 것은 없다.[14](43쪽)

질서: 애도의 작품은 그것의 완성에서 변함없는 조합이 출현한다. 시련과 괴로움을 주던 둘-사이에 조종을 울리는 것이다. 작품으로 인해 고인은 삶과 죽음 사이에서 흔들리고, 죽음이 완전히 수용되지 않은 공간, 혼란의 공간을 떠나는 일이 분명히 어려워진다. 『한 여자』의 끝에서 아니 에르노는 다시 쇠락의 날들, 죽음을 앞둔 마지막 단계에 이르는 것에 대한 두려움을 환기한다.

[14] 강조는 저자의 것이다.

며칠 전부터 점점 더 글 쓰는 일이 어려워지는데, 아마 내가 이 순간에 도달하기를 결코 원하지 않기 때문일 것이다. 하지만 나는 글쓰기를 통해, 정신 나간 여자가 되고 만 어머니를 예전의 강인하고 빛나던 여인의 모습과 결합시키지 않고서는 살아가지 못하리라는 사실을 안다.(89쪽)

끝을 쓰는 일의 어려움은 여기에서 "결합""의 필요성으로 인해 배가된다. 연결하는 일은 분리를 뜻하는 죽음에 맞서 승리를 거두는 방식이다. 죽음으로 인해 야기된 분리는 『한 여자』의 맨 마지막에서 분명하게 드러난다. "나는 내가 태어난 세상과 맺고 있던 마지막 끈을 잃어버렸다."(106쪽)

글쓰기의 힘은 둘-사이의 연결 요소이고 둘-사이의 출구인데, 장례를 치른 다음 주 서술자의 설명에서 분명히 드러난다. 그녀는 "이틀을 연결시키지 못했다."(103쪽) 살아 계신 어머니를 마지막으로 보았던 날과 어머니가 돌아가신 것을 처음 보았던 날. 단 하나의 독립된 문장으로 구성된 다음의 구절에서 글쓰기의 은총, 연결의 은총으로 이것은 명백해진다. "지금은, 모든 것이 연결되었다." "모든 것"이라는 단어는 특별히 의미를 지닌다. 좁은 문맥으로 보면 이 부정대명사는 이틀 사이에 놓인 틈을 뜻하지만, 동시에 더 넓은 문맥에서는 글쓰기로 인한 결합으로 해석될 수 있다. "모든 것이 연결되었다"라는 서술자의 말은, 다시 말해 내

---

15 앞서 언급된 꿈(p. 104)은 "가느다란 섬유"가 의미하는 분리를 제어해야 했던 것처럼, '재회'의 관점에서 다시 해석될 수 있을 것이다.

가 둘-사이에서 빠져나왔다는 말이다. 책의 모든 지면들에 걸쳐 분열로 인해 안간힘을 썼던 나는 분열의 양극단을 결합시켰다. 『나는 나의 밤을 떠나지 못했다』에서 아르노가 썼던 것처럼, 이 작품 또한 삶과 죽음을 결합한다.

> 내가 어머니를 보러 갔던 모든 일요일과 비슷한 어느 일요일, 월요일, 마지막 날, 어머니가 돌아가신 날, 내가 연결할 수 없는 이틀이 있다. 삶, 죽음이 분리되어 사물의 양면에 머물러 있다.(112쪽)

그러므로 『한 여자』는 연결의 창조, 단일성과 연속성으로 기입된 사실의 증명이다. 아니 에르노는 『나는 나의 밤을 떠나지 못했다』의 서문에서 이러한 결합을 강조해 말한다. 일반적으로 작품, 구체적으로는 애도의 작품이 도달하는 것은 이런 일관성인데, 왜냐하면 여기서 언급하는 작품은 분명히 『한 여자』를 가리키는 것이기 때문이다.

> 나는 이제 작품이 도달하고자 하는 단일성, 일관성은, 가장 모순적인 현실의 자료들을 설명하려는 의지와 무관하게, 가능하다면 언제든지 흔들려야 한다고 생각한다.(12~13쪽)

단일성을 위협할 필요성을 드러내는 이 단언은 애도의 글쓰기가 지닌 주요한 양상을 요약한다. "가장 모순적인 현실의 자료들을 설명하는" 작품이지만, 작품 자체에서, 작품의 완성을 통해서 이러한 둘-사이를 빠져나오는 작품이다.

반복되는 꿈은 삶과 죽음 사이의 동요가 끝남을 증명한다. 그것은 『나는 나의 밤을 떠나지 못했다』의 서두에서 한 말로 어머니와 관련 있다. "어머니는 살아 계시는데, 하지만 어머니는 이미 **돌아가셨다.**" 강기슭은 여기에서 아주 멀지 않다. 딸은 뱃사공의 일을 수행했다. 돌아가신 어머니가 다시 와서, 그녀가 있던 죽음의 극단을 넘었고, 삶과 죽음이 양 끝을 이루는 둘-사이가 아니라(여기서 사용된 복합과거는 한 상태에서 다른 상태로 이행이 완결되었음을 강조한다) 흔들림이 아닌 중첩의 혼란 속으로 기입된다. "잠에서 깨어나 1분쯤은 어머니가 죽었으면서 살아 있는, 두 가지 형상으로 실제로 살아간다고 확신했다. 마치 죽음의 강을 두 번 건넜던 그리스 신화의 인물들처럼 그렇다."(14쪽) 꿈은 작품이 산출한 것(어머니가 죽은 자들의 기슭으로 이행)을 되짚는다. 어머니는 이중의 형상으로, 한순간만 실제로 생존한다. 그야말로 에우리디케처럼, 어머니는 죽음의 영역으로 되돌아가기 전에 산 자들의 기슭으로 짧은 회귀를 할 뿐이다. 애도의 작업, 애도의 작품을 끝내면서, 비록 죽은 자들의 부활에 대한 불굴의 욕망이 있기는 해도 각자는 시간의 흐름과 글쓰기의 흐름이 부여해준 기슭, 둘-사이의 분명한 끝에 남는다.

그렇다. 아니 에르노가 『나는 나의 밤을 떠나지 못했다』에서 말한 그대로다. "어머니에 대해 글을 쓰는 일은 필연적으로 글쓰기의 문제를 제기한다." 우리는 그녀의 관점이자 우리의 관점을 따라서 다음과 같이 말할 수 있다. **돌아가신 어머니**[16]에 대해 글을

---

16 여기에서 우리는 앙드레 그린이 『삶의 나르시시즘, 죽음의 나르시시즘*Narcissisme de vie, Narcissisme de mort*』(Paris: Minuit, 1983)에서 펼쳤던 '죽은 어머니'에 관한 개념을 언급하는 것이 아니다. "어머니는 살아 계시지만, 어머니가 돌보던 어린아이의 눈

쓰는 일은 필연적으로 **애도의** 글쓰기라는 문제를 제기한다. 긴장을 가로지르고 해소하는 애도의 글쓰기, 둘-사이를 침입하는 애도의 글쓰기. 둘-사이는 우리가 이미 본 것처럼 삶과 죽음 사이의 흔들림이고, 고찰을 통해 포착한 죽음의 본질과 관련 있다.

그러나 애도의 글쓰기는 흔적인 동시에 둘-사이에 깊이 자리 잡은 애도의 출구이다. 애도의 글쓰기는 또한 다른 둘-사이를 향해 가까이 가는 일이다. 그것은 다가온 죽음, 지나간 죽음과 다가올 내 자신의 죽음 사이에서 펼쳐지는 것을 새롭게 그려낸 공간이다. "2인칭의 죽음""[7]은 물론 자기 죽음의 가능성을 의식하게 만들지 않지만 현실을 강화한다. 이런 사실은 『한 여자』에서 아니 에르노가 쓴 것을 통해서 특히 감지된다. "나는 2000년대의 어느 날, 내가 여기[18] 아니면 다른 어디에선가 냅킨을 접었다 펼쳤다 하면서 저녁을 기다리는 여자들 중 하나가 될 거라는 생각을 했다."(104쪽) 부모님이 모두 세상을 떠났기 때문이기도 하고, "질병과 죽음에 맞서는 보호자이자 강력한" 존재였던 어머니의 죽음이 죽음에 저항하던 최후의 성벽을 무너뜨렸기 때문이기도 하다.

II. 전도된 모녀관계

『한 여자』는 어머니에 대해 진실을 추구하는 작품으로 제시된다. 작가가 두 번을 언급한 사실과 연결된 암시를 헤

에는 심리적으로 죽은 존재이다."(p. 222)

17 블라디미르 장켈레비치, 『죽음』 참조.

18 양로원을 가리킨다.

아릴 때, 어머니는 '이야기'의 기원에 있게 될 것이다. 처음에 아니 에르노는 "[그녀가] 보기에 어머니는 아무 이야기도 가지고 있지 않다"(22쪽)라고 말하는데, 작품의 맨 끝에서는 어머니가 "이야기가 되었다"(106쪽)라고 말한다.

책을 매개로 형성된 어머니의 이야기는 어머니에 대한 질문과 이해의 시도일 뿐만 아니라, 우리의 관심을 끌게 될 것처럼, 새롭게 어머니를 탄생시키는 일이기도 하다. 이러한 관점은 실제로 작품의 중심에서 실현되는데, 이는 우리가 앞 장에서 구체적인 방식으로 강조한 사실이다. "이제는 내가 어머니를 세상에 내놓기 위해서 글을 쓰고 있는 것처럼 여겨진다."(43쪽)

여기에서 제기된 질문은 친자관계에 대한 질문으로, 전도된 양상을 지닌 친자관계를 문제 삼는다. 어머니가 딸에게 생명을 주는 것이 아니라, 반대로 딸이 돌아가신 어머니를 작품 안에서 태어나게 하는 것인데, 글쓰기가 지속된 시간은 거의 임신 기간과 일치한다. 9개월이 아닌 10개월, "1986년 4월 20일 일요일~1987년 2월 26일."(106쪽)

부활과 재생이라는 창조주의 작업, 『한 여자』는 어머니에게 육신을 부여하게 될 것이다. "세상에 내놓다"라는 말을 "~을 낳다"라는 의미로 이해하면서 살펴보고자 하는 것도 바로 이러한 계승과 친자관계의 역전이다.

질병, 역할의 재분배

딸이 어머니를 태어나게 하는 절차는 어머니의 질병으로 인해서 어머니/딸의 관계가 재분배된 사실이 원천이 된다. 이 시기에 쓴 일기 『나는 나의 밤을 떠나지 못했다』는 다음과 같이 이를 증명한다. "이제, 모든 것이 역전되어, 어머니가 내 어린 딸이다. 나는 어머니의 어머니가 될 수 없는데."[19](29쪽) 어머니와 딸 사이 친자관계의 변화에 대한 언급은 『한 여자』에서도 비슷하게 발견된다. "나는 어머니가 다시 어린 소녀가 되는 것을 원하지 않았다. 어머니는 그럴 '권리'가 없었다."(93쪽) 이 두 언급에는 어머니와 딸의 친자관계의 역전에 대해 느끼는 거리 두기가 있다. 다만 첫번째 언급은 생물학적이고 이성적인 논증에 근거하지만, 두번째는 법적이고 정서적인 논증에 의지한다. 하지만 두 언급은 모두 의미심장한 힘을 가지고 친자관계의 역전이 지닌 전례 없는 특징을 강조한다. 가장 기본적인 생물학적 소여와 모순되게, 딸이 자신의 어머니의 어머니가 된다.

『한 여자』에서 이러한 친자관계의 자리 이동은 탄생과 관련된 네 번의 암시에서 점진적으로 이루어진다. 탄생에 대한 암시는 낳아준 어머니가 낳아준 딸로 이행하는 것 외에도, 분만의 해부학적 현실을 향해서 점차 초점을 맞춘다.

탄생에 관한 첫번째 암시는 서술자의 탄생에 관한 암시이다. 아니 에르노는 이 탄생을 1938년에 죽은 부모님의 첫번째 아이의 죽음과 연관 짓는데, 이는 죽음에 대해 승리를 거두는 방식이기도 하다. "1940년 초 그녀가 기다리던 다른 아이, 다시 생명이 찾아왔다. 나는 그해 9월에 태어날 것이다."(43쪽) 이어서 서술자가 자신의 어머니를 "이제 내가 [……] 세상에" 태어나게 만든 것 같

19 『나는 나의 밤을 떠나지 못했다』에서 아니 에르노는 자신의 어머니를 "아이"(p. 64) 같다고 말하고, "어머니/아이 관계의 전도에 대한 공포"(p. 87)를 말하기까지 한다. 그리고 어머니를 "갓 태어난 아기"와 비슷하다고 생각한다(pp. 88, 100). 이 책 서문을 참조하라.

다는 문장이 나오는데, 이 역시 죽음에 대해 거둔 또 하나의 승리이다.[20] 이 첫번째 이행에서 탄생(이중의 의미. 실질적인—서술자의 탄생과 상징적인—어머니의 탄생이 결합되어 있기 때문이다)은 순수한 사건의 차원에서만 고찰된다.

두번째로는, 아니 에르노가 어머니의 사고에 대해 말할 때이다. "1979년 12월 어느 저녁" 병원에서 어머니의 몸을 보았던 것. "내게는 전쟁이 치러지던 어느 밤에 어렵사리 나를 낳았던 젊은 여인이 앞에 있는 것처럼 여겨졌다."(85쪽) 여기서부터 탄생의 문제는 더 구체적인 양상을 띠는데, 육체의 차원이 분명히 부각된다. 더 이상 탄생이 사건으로 다루어지지 않고, 출산하는 몸 자체를 다룬다.

몸에 관한 세번째 환기는 생식력과 관련된 것으로 어머니가 노인 요양원에 있을 때의 일이다. 이러한 환기는 분만의 기관, 여성 성기에 집중된다.

4월의 어느 저녁, 아직 6시 30분인데, 어머니는 슬립 차림으로 시트 위에 누워 벌써 자고 있었다. 잠결에 다리를 올리자 어머니 성기가 보였다. [……] 나는 울음을 터뜨렸다. 그 사람이 바로 내 어머니, 내 어린 시절의 어머니와 같은 여인이었기 때문이다.(95~96쪽)

여기서 어머니의 성기는 명시적으로는 어린 시절의 시간과

---

20 분만과 죽음의 연결에 관해 아니 에르노는 1984년 12월 31일 날짜의 일기에서 다음과 같이 말한다. "오늘 아침 『르 몽드』에서 모성과 불임에 관한 기사를 읽었다. 아이에 대한 욕구는 병적인 욕구이다."(p. 55)

연결되고, 암시적으로는 분만의 시기와 연결된다. 물론 암시적이긴 하지만, 의심의 여지가 없다.『나는 나의 밤을 떠나지 못했다』[21]에서 어머니의 성기는 쿠르베Courbet[22]의 그림을 매개로 출산과 연결된다. "그녀 자신의 성기, 「세상의 기원」"(83쪽). 세상의 기원, 삶의 기원, 아이를 낳는 성기.

최종적인 변형은, 우리가 앞서 언급한 꿈의 풀어쓰기에서 이루어진다. 꿈은 "어머니의 몸[23]에서 여자-어머니의 재발견"을 하고, 모성에 관한 환영을 구체화시키면서 어머니와 딸을 하나로 만든다. 다음을 다시 살펴보자

한번은 내가 강 한가운데 누워 있었고, 양쪽으로는 물이 흐르고 있었다. 내 배에서, 어린 소녀의 성기처럼 다시 매끈해진 내 성기에서 가느다란 섬유가 달린 식물들이 나와서 흐물거리며 떠다녔다. 그것은 내 성기였을 뿐만 아니라 내 어머니의 성기이

---

21 바바라 하버크로프트Barbara Havercroft는 「아니 에르노의 『나는 나의 밤을 떠나지 못했다』의 자기/일대기와 여성의 행위자성」이라는 논문에서 「한 여자」를 설명하기 위해서 일기를 바탕으로 독서를 하는 일의 정당성에 대해 환기한다. "아니 에르노가 자신의 어머니의 삶에 대해 이야기하는 『한 여자』(1987) 전에 쓴 『나는 나의 밤을 떠나지 못했다』는 10년 후(1997)에야 출판되었다. 따라서 『나는 나의 밤을 떠나지 못했다』는 지연된 생략, 일부가 누락된 채 『한 여자』에 부재하는 암묵적 발화로서 곁들여 읽을 수 있다." 뤼시 르캥Lucie Lequin · 카트린 마브리카키스Catherine Mavrikakis, 『프랑코포니 상프롱티에르, 여성성의 상상계와 관련된 새로운 지도 제작법 La Francophonie sans frontière, Une nouvelle cartographie de l'imaginaire au féminin』(Paris/ Montréal: L'Harmattan, 2001), p. 520.

22 이 주제와 관련된 로렌 데이Loraine Day의 아주 흥미로운 연구를 보라. 「아니 에르노와 쿠르베의 「세상의 기원」—『나는 나의 밤을 떠나지 못했다』와 『단순한 열정Passion simple』에 나타난 어머니의 몸, 욕망과 자식의 정체성」, 『프렌치 포럼French Forum』(2000년 5월, 25호), pp. 205~26.

23 줄리아 크리스테바, 『복수 대화Polylogue』(Paris: Seuil, 1977), p. 352.

기도 했다.(104쪽)

성기에 관한 마지막 환기에서 어머니와 딸이 섞인다. 어머니와 딸은 동시에 임산부의 성기 하나를 소유하는데, 마치 아이가 태어나듯 생겨난 식물들은 우리가 앞서 본 것처럼[24] 작품의 비유로 받아들여질 수 있다. 어머니에게 다시 삶을 부여하는 작품.

가장 구체적인 의미에서 분만은 무엇보다 하나의 몸을 만드는 일이며, 딸이 어머니를 "세상에 태어나게 하는 일"은 어머니 몸의 지속적인 "재-생산"이다. 분만은 살아 있는 몸과 죽은 몸이라는 이중의 형상으로 『한 여자』의 핵심을 구성한다. 작품의 양 끝에는 돌아가신 어머니의 몸이 놓여 있다. 둘 사이에 살아 있는 어머니의 몸, 다양한 연령대의 어머니의 삶이 있다. 작품 전체는 단일한 관점에서 어머니의 몸을 포착하는 것이 아니라, 시간의 흐름을 따라서 어머니의 육체성을 환기시키는 것이 관건이므로 어머니의 몸들을 포착하는 것으로 이해된다.

작품은 시간의 순서를 따르는 관점 아래서 전개되고, 시간의 흐름을 따라서 어머니 몸의 전체적인 변화를 연구하는 일이 가능하다. 젊은 여인, "회색 눈의 강인한 금발 미인,"(32쪽) 젊은 어머니, "다갈색으로 머리를 물들인 미인,"(45쪽) 조금 더 나이가 든 후 "마흔에서 마흔여섯 사이," "화려한 원피스와 올이 촘촘한 모직 정장"을 입은 여인, 그리고 생의 말년, "겉모습에 야수 같은 면모가 드러나도록"(97쪽) 육체적으로 망가진 나이 든 여인.

아니 에르노는 어린 시절 본 어머니의 몸에 대해 다음과 같

---

24 이 책 125쪽을 참조하라.

이 쓴다. "어머니의 몸에서 내가 놓치는 것은 단 하나도 없었다."(46쪽) 그야말로 "단 하나도" 없었다. 아니 에르노는 몸무게에 대해서도 언급한다. "어머니는 너무 몸이 불어서 89킬로그램이 되었다."(50쪽) 이어 어머니의 사생활을 환기한다. "일요일 오후마다 어머니는 스타킹을 신고 슬립 차림으로 낮잠을 잤다."(44쪽) 어머니의 아름다움을 환기하기도 한다. "손님들은 아직도 어머니가 미인이라고 말했다."(68쪽) 그리고 어머니가 방문 판매 화장품을 사서 외모를 꾸미는 데 공을 들인 사실도 언급한다. 이런 사실은 어머니가 『패션의 작은 메아리』나 『오늘의 패션』을 보는 데서도 증명된다.

아니 에르노는 또한 어머니의 몸을 사회적 차원에서[25] 부각시킨다. 이를테면 어머니의 시누이들이 "어머니와 같은 여공들의 겉모습이나 태도가 자신들이 벗어나고 있는 세계를 너무 연상시킨다고 비난한 것"(36쪽)처럼, 사회적으로 낙인이 찍힌 몸을 언급한다. 같은 관점에서 그녀는 상인이 된 어머니가 "자기 말투에 신경을 쓰게 되고," 더 이상 "맨머리로" 외출하지 않고, "옷을 사기전에 '멋져 보이는지'를 따져보게"(41쪽) 되었다고 말한다.

아니 에르노가 『나는 나의 밤을 떠나지 못했다』에서 몸과 관련된 사실을 검토하면서 기록한 것들 중 유일하게 불확실한 부분은 다음일 것이다. "나는 어머니가 성행위를 어떻게 생각하는지, 했는지는 전혀 모른다. 겉으로 보면 성행위는 절대적인 악이었다. 실제는?"(86쪽) 어머니와 어머니 자신의 육체가 맺은 관계는 성적

---

25 같은 방식으로 작품은 아니 에르노의 시어머니의 몸에 대해 언급한다. "내 어머니와 같은 나이인 남편의 어머니는 여전히 날씬한 몸매였고 얼굴은 윤기가 흐르고 손은 잘 가꾼 상태였다."(p. 70)

인 관점에서는 대부분, 당연히 거의 언급되지 않는다. 우리는 그저 일화를 통해서 그녀가 아이에게 "'성기'를 만지지 않도록"(28쪽) 주의를 주었다거나 결혼식 날 저녁에 "어머니는 나이트가운 아래 속바지를 입고 침대로 들어갔다"는 사실 정도만 알 수 있다. 그러나 그렇다고 "그 사실이 별다른 의미를 지닌 것은 아니다. 수치심을 피해야만 성행위를 할 수 있었지만, '정상'이라면 더욱이 해야 하는 일이었다."(38쪽) 이 문제에 관한 언급은 장차 성본능이 싹트게 되고 어머니를 걱정스럽게 할 딸아이의 몸을 매개로 간접적으로 이루어졌다. "어머니는 내가 자라는 것을 보고 싶어 하지 않으셨다. 어머니가 내 벗은 몸을 볼 때면, 내 몸을 싫어하는 것 같았다."(61쪽) 어린아이의 몸에서 여자의 몸으로 변하는 것은 실제로 성의 세계로 접근하는 일, 아이를 낳을 수 있는 몸의 발현으로 원하지 않는 임신을 환기시키는 방식이고, 무엇보다 "딸에게 일어날 불행"(61쪽)을 두려워하는 어머니에게는 극도의 불안이다. 딸의 몸에 관한 어머니의 걱정스러운 말은, 쾌락의 부정이라는 문제 아래서 생식의 문제를 감추고 있는 다음의 이미지에서 특히 잘 드러난다. "[……] 순간적으로, 나는 내 인생에 가장 큰 영향을 준 여자(어머니)와 할례 시술사가 클리토리스를 자르는 동안 어린 딸의 등 뒤에서 팔을 꽉 잡고 있는 아프리카의 어머니들을 혼동한다."(62쪽) 어머니는 여기에서 법의 형상으로 재설정된다. "둘 가운데서 어머니가 주도적 형상, 법이었다."(59쪽) 어머니가 더 이상 그렇지 못할 때, 친자관계의 역전이 일어날 때, 전능한 어머니의 형상에 관한 너무나 폭력적인 마지막 언급은 가장 소름 끼치는 차원의 이야기다.

따라서 어머니의 몸, 어머니의 몸과 관련된 모든 측면의 이야기들은 회상 속에서 구현된다. 우리는 롤랑 바르트가 어머니의 몸을 분류하는 방법으로 다양한 유형을 추출하면서 "여러 개의 몸들이 있다"[26]고 단언한 것을 생각한다. 어머니 몸의 편재는 작품의 발표를 통해 어머니를 "세상에 내놓으려는" 욕구를 표현한다.

몸에서 "영광의 육체"로

하지만 작품이 대상으로 하는 몸은 개별적인 것인 동시에 앞서 언급한 몸들 가운데 어떤 몸이기도 하다. 개별적인 몸은 전부 소환된 것들 가운데 하나이기 때문이다. 동시에 어떤 몸이라는 의미는 작품이 소환한 몸들을 넘어서기 때문이다.

비-유기적이고 전도된 친자관계의 범위를 설정하는 몸은 "영광의 육체corps glorieux"이다. 이 말은 아니 에르노가 『한 여자』에 대해 설명하면서 대담에서 쓴 표현이다. "이 작품으로 나는 어머니의 '영광의 육체'를 향해 아주 멀리 나아가고 있다고 느꼈다."[27]

"영광의 육체"는 기독교 이론을 참조한 것이다. 작가의 어머니가 신앙과 믿음에 관련된 모든 것에 부여한 중요성을 고려하면, 작가가 어머니에게 헌정한 작품을 설명하면서 종교적 관점을 취하는 것은 상당히 의미 있다.

아니 에르노는 『한 여자』에서 다음과 같이 쓴다. "어머니는 일

---

26 롤랑 바르트Roland Barthes, 「여전히 몸Encore le corps」, 테리 다미시Teri Wehn Damisch와의 대담, 『크리티크 *Critique*』, 앙투안 콩파뇽 작성, '바르트' 특집호(1982); 에리크 마르티의 책임 편집, 『바르트 전집 *Œuvres complètes*』(1977~1980), V권에 재수록(Le Seuil, 2002), p. 561.

27 피에르루이 포르, 「아니 에르노와의 대담」, 『더 프렌치 리뷰』, p. 992.

찍부터 종교에 아주 강한 애착을 보였다. 교리문답은 어머니가 답변을 전부 외울 정도로 열렬하게 배운 유일한 과목이었다."(29쪽) 작품에서는 어머니의 삶에서 종교가 차지한 비중을 되풀이해 언급한다. 처녀 시절의 어머니는 "미사와 성사, 영성체를 거르지 않았다."(33쪽) 어머니의 첫째 딸은 어려서 죽어 "하늘로 오른 어린 성녀"가 되었다. 다시 아이를 가진 어머니는(작가가 태어난 이후) "자신의 딸을 성당에 데려가 기도하게 했고,"(47쪽) "겨울이면 저녁 미사에 다녔다."(67쪽) 안시의 딸네 집에 있다가 이브토로 돌아와 혼자가 된 어머니는 "10월에 교구의 순례단과 함께 루르드로 떠났다."(82쪽) 어머니에게 종교의 중요성은 『남자의 자리』에서도 똑같이 그려졌고, 더 나아가 『수치심』에서도 그렇다. 아니 에르노는 『수치심』에서 "어머니의 삶에서 종교가 지닌 의미와 역할을 남김없이 밝히는 일은 불가능한 것처럼 보인다"(110쪽)고 말한다. 이 "역할"을 존중하여 에르노는 막 돌아가신 어머니의 몸 위에 십자가를 놓아드리고 싶었을 것이다. "침대맡 테이블 서랍에 들어 있던 십자가는 구리로 만든 두 팔을 십자가에 고정하는 못 두 개"가 빠져 있었지만 말이다. "그것은 중요하지 않았고, 그래도 나는 사람들이 어머니의 십자가를 어머니 몸 위에 놓아드리기를 바랐다."(12쪽)

　　종교 지식은 "대단히 강력한 가톨릭 교육"[28]을 받은 소녀에게 가족의 유산으로 받아들여졌다. 비록 나중에는 거리를 두었지만,[29] 종교는 어머니가 딸에게 전해준 유산의 일부이다. 이후 종교적인 어휘를 사용하는 일은 일종의 존경, 책 속에서 전개된 것처

28　같은 글.

럼 상호적인 양상을 지닌 친자관계의 무게에 대한 재확인의 표현
으로 해석될 수 있다. 증여와 보답, 어머니는 딸에게 생물학적인
생명을 주었고, 이제 딸은 어머니에게 문자적인 의미의 생명을
준다. 영광의 육체, 충실한 기독교인으로서 희망을 품을 법한 형
상으로.

아니 에르노는 영광의 육체를 규정하면서 그 복합적 의미와
신비에 관해 조심스럽게 강조한다.

그게 무엇이냐고요? 가톨릭 종교에서는 사람이 죽고 난 후
최후의 심판에 따라 마지막 날에 부활하게 되는데, 부활은 더 이
상 육체의 몸이 아니라 영광의 육체와 더불어 이루어진다는 의
미입니다. 정확히 무엇이냐고요? 나는 모르지요.[30]

아니 에르노의 온건하고 겸허한 설명은 그래도 역시 성서의
가르침에 부합하고 영광의 육체를 이해하는 데 필수적인 요소를
제공한다. 새로운 몸, 부활의 몸. 그럼에도 불구하고 영광의 육체
의 성질에 관한 명료한 설명은 드물다. 가령 사도 바울은 그리스
도께서 영광의 육체를 최초로 지녔다는 사실을 말하고 상기한다.

---

29 『수치심 *La Honte*』(Paris: Gallimard, 1999). 아니 에르노는 어린 시절의 미사 책에
대해 다음과 같이 말한다. "내게는 모든 단어가 눈에 익었고 책을 보지 않아도 「아뉴
스테이」나 다른 짧은 기도문 몇 개를 줄줄 외울 수 있었으리라. 하지만 그렇게 하지
않으면 죄라고 여겨서 매주 일요일과 축일에 열심히, 어쩌면 열렬하게, 반복해서 미사
책을 읽었던 소녀와 지금의 나 사이에 비슷한 점을 찾을 수가 없다" "미사 책은 [……]
이제는 더 이상 느낄 수 없지만 내 것이었던 종교적 세계에 대한 반박할 수 없는 물적
증거이다."(pp. 30~31)

30 피에르루이 포르, 「아니 에르노와의 대담」, 앞의 책, p. 992.

"그러나 우리는 하늘의 시민입니다. 우리는 거기에서 오실 구세주 되시는 주 예수 그리스도를 고대하고 있습니다. [……] 그리스도께서는 [……] 우리의 비천한 몸을 당신의 영광의 육체와 같은 형상으로 변화시켜주실 것입니다."[31](「필립비인들에게 보낸 편지」 3장 20~21절)

성서 말씀의 주석자가 되기보다는 그저 작가이기를 원한 아니 에르노가 실질적인 관심을 둔 것은, 기독교 차원의 영광의 육체가 아니라 작품 차원에서 영광의 육체이고, 글쓰기를 통해 탄생하는 몸이다. "『한 여자』를 쓰면서 나는 내 어머니의 영광의 육체를 **만들어냈다**는 감정을 느꼈습니다."[32] 기독교 차원의 영광의 육체와 작품 차원의 영광의 육체는 같은 평면에 놓이지 않을 것이다. 아니 에르노는 영적인 몸이라는 종교적 신비("살과 피로는 주님의 **왕국**을 계승할 수가 없습니다," 『고린토인들에게 보낸 첫째 편지』, 15장 50절)를 "실제의 몸"인 모태를 여전히 원천으로 두는 언어적 몸의 은총으로 바꾸어놓는다.

그 성질과 재현의 차이를 넘어서 영광의 육체와 관련된 두 가지 방식은 변형과 연결된다는 점에서 서로 일치한다. 사도 바울은 부활의 신비를 밝히려고 시도하면서 「고린토인들에게 보낸 첫째 편지」에서 다음과 같이 자세히 설명한다.

그러면 "죽은 사람이 어떻게 다시 살아나며 어떤 몸으로 살아나느냐?" 하고 묻는 사람이 있을지도 모릅니다. 어리석은 질

---

31 이 책에서 인용하는 성경 구절은 모두 에밀 오스티의 번역본을 참조했다. 『오스티 성경』(Paris: Seuil, 1973).

32 피에르루이 포르, 「아니 에르노와의 대담」, 앞의 책, p. 992. 강조는 저자의 것이다.

문입니다. 심은 씨는 죽지 않고서는 살아날 수 없습니다. 여러분이 심는 것은 장차 이루어질 그 몸이 아니라 밀이든 다른 곡식이든 다만 그 씨앗을 심는 것뿐입니다. 몸은 하느님께서 당신의 뜻대로 지어주시는 것으로 씨앗 하나하나에 각각 알맞은 몸을 주십니다. 모든 육체가 다 같은 것은 아닙니다. 사람의 육체가 다르고 동물의 육체가 다르고 새의 육체가 다르고 물고기의 육체가 또 다릅니다. [······] 죽은 자들의 부활도 이와 같습니다. 썩을 몸으로 묻히지만 썩지 않는 몸으로 다시 살아납니다. 천한 것으로 묻히지만 영광스러운 것으로 다시 살아납니다. 약한 자로 묻히지만 강한 자로 다시 살아납니다. 육체적인 몸으로 묻히지만 영적인 몸으로 다시 살아납니다.[33](「고린토인들에게 보낸 첫째 편지」 15장 35~44절)

따라서 이러한 부활의 기도에서는, 일련의 반의어들이 강조하듯이 현세의 몸이 지닌 모든 치욕과 불완전함의 승화, 완화, 소멸이 중요하다.

아니 에르노에게 영광의 육체라는 개념은 비슷한 변형에 토대를 두고 이러한 차원으로 연결된다. 예를 들면 『남자의 자리』에서 에르노가 자신의 부모에 대해 거리를 두고 말할 때 그러한 사실을 볼 수 있다. "멀리서 나는 부모님의 행동과 말을 순화시키고 영광의 육체로 정화했다."(88쪽) 여기에서 "영광의 육체"라고 말한 것은 부정적인 특성을 벗어난 몸을 뜻한다. 집으로 돌아

---

33 오스티 성경(앞의 책)의 주: "육체적인 몸, 성서의 라틴어역에서 의미하는 대로, 육적이고 동물적인 목숨만을 지닌 상태로, 소멸과 부패의 법칙에 종속되는 몸," p. 2413.

오면 서술자는 다시 부모의 몸이 전하는 온갖 적나라한 호소력에 직면하게 될 것이다. "나는 다시 그들이 말하는 것을 들었다. '그녀'를 '그 녀자'라고 부르고 큰 소리로 말하는 방식. 나는 부모님이 예의를 위한 '절제'라는 게 없이 언제나 그랬던 그대로를 다시 생각해냈다. 정확히 되살린 언어는 지금 내게 자연스러워 보인다."

영광의 육체를 구성하는 요소들 중 하나는, 구체적인 현실의 자료와 그 부침들을 순화된 현실로 전환시킨다. 아니 에르노에게 현실의 순화는 거리를 두어야만 가능한 일이다.『남자의 자리』에서 발췌한 부분이 제시한 지리적 거리,『한 여자』에서 어머니의 죽음으로 야기된 엄청난 거리.

우리가 이제 고찰하려고 하는 것은 바로 이러한 설계도, 몸의 변신의 절차이다.

영광의 육체와 새로운 친자관계

어머니의 영광의 육체의 창조는 두 개의 시간성—작품의 선형적인 전개에 고유한 시간성과 독자의 소관인 차후의 시간성—을 따라서 기획된 것이 분명한 작품 과정의 결과이다.

성서에 따르면 가장 생물학적인 의미에서 부활은 죽음, 현세의 몸이 죽음으로써 일어난다. 부활이라는 부흥이 영광의 육체의 형상 아래 이루어지는 것은 단지 죽음 이후, 종말의 시간에서다. 마찬가지로 아니 에르노는『한 여자』의 **서두**에서부터 소집된 어머니의 시신을 토대로 작품을 전개한다. 어머니의 시신은 이렇게 재빠르게 묘사된다. 작가는 돌아가신 이를 단장시키고, "하얀 염포로 얼굴을 두른"(11쪽)이라고 묘사하는데, 이것은 죽은 사람의 아래턱이 이완되는 것을 암묵적으로 상기시킨다.

기독교의 관점에서 보는 육체는 사라질 운명으로, 이 소멸할 육체는 영광의 육체라는 다른 몸의 도래를 위한 **필수** 요건이다. 죽은 여인의 몸은 현존과 부재를 동시에 구현한다. "어머니의 어깨까지 천으로 완전히 덮여 있어 두 손이 보이지 않았다."(11쪽) 더 이상 고인은 보이지 않고, 단지 천으로 된 막 아래서만 감지될 뿐이다. 그러니 시신은 부분적으로는 감춰졌고, 이미 시작된 부패의 관점에서 보면 현존하는 몸이다. 몸의 은폐는 미라와의 비교에서 극도에 달한다. 미라는 상징적 차원에서 이미 변형된 몸이자 무엇보다 감춰진 몸이라고 할 만하다. 영광의 육체가 계승할 시신의 후송은 영안실로 시신을 옮기는 일에 대한 회상으로 이어진다. "이제 내가 왔으니, 사망 후 두 시간 동안 기관에 시신을 보존해야 하는 규정이 있다고 해도, 더 이상 기다리지 않고 어머니를 병원 영안실로 옮길 수 있었다."(13쪽) 어머니 시신은 마지막 대면을 위해서, 단장은 했으나 여전히 감춰진 상태로만 나오게 될 뿐이다. "[……] 새틴 덮개를 어머니의 가슴까지 올려두었다."(16쪽)

장례 미사에 대한 언급은 영광의 육체의 획득이라는 관점에서 보면 한 단계 더 나아가는 것이다. 아닌 게 아니라 영광의 육체는 미사를 집전하는 사제의 강론에서 은연중에 드러난다. "사제는 '영생'과 '우리 자매의 부활'에 대해 강론하고 성가를 불렀다."(17쪽) 성직자의 말은 영광의 육체에 대한 분명한 암시가 된다. 영광의 육체를 향한 개시는 『남자의 자리』의 장례 미사에 관한 서술에는 없는 것이기 때문에 그만큼 더 중요하다. 아버지의 장례 미사에서 주임신부는 "성실하고 근면한 삶(17쪽), 누구에게도 결코 잘못을 저지르지 않았던 사람의 삶에 대해 말을 했다."

달리 말하면, 작가는 아버지에 관한 작품에서는 과거를, 어머니에 관한 작품에서는 미래를 이야기한다. 무엇보다 아버지에 관한 작가의 말은 사회적 차원에서 행해지고 어머니에 관한 말은 종교적 차원에서 이루어진다. 아버지에 관한 것과는 반대로 어머니의 장례 미사에서 이루어진 서술은 영광의 육체의 도래를 기원한다.

그러나 영광의 육체는 그때까지도 여전히 얻지 못한 상태다. 작품의 마지막까지 참고 기다려야 하고, 우리의 분석 초반부에서 재빨리 언급했던 몸의 다양하고 복잡한 여러 가지의 환기를 거쳐야 한다. 어머니의 몸, 살아 있는 몸과 쇠락한 몸에 관한 회상은 영광의 육체의 창조에 도달하기 위해 필수적이다. 몸에 관한 모든 접근을 철저하게 고찰하는 일이 중요한데, 몸이 영광의 육체로 전환되는 혜택을 누리기 위해서는 죽음에 이르러야 한다. 영광의 육체를 획득하게 되는 것은 바로 책의 끝부분에 이르러서이다.

서술자인 에르노에게 작품을 관통하며 형성된 어머니의 이미지는 순화되어 갈 것이다. 작품의 앞부분에서 아니 에르노는 "정확한 나이가 없는, 다시 사는 어머니"(23쪽)를 본다고 말했다. 중요한 것은 어머니의 몸이고, 그것은 존재했던 모든 몸의 총합인 동시에 그 어떤 몸도 아니다. 어머니의 몸은 초시간성에 자리 잡기 위해서 시간성이 각인되는 것을 피한다. 책의 마지막 부분에서 아니 에르노는 어머니의 몸이 지닌 막연한 특징을 더 멀리 밀고 나간다. "어머니의 이미지는 다시, 내가 유년기에 어머니에 대해 가지고 있었다고 상상하는 바로 그 이미지, 내 위로 드리운 넓고도 흰 그림자가 되었다."(105쪽) 어머니의 형상은 이제 더 이상 구체화된 몸으로 머물지 않고, 어렴풋하게나마, 영광의 육체에 고유한 초안이라고 할 무엇이 된다. 이를테면 그림자가 반대로 변형되는 것, 그리스도의 승천이라는 초자연적인 위상을 연상시키면서 검은 그림자가 아니라 흰 그림자가 된다.[34]

하지만 예찬은 거기에서 끝나지 않는다. 예찬은 어머니의 몸을 작품으로 구현하는 것만으로 그치지 않고, 독서와 독자에 의해서만 획득되는 영속성을 통해서 이루어진다. 독서에 대한 관심은 아니 에르노 문학 개념의 기반이다.

그 책은 언제나 거기에 있고 그 책이 영향력이 있다고 생각하는 일은 대단하다. 그렇기에 내게 문학이 중요한 것은, 바로 문학이 지닌 영향력 때문이다. 문학의 영향력은 짧을 수도 있고, 길게 지속될 수도 있지만, 미지의 사람들, 익명의 사람들에게 영향력을 끼친다는 사실이 중요하다.[35]

미지의 사람들, 익명의 사람들, 독자들의 중요성은 영광의 육체의 구성에서 결코 작지 않다. 아니 에르노는 영광의 육체의 창조는 제3자를 통해서만 이루어진다는 사실을 상당히 강조한다. "그녀의 실제 성격, 그녀의 몸은 다른 사람들의 의식과 기억을 거치면서 영광스럽게 된다."[36] 글쓰기로 영광의 육체를 창조하는 것은 독서로 이어지면서 완성된다.

영광의 육체는 저자와 독자의 양면적인 시도를 통해 창조된다. 예술적인 극단(서술자의 영광의 육체의 창조)은 미학적인 극단

---

34 **흰 그림자**는 아니 에르노가 제안했던 제목들 가운데 하나이기도 하다.

35 아니 에르노, 「대담」, 『한 여자』, p. 13.

36 피에르루이 포르, 「아니 에르노와의 대담」, 앞의 책, p. 992.

(독자의 영광의 육체의 창조)과 합쳐진다.

그때부터 친자관계와 계승의 문제가 변화된다. 딸이 어머니를 세상에 내놓았기에 친자관계가 전복되었을 뿐 아니라, 엄밀한 가족 계보를 벗어나면서 승계의 문제도 전복되었다. "[내 어머니]는 널리 확산되고, 독서를 통해서 독자의 어머니나 할머니가 됨으로써 되살아나셨다."[37] 독서를 통해 영광의 육체의 창조가 완전해짐으로써 수평적인 승계의 창설이 가능해진다. 창조된 몸은 모두에게 재량이 따르고, 모두가 승계할 수 있고, 친자관계의 개념에 내재된 다공성을 증명한다. 더 이상 엄밀한 혈통이 아니라 복수적이고 혼합된 혈통. 더 이상 단선적인 친자관계가 아니라 복수적이고 문제적인 친자관계들이 된다. 이런 관계들은 그라노프가 『친자관계*Filiations*』에서 제기한 문제들을 재개한다.

거의 자연스럽게, 친자관계는 단수를 지향하는 경향이 있는 것 같다. 그런데 무엇이 친자관계의 복수화를 싫어하게 만드는 것일까? 복수로 표현하면, 단수로 할 때 가장 잘 다룰 수 있는 어떤 요소를 즉시 위협하는가? 그리고 복수가 될 때 위협받는 것은 무엇인가?[38]

이 같은 질문들은 21세기 초반의 가족 개념에 관한 현대적 문제 제기에서 반향을 찾을 수 있을 뿐 아니라, 『한 여자』에서 전개되는 것처럼 작품으로 드러난 영광의 육체에서 공명한다. 영광

---

37   같은 글, p. 993.
38   블라디미르 그라노프Wladimir Granoff, 『친자관계*Filiations*』(Paris: Minuit, 1975/ Gallimard, 2001), p. 49.

의 육체는, 그 원칙 자체로, 친자관계에 관한 문제 제기이고 동시에 복수적인 친자관계의 도래를 뜻한다.

*

"어머니를 세상에 내놓기" 위해서 어머니에 관한 글을 쓰는 일은 『한 여자』에서 아니 에르노가 시도한 것이다. 이 시도는 삶과 죽음의 인접, 접촉을 토대로 작동한다.

"상속자가 즉시 고인의 재산을 소유한다"는 17세기의 법률 문구는 누군가가 죽은 그 순간에 상속자가 자동적으로 재산의 소유자가 된다는 사실을 의미한다. 그러나 물질적인 상속만은 아니다. 『한 여자』에서 아니 에르노가 물려받은 것은 특히 상징적인 상속이다. 그녀는 유산 상속을 표현하는 시적인 문구로 법률 문구의 의미를 배가시키는 것처럼 보인다. "상속자가 죽음을 붙잡는다" 아니면 차라리 "살아 있는 딸이 돌아가신 어머니를 붙잡는다." 과연 작품이 애착하는 것은 다름 아닌 돌아가신 어머니의 포착이다. 시신의 형태로 구체적으로 포착된 돌아가신 어머니와 어머니가 살아 계셨을 때, 예를 들면 작품의 중심에 놓인 "마흔에서 마흔여섯"(48쪽) 사이의 어머니를 환기하면서 이어지는 이미지, 회상 속의 돌아가신 어머니 등 기억의 만화경 같은 것이다.

그중 하나는 성당에서 어머니가 보여준 행동에 근거한다. "어머니는 소리 높여 성모께 바치는 성가를 불렀다. **언젠가는 성모님을 뵈러 가리라, 하늘로, 하늘로.**" 아니 에르노는 그때 어머니의 죽음을 두려워하면서 느꼈던 감정 역시 기억해낸다. "그래서 나는 울고 싶어졌고 어머니가 미웠다." 성모를 향해 떠난 어머니,

격렬한 고통이 따랐지만 성년이 된 딸은 그저 울기만 하지는 않았다. 딸은 자신의 어머니를 예찬하고, 작품 **안에서** 무엇보다 작품을 **통해서** 어머니에게 다시 삶을 부여한다. 여러 면에서 딸은 어머니에게 성가 속에 잠재적으로 존재하던 영광의 육체를 부여한 것이다.

『한 여자』의 끝부분에서 아니 에르노는 어머니와 자신을 비교한다. "어머니는 받기보다는 누구에게나 주기를 좋아하셨다. 글을 쓰는 일도 주기의 한 방식이 아닐까."(103쪽) 단정적인 양식이 통사론적으로 의문문처럼 보이는 문장을 긍정문으로 변형시킨다.[39] 글쓰기는 주는 것의 한 방식으로 시도된 것이고, 다른 어떤 주는 방법보다도 효과적이다. 어머니와 딸은 한쪽에서 다른 쪽으로의 승계라는 최종적인 증거, 같은 가치를 공유함으로써 서로 다시 이어진다.

글쓰기가 일반적 의미에서 주는 것이라면 『한 여자』의 글쓰기는 특히 세 겹의 의미로서 그렇다. 먼저 작가가 자기 자신에게 주는 것이다. 애도하는 가운데 나아가기 위해서, 둘—사이를 빠져나오기 위해서 그리고 애도에 내재된 위험에 붙잡히지 않기 위해서 시간을 할애한다는 의미의 주기이다. "당신의 죽음" 이후 "자아의 죽음"을 주는 것은 단지 심리적이다. 더불어 독자에게 주는 것이다. 내적이고 보편적인 체험의 공유, 독자들이 "그들 자신과

---

39 『나는 나의 밤을 떠나지 못했다』에서도 그렇다. "어머니는 받기보다는 누구에게나 주기를 좋아하셨다. [……] 글을 쓰는 일은, 내가 쓴다는 것은, 주기의 한 방식이 아닐까?"(p. 82) 10년 후 책이 출간되었을 때는 더 이상 의심의 여지가 없어 보인다. 글쓰기는 주기다.

일종의 대화를 시작하도록"[40] 만드는 방식이다. 마지막으로는 어머니에게 주는 것이다. 전도된 친자관계라는 관점에서 어머니를 다시 살게 만드는 방식이고, 그때 딸은 자기 어머니의 어머니가 된다.

40   아니 에르노, 「대담」, 『한 여자』, p. 13.

4장

죽음의 장면

비록 우리가 앞서 분석한 작품들이 모두 서로 다르기는 해도 아주 중요한 공통점을 보여준다. 이 작품들은 모두 어머니의 시신에 할애한 부분에 초점을 맞추고 있다. 하지만 확실히 해야 할 것은, 이 작품들이 어머니가 돌아가시는 순간을 이야기하고자 하는 것이 전혀 아니라는 점이다.[1] 사실 서술자들은 임종을 지키지도 않는다. 다만 시신을 마주하고 이야기하는 공간을 만들고자한다.

많은 경우에 시신을 대하는 구절은 몇 줄에 불과하거나 대개두 페이지 미만이다. 하지만 이 구절들의 무게와 가치는 적은 분량에 반비례한다.

이 시신에 할애한 몇 줄에서 정확히 무슨 일이 일어났는가? 많은 일, 훨씬 더 많은 일, 모든 것이다. 정말이지 이 구절들은 작

---

[1] 이 작품들은 "'죽음의 침상에서 겪는 임종의 고통 장면'에 관한 것이 아니다. 죽음의 침상에 관한 모든 세부 표사는 죽음을 표사하는 것이다"(제프리 고러Geoffrey Gorer, 『눈물 없이, 왕관 없이, 죽음의 포르노그라피*Ni pleurs, ni couronnes, précédé de Pornographie de la mort*』, 미셸 보벨 서문, 엘렌 알루슈Hélène Allouch 불역(E.P.E.L, 1995), p. 23. 우리 연구의 대상 작품에서 임종의 고통 장면이 그려진 유일한 것은 『아주 편안한 죽음』이다. 하지만 그것도 시몬 드 보부아르가 아니라 그녀의 여동생 푸페트가 목격한 장면이다.

품의 **알파**와 **오메가**를 구성한다.

이 구절들은 작품의 시작이 시신과의 접촉에서 기원한다는 의미에서 **알파**이다. 그것은 마르그리트 유르스나르처럼 그저 장례 사진을 본 것에 불과하다고 해도 그렇다. 달리 말하면 이 구절들은 근원적인 트라우마의 지점이고 작품의 공간은 거기에서 비롯되어 열릴 것이다.

더불어 작품이 지향하는 것이 바로 이 구절들의 복원이라는 점에서 **오메가**이다. 작가들이 이 구절들을 피하려고 한 것은 논외로 하더라도, 이러한 구절들을 '재-소환하고' 표현하는 일은 바람직하다. 그래서 이 구절들은 작품의 은밀한 도달점이고, 작품들의 목표이기도 하다. 바로 작품의 형태로 어머니의 시신을 되찾는 것이다.

I. 기억의 단위로서의 장면들

로버트 해리슨은 『죽은 자들』에서 죽은 사람들과의 "접촉"의 중요성을 강조하면서 다음과 같이 설명한다. "시신을 분실했을 때는 그들과 함께 우리 자신을 죽이는 일보다 오히려 우리 안에서 죽은 자들을 지우는 일이 훨씬 어렵고, 때로는 불가능하기도 하다. 인류에게 인격과 몸의 결합이 사실상 보편적이기 때문이기도 하고, 죽은 자들과 사랑이나 혈족관계로 이어져 있을 때는 죽은 자들의 시신에 결코 무관심할 수 없기 때문이다."[2]

2   로버트 해리슨Robert Harrison, 『죽은 자들Les Morts』, 플로랑스 노그레트Florence

『아주 편안한 죽음』이나『한 여자』『경건한 추억들』, 이 모든 작품에서 우리는 시신과 만나는 일의 무게와 중요성을 재발견한다. 이러한 만남은 "죽은 여인의 장면"[3] 또는 "죽음의 장면"이라고 부를 수 있을 것에 집중한다.

장면들에 대해 말하는 일

연극 사이……

만약 전적으로 어머니의 시신에 헌정된 이 구절들이 "장면들scènes"[4]을 구성한다면, 그것은 분석적인 의미만큼이나 연극적인 의미를 지닌다.

어원적으로 '센scène(場場)'이라는 단어는 그리스어 스케네skênê에서 차용한 라틴어 스카에나scaena, 스케나scena에서 유래한다. 단어의 기원은 연극 분야와 연결된다.[5] 연극 분야에서 우리가 오늘날 사용하는 '센scène(場場)'이라는 단어는 공연이 펼쳐지는 극장

Naugrette · 기욤 모리스Guillaume Maurice 불역(Paris: Le Pommier, 2003), p. 219.

3 "죽은 여인의 장면"은 죽어가는 여인이 나오는 장면이 아니라 '죽는 일,' 비장하게 집중하는 마지막 순간들의 장면이다.

4 장면에 대한 질문은 최근에 다음과 같은 다양하고 자극적인 분석들의 중심에 놓였다. 마리테레즈 마테Marie-Thérèse Mathet가 엮은 작품집(『장면, 문학과 회화 예술La Scène. littérature et arts visuels』, Paris/Montréal: L'Harmattan, 2001), 스테판 로즈킨Stéphane Lojkine의 작품(『소설의 장면, 분석의 방법 La Scène de roman. Méthode d'analyse』, Paris: Armand Colin, 2002). 우리의 관점은 도상학적 관점을 따르는 로즈킨의 관점과 완전히 일치하지 않는다. 장면에 대한 우리의 이해는 집단적으로 수집된 관점들, 특히 소설가들이 소설을 '열고' '닫는' 방식을 분석한 피에르 수비아Pierre Soubias의 관점들, 또는 『마담 보바리Madame Bovary』 또는 『롤 V. 스탱의 황홀 Le Ravissement de Lol V. Stein』의 "모친 살해 장면들"을 분석한 마리테레즈 마테의 관점을 따른다.

5 알랭 레Alain Rey 감수, 『프랑스어의 역사 사전Dictionnaire historique de la langue française』(Paris: Le Robert, 1992), p. 1892.

공간과 관련 있다. 하지만 그리스 연극에서는 오늘날 우리가 '센 scène(장場)'이라고 부르는, 공연이 진행되는 제한된 공간은 **프로스 케니움**proscenium(앞 무대)이었다. **스케네**skêné는 오늘날 우리가 '무 대 뒤'라고 부르는 공간을 가리켰다.

단어의 의미론적 변화가 흥미로운데, '고대의 센scène(장場)'이 '현대의 센scène(장場)'과 일치하지 않기 때문이다. 그런데 우리의 연구 과정에는 이 두 의미가 다 공존한다. 센scène(장場)의 현대적 의미(프로스케니움에 상응하는)는 이 단어가 지닌 최초의 의미(스 케네, 무대 뒤)와 가깝다. 우리가 인용한 구절은 실제로 시신의 표 시라고 할 논거와 관련 있다. 죽음은 몸을 **통해서** 전시되고 보인 다. 인용문들은 현대적 의미에서 공연이 펼쳐지는 센scène(장場)에 속한다. 그러나 동시에 죽음은 마치 시신이 감춰진 채로 있어야만 한다는 듯이 최초의 **스케네**(무대 뒤)를 연상시키면서 표시의 순간 자체를 피하려고 할 것이다(이런 사실은 이어지는 연구에서 확인할 수 있다). 그러므로 부분적으로 감춰진 상태에서 드러낸다는 독특 한 의미에서 '센scène(장場)'이 있다. 우리가 연구하는 작품들은 현 대적 의미와 고대적 의미를 오가면서 도출된 두 개의 의미에 속한 다. 두 개의 의미는 '드러내다'와 '감추다' 사이에서 심화된 긴장 속에 놓여 있다.

센scène(장場)은 공간적 단일성이자 행위의 단일성이다. 그것 은 우리가 일반적으로 '막'과 '장'으로 구별하는 하위 구분 속에 서 '극적인 작품의 세부'가 이루는 단일성을 가리킨다. 우리가 센 scène(장場)이라는 단어를 사용함으로써 구체화시키려고 하는 것도 마찬가지로 작품의 단일성에 관한 생각이다. 사실 각각의 구절은 우리가 서술자와 시신 사이에 있는 만남[6]으로 규정하는 극적인 단일성과 일치한다.

……그리고 정신분석

'장면scène'에 대한 우리의 개념을 세련되게 만들어 줄 두번째 영역은 정신분석적 사유의 영역이다.

정신분석에서 '장면'이라는 단어는 즉각적으로 '원초적 장면'을 연상시킨다. 이에 대한 설명을 위해서는 프로이트의 『표준판』[7]이나 『작품집』[8]을 찾아보아야만 한다. 이 저작물들의 색인에는 '장면'에 대한 것은 없고, 단지 '원초적 장면'에 대해서만 제시될 뿐이다. 하지만 프로이트는 자신의 글에서 규칙적으로 '장면'이라는 단어를 사용한다.[9] 게다가 우리는 그 단어를 그가 애도에 관해 말하고 있는 작품들 중 하나에서 재발견한다. 그것은 라플랑슈와 퐁탈리스가 『정신분석 용어들』의 '애도의 작업' 항목에서 강조한 내용인데, 그들은 애도의 작업이라는 개념을 "더 일반적인, 정신적인 외상을 유발하는 인상들을 연결시키는 심리 기제의 필요성으로 고안된 심리적 가공의 개념"[10]에 접근시킨다. 그들은

---

6 우리가 말했던 마르그리트 유르스나르의 경우처럼 시각적인 것은 아니라고 해도 그렇다.

7 지크문트 프로이트, 『지크문트 프로이트의 심리학 작품들의 표준판 *The Standard Edition of the Complete Psychological Works of Sigmund Freud*』, 제임스 스트레이치James Strachey(ed.), 24권(London: Hogarth Press, 1953~66).

8 『작품집 *Gesammelte Werke*』, 18권(London: Imago, 1940~52).

9 옥타브 마노니Octave Mannoni, 『상상계를 위한 열쇠들 또는 다른 장면 *Clefs pour l'imaginaire ou l'autre scène*』(Paris: Seuil, 1969/1985)에서는 연극 어휘와 프로이트 어휘의 관련성을 강조한다. "아주 자주 전적으로 심리적인 삶이 장면, 무대 뒤, 인물들의 개념과 함께 연극에 비교된다고 할 수 있다."(p. 169)

10 장 라플랑슈 · 장베르트랑 퐁탈리스, 『정신분석 용어들』, p. 504.

심리적 가공의 개념을 심화시키고, 애도 작업에서 이러한 가공이 취하는 특별한 형식을 드러내면서 프로이트의 문장을 인용한다.

> 환자가 죽은 직후에 그녀[프로이트가 관찰하던 히스테리 환자]는 재현의 작업을 시작한다. 이 작업으로 그녀의 눈앞에 다시 질병과 죽음의 **장면들**이 펼쳐진다.[11]

'센scène(場場)'을 구성하는 '재현의 작업'은 곧바로 우리의 작품들을 참조하게 만든다. 애도의 작업과 연결된 가공에서 바로 그런 것처럼, 작품들은 "눈앞에 질병과 죽음의 장면들을 펼쳐"놓는다.

여기에서 "장면"이라는 단어는 강렬하고, 강박적인 시간의 회귀와 관련 있다. 우리의 연구 대상 작품에서 인용한 구절은 기록된 상황이라는 의미에서 '장면들'이다. 이 구절들은 심리적 충격에 휩싸인 강렬한 시간의 기입, 그 시간의 회상과 관련 있다. 이러한 인용은 '죽음의 장면'에 분석적 의미를 부여함으로써 활용하게 만든다.

하지만 잠시 '원초적 장면'이라는 개념에 집중하는 편이 바람직하다. 만약 죽음의 장면이 실재한다고 전제할 경우, 동시에 원초적 장면도 가정해야만 한다. 설령 처음 보기에 그 장면들이 완전히 대립되는 것처럼 보인다고 해도 그렇다. 원초적 장면은 "유아적 외상 경험"[12]과 관련 있다. 하지만 우리의 연구는 아이가 아닌 성년의 경험을 참조한다. 게다가 원초적 장면은 **에로스**와 관련

---

11   지크문트 프로이트, 『히스테리에 관한 연구Études sur l'hystérie』(1895)(Paris: PUF, 1996), p. 129. 강조는 저자의 것이다.

12   장 라플랑슈·장베르트랑 퐁탈리스, 『정신분석 용어들』, p. 432.

된 자리에 위치한다(부모의 성교를 실제로 또는 환상으로 보는 경우의 문제다). 반면에 우리의 작품들은 **타나토스**와 관련된 자리에 놓인다(여기에서는 죽음의 목격이 문제다). 그런데 이 두 장면은 공통된 지점에 근거를 둔다. 죽음의 장면과 원초적 장면은 우리의 심리적 삶을 구성하는 두 개의 주요 체험이다. 원초적 장면은 우리 심리적 삶의 통합적이고 토대적인 부분이기 때문이고, 죽음의 장면은 우리의 심리적 삶을 전복시키고 위험에 처하게 할 수 있기 때문이다.

'센scène(場場)'이라는 단어의 분석적 요소를 밝혀 내포된 의미를 드러내면서 우리가 흥미를 갖는 부분은 바로 우리의 장면들에서 '자아'의 중요성을 가리키는 것이다. 자아의 구성과 미래는 '원초적 장면'에서 작동한다. 자아의 안정성과 영속성은 '죽음의 장면'에서 작동한다.

작품들을 분석하면서 우리는 서술자의 '자아'가 어떻게 기입되는지와 원문 그대로 '자아'와 거리 두기를 하면서 '죽음의 장면'이 어떻게 '자아'의 토대를 전복시키기 시작하는지를 보게 된다.

연극 미학과 정신분석적 사유가 만나는 지점에서, 작품과 심리적 차원의 공간을 뜻하는 '장면'은 우리가 선별한 구절들의 내용과 형식을 동시에 가장 잘 규정하는 단어이다. 장면이라는 단어를 정의하기 전에, 세 작품의 각각에서 장면들이 어떻게 준비되었는지를 살피는 편이 좋을 것이다. 물론 장면은 세 작품 모두에 공통적이지만, 각 저자에 따라서 아주 다른 방식으로 다루어진다. 장면을 준비하는 페리텍스트péritexte[13]의 방식이 어떤 것이

---

[13] '곁텍스트'라고 하며 제목, 출판 정보, 판형, 제본, 표지 띠지 등의 요소를 가리킨

든, 또는 준비를 하지 않아도 작품의 전체 구조 안에서 장면의 위치로 인해서 그렇다.

페리텍스트의 역할

제목들

제목의 측면에서 보면 우리의 연구 대상인 작품들의 대비가 즉시 가능하다. 사실 아니 에르노의 작품과 비교해보면 시몬 드 보부아르와 마르그리트 유르스나르의 작품에는 명백한 차이가 있다. 『아주 편안한 죽음』과 『경건한 추억들』에서는 '장면'을 기대할 수 있는데, 『한 여자』에서는 훨씬 적다.

시몬 드 보부아르는 제목에서부터 장례의 분위기를 만들어낸다. 『아주 편안한 죽음』은 죽음이라는 명사를 중심으로 연결되고, 죽음이라는 주제가 즉각적으로 작품의 중심에 놓인다. 일반적인 의미의 죽음이 아니라 특정한 누군가의 죽음이 문제가 되는데, 부정관사 "un(하나)"의 사용은 가능한 의미들을 개별화의 움직임, "특별한 이미지"[4]로 향하는 명사적 개념을 지닌 사유의 움직임" 속에 기입시킨다. 뿐만 아니라 "아주 편안한"이라는 형용사군은 보완의 의미를 지닌다. "장면"에 대한 기대는 그때부터 이중으로 야기된다. 먼저 죽음(누구의 죽음인가?)의 주체에 대한 신비가 있기 때문이다. 이어서 죽음이라는 단어가 상당히 역설적인

다. 제라르 주네트가 『문턱』에서 처음 사용한 용어로 본문을 보완하는 텍스트, 확고한 경계가 없는, 텍스트의 가장자리를 뜻한다.(옮긴이)

제라르 주네트Gérard Genette, 『문턱 Seuils』(Paris: Seuil, 1987)을 참조하라.

14 제라르 무아네Gérard Moignet, 『프랑스어의 체계 Systématique de la langue française』(Paris: Klincksieck, 1981), p. 132.

의미의 수식어("편안한")를 받기 때문이다. 이 수식어는 죽음과 결합될 수 있는 폭력성을 완화시킨다.[15]

마르그리트 유르스나르의 작품은 우리가 이미 지적했듯이,[16] 죽음을 연상시키는 제목이다. 하지만 죽은 여인이 나오는 장면이 실제로 존재하는지는 그다지 예견되지 않는다. 단어의 복수는 자취를 감춘다. '죽음'이라는 단어도 사용되지 않고, **'경건한 추억들'**이라는 말은 장례와 접촉해야만 성립되는 말이다.

『한 여자』는 완벽히 거리를 둔다. 죽음과 관련하여 어떤 **선험적** 증언도 없다. 반대로 선택된 명사의 커다란 의미론적 확장은 대단한 불분명함을 남긴다. 따라서 무엇을 논의할지 예측하기 어렵다.

아니 에르노와 마르그리트 유르스나르의 작품 제목들은 단지 하나의 한정사와 하나의 명사로 구성되었고(유르스나르의 제목은 하나의 명사와 하나의 형용사로 구성) 시몬 드 보부아르의 작품 제목에 비해 간결하다. 시몬 드 보부아르 작품 제목에는 명사를 보완해주는 것이 있고, 이야기의 시작은 독자를 작별, 누군가의 죽음이 작품의 핵심을 이루는 모험에 빠져들게 하면서 독서를 이끌어간다.

세 작가의 차이는 우리가 페리텍스트를 검토해나갈수록 더 커진다. 사실 시몬 드 보부아르는 아니 에르노나 마르그리트 유르스나르와 달리, '장면'에 대한 진정한 기다림을 불러일으키기 위해서 제목뿐 아니라 에피그라프에도 의존한다.

---

15 시몬 드 보부아르 자신이 『아주 편안한 죽음』의 결론에서 죽음에 내재된 폭력성을 지적한다(『아주 편안한 죽음』, p. 151).

16 이 책의 40쪽 이하를 참조하라.

에피그라프[17]

『아주 편안한 죽음』을 읽으면 우리는 이 책에 '에피그라프'가 있음을 알 수 있다. 다음은 영어로 쓴 딜런 토머스[18]의 시를 인용한 것이다.

> 순순히 작별의 밤으로 가지 마시오.
> 하루가 끝날 무렵 노년은 타오르고 미친 듯 소리쳐야 하니,
> 분노하시오, 사라져가는 빛에 맞서 분노하시오.[19]

영어를 그대로 노출한 에피그라프의 선택은 독자의 호기심을 자극한다. 더구나 딜런 토머스의 시에서 가져온 에피그라프는 의미가 가볍지 않다. 이 시인은 죽음에 관한 시를 많이 썼다.

제목에서부터 시작된 죽음의 주제는 여기에서도 계속된다. ("사라져가는 빛") 그리고 노년에 대한 생각과 쇠락에 대한 생각을 작품으로 가져오고자 하는 의도가 분명하다.

반면에 아니 에르노와 마르그리트 유르스나르 작품의 에피그라프는 시몬 드 보부아르의 것에 비해 훨씬 불분명하다. 우리가 작품을 보면서 밝혔듯이 이 두 작품은 명확한 한정이 부재한다.

『한 여자』의 에피그라프는 헤겔의 작품에서 가져온 것인데, 단절이 아니라 내적인 긴장을 강조한다.

---

17 épigraphe: 책의 각 장, 서두 등에 붙이는 인용문, 명구를 의미한다.(옮긴이)

18 딜런 토머스Dylan Thomas(1914~1953): 영국의 시인, 『죽음과 입구*Deaths and Entrances*』라는 시집을 출간했다.

19 시몬 드 보부아르의 인용, 『아주 편안한 죽음』, p. 9.

모순을 인식할 수 없다고 주장하는 일은 잘못이다. 모순은 바로 생명체의 고통에 실질적으로 존재하기 때문이다.[20]

"생명체의 고통"이라는 표현은 대조적으로 '죽음'에 대한 생각을 이끌어낼 수 있다. 하지만 그렇다고 해도 대단히 미약한 방식을 통해서다.

『경건한 죽음들』에서 다루는 간화선看話禪[21]은 죽음의 시간이 아닌 태어나기 이전의 시간을 가리킨다.

> 당신의
>
> 아버지와
>
> 당신의
>
> 어머니가
>
> 서로
>
> 만나기 전에
>
> 당신의
>
> 얼굴은
>
> 어땠는가?

아니 에르노와 마르그리트 유르스나르의 작품은 제목이나 에피그라프에서 죽은 여인이 나오는 장면을 예측하게 되지 않는

---

20 아니 에르노, 『한 여자』, p. 9.

21 카롤 알라망은 다음과 같은 사실에 주목한다. "유르스나르의 대大항해는 다름 아닌 **자궁으로의 회귀**이다." 『마르그리트 유르스나르, 어머니에 대한 악의적 글쓰기』, p. 13.

다. 아니 오히려 마르그리트 유르스나르 작품의 1장 제목은 「분만」이고, 그 자체로는 죽음을 포함하지 않는다.

그러나 두 작가에게서 죽음에 대한 지향이 상대적으로 부재한 것은 『한 여자』와 『경건한 추억들』 모두에서 '어머니의 죽음 장면'이 거의 즉각적으로 펼쳐지면서 완화될 것이다.

작품의 핵심

작품화된 장면들

다양하게 작업한 작품들이기에 죽음의 장면들도 다양한 위치에 삽입된다. 시몬 드 보부아르의 작품은 끝부분에 나오고, 아니 에르노와 마르그리트 유르스나르의 작품은 시작 부분에 나온다. 여전히 시몬 드 보부아르와 다른 두 작가의 대비가 되풀이된다.

『아주 편안한 죽음』에서 시몬 드 보부아르는 입원부터 장례식까지 어머니의 마지막에 대해서 말한다. 물론 서술에는 해설이 덧붙여진다. 해설은 이따금 딸과 어머니의 유년기와 사춘기, 예전 시절로 회귀하는데, 이야기의 일반적인 흐름은 시간의 순서를 따른다. 『아주 편안한 죽음』은 8개의 서술 단위[22]로 구성되고, 어머니의 죽음은 네번째 단위에 있다. 책의 구성적 관점에서 볼 때, '어머니의 죽음 장면'이 중심에 있음을 확인할 수 있다. 하지만 주의를 기울여 앞에 오는 작품 공간과 뒤에 오는 작품 공간을 보면, 즉각적으로 이 '장면'이 작품의 마지막 4분의 1쯤에 있다는 사실

---

[22] 우리가 "서술 단위"라고 말하는 이유는 이 작품이 장으로 구성되지 않았기 때문이다.

을 알 수 있다. 죽음의 장면은 서술 단위의 구축으로, 장면에 중심의 위치를 부여하는 것과 장면을 이야기의 끝으로 밀어 넣는 서술 사이의 긴장을 유지한다는 사실을 알 수 있다. 마치 어머니의 죽음과 더불어 이야기가 다 고갈된 것처럼, 강조점은 죽음 이전의 기간에 놓여 있다. 시몬 드 보부아르는 어머니가 돌아가신 이후의 이야기를 거의 더 이어가지 않는다. 서술자는 독자와 함께 장례를 빠르게 공유하고, 갑자기 거기서 멈춘다. 작품의 끝부분은 죽음을 중심에 둔 채, 제목의 온화함과 강렬한 대비를 이루는 철학적 성찰을 한다. 죽음, 작품의 끝은 어머니의 죽음에 대한 언급과 조응한다.

아니 에르노의 작품은 전혀 다르다. 반대로 『한 여자』는 서두에 어머니의 죽음 장면이 나온다. 어머니의 죽음에 관한 이야기는 작품의 생명을 끌어낸다. 과연 작품은 죽음에 관한 간결한 알림으로 시작된다. "어머니는 4월 7일 월요일 퐁투아즈의 요양원에서 돌아가셨다. 2년 전 내가 어머니를 보냈던 그곳에서."[23] 곧바로 장면, 시신에 대한 묘사가 이어진다. 그러니 장면은 정말로 작품의 도입부, **첫 부분**에 놓인다. 곧바로 제시되고, 장면은 즉각적으로 주체와 주제를 드러내는데, 제목으로는 이것을 알 수 없었다. 『한 여자』의 서술자가 어머니의 삶과 어머니와 맺은 관계를 언급하게 되는 것은 바로 어머니의 죽음에 관한 장면에서부터다.

마르그리트 유르스나르의 작품에서 어머니의 죽음에 관한

---

23 카뮈 작품과의 상호텍스트성을 주목하는 비평에 대해 에르노는 이렇게 반박다. "『한 여자』의 시작 부분과 『이방인』의 시작이 상당히 비슷하다고 하지만, 카뮈와 나 사이에 어떤 관계가 있는지 전혀 모르겠다."(「대담」,『한 여자』, p. 12)

장면은 아니 에르노의 작품만큼 빠르게 나오지는 않지만, 시몬 드 보부아르의 작품보다는 훨씬 빠르게 나타난다. 정말로 이 장면은 전체로 보아 1부 「분만」의 중심에 놓인다. 작품 전체가 바로 이 죽음에서부터 전개된다. 페르낭드의 태생, 선조들의 세계에 현기증 나게 몰입하면서, 이 이야기는 분만에 관한 이야기에 앞서 3장 전체에 걸쳐 전개된다.

시몬 드 보부아르의 작품과 반대로 아니 에르노와 마르그리트 유르스나르의 작품에서는 '죽음의 장면'이 작품의 초반부에 놓여 출발점을 이룬다. 그녀들의 작품에서는 죽음의 순간에서 출발하여 과거 전체가 깨어나게 된다. 이와 같이 작품의 앞부분에 위치한 죽음의 장면이 회상의 움직임을 개시하는 반면, 시몬 드 보부아르의 작품에서는 죽음의 장면이 움직임을 종결짓는다.

우리가 죽음의 장면과 관련하여 시몬 드 보부아르, 아니 에르노와 마르그리트 유르스나르의 작품들에서 밝힌 차이점은, 작품의 의도가 지닌 성격 자체와 연결된다. 시몬 드 보부아르는 시간의 흐름 속에서 의도적으로 제한한 순간, 죽음의 순간 절정에 이르게 될 임종의 고통을 서술한다. 아니 에르노는 총체적인 이야기를 밝히고자 애쓴다. 마르그리트 유르스나르는 "선조의 과거"(749쪽)에 다시 몰두한다. 그러므로 각 작품이 시간의 순서와 맺은 관계는 전적으로 동일하지 않다. 시몬 드 보부아르는 죽음을 작품의 소실점 가운데 하나로 만드는 시간의 흐름 속에서 글을 쓴다. 하지만 다른 두 작가는 삶을 작품의 소실점 가운데 하나로 만들기 위해서 시간의 흐름에 역행한다. 그러나 각 작품 속에서 위치가 어떻든지, 죽은 어머니가 나오는 장면들은 세 작품 전부에서 공통적으로 사건의 핵심을 이룬다.

핵심 위치[24]

　　아니 에르노의 작품에서는 장면의 시작을 규정하기
가 쉽다. 바로 작품의 첫 문장이다. **서두에서** 이야기가 시작되는
데, 어머니의 죽음이 바로 제시되고, 서술자가 시신을 대면하게
되는 순간을 상세하게 서술한다. 이 구절은 "나는, 그 여자[소리
를 지르는 요양원의 여자]는 여전히 살아 있고, 내 어머니는 죽었
다는 사실이 이해되지 않았다"(12쪽)라는 문장으로 끝난다. 그 순
간 서술자는 행정적인 절차를 처리하느라 시신의 주위를 떠난다.
'죽음의 장면'은 이와 같이 이야기의 **시작** 부분에 있다. 그리고 그
무엇과도 연결되지 않고(특히 우리가 살펴본 것처럼 페리텍스트와
의 연결은 전무하다) 놀라움의 미학을 구현한다.

　　시몬 드 보부아르의 작품도 '어머니의 죽음 장면' 묘사가 주
는 놀라움은 마찬가지이지만, 어느 정도 상대적인 놀라움이다.
죽음의 장면은 작품의 4부에 있는데, "나는 밤 12시 반에 잠들었
다"(123쪽)로 시작해서 "그녀[푸페트]가 말했다"(125쪽)로 끝난
다. 이야기가 그렇게 전개될 때, 어머니는 무척 심하게 아프셨고
약해진 상태였다. 죽음이 임박한 것처럼 보인다. 그러나 작품은
가장 놀이를 한다.

24　우리가 '장면'의 경계를 획정하는 기준은 의미심장한 요소에 의해 특징지어진, 비
슷한 단위들을 구분하려는 의지에 기초를 둔다. 시신의 최초의—그리고 대부분의 경
우 유일한—현존. 이와 같이 장면들을 통해서 죽음을 알리면서 시작하고자 했다. 그
리고 매번 지리적·시간적·서술적인 차원의 단절이 있을 때마다 장면들을 끝냈다. 『어
머니와 딸들, 셋의 관계』에서 저자는 예고의 중요성을 강조한다. "삶의 예고와 죽음의
예고는 그 장면들이 야기한 정서적 동요 가운데서 서로 결합한다. 죽음과의 관계에서
정서적 동요이자 발생적 차원의 동요이다."(p. 317)

오늘 밤만큼은 틀림없이 아무 일도 일어나지 않을 거고 내가 있는 것이 엄마에게 걱정을 끼칠 수 있다. 나는 엄마를 안았고 엄마는 내게 종종 보여준 흉한 미소를 지으며 말했다. "네가 나를 그렇게 다정하게 보다니 정말 좋구나."

물론 우리는 부정적인 양상을 끌어내는, 미소의 수식어("흉한")를 찾아낼 수 있다. 그러나 이것은 다음 구절에서 죽음에 관한 내용이 나올 거라고 생각할 정도로 강렬한 지표는 아니다. 오히려 "종종 보여준 흉한 미소"라는 구절은 어머니가 이미 그런 식의 미소를 여러 번 지었다는 사실의 암시이고, 반복 속에서 부정적인 표정을 배치하지만, 죽음을 예고하는 강렬한 지표는 아니라는 입증이다. 게다가 발화와 거리를 둔다는 명목 아래 쓰인 양태부여("틀림없이")는 준-확실성과 상당한 평온을 증명한다. 그렇기 때문에 뒤이어 오는 구절에서 어머니의 죽음이 나온다는 사실은 놀라움의 미학에 속한다고 할 수 있다. 그러나 이 놀라움은 아주 부분적인 것으로 드러난다. 어머니는 이미 죽어가고 있었고, 서술자는 어머니를 정성껏 돌보면서도 "죽은 사람들"을 떠올렸다. 돌이켜보면 거기에서 '이야기되는 나'와 대조적인 '이야기하는 나'의 아이러니를 어떻게 보지 않을 수 있는가?

우리가 상세하게 연구하게 될 이 장면은 시몬 드 보부아르에게 죽음을 알리면서 시작된다. 이어 죽은 어머니 곁에 있는 모습이 이어지고, 주요 인물들이 병실에서 나오는 것으로 끝난다. 작품은 그때 죽음을 이야기하는 여동생에 관한 서술로 돌아간다.

『경건한 추억들』에서 어머니의 죽음 장면은 앞서 형성된 긴장을 통해 준비된다. 페르낭드가 마지막 숨을 거두는 모습은 작품에서 언급되지 않는다. 죽음을 향한 은밀한 진전은 서술자가 간단하게 기록한 것들을 다시 베껴 쓴 후에, 미셸이 갖고 있던 일기에서 발췌된 글로 이어진다. "페르낭드가 복막염을 동반한 산욕열로 저녁 18시 무렵에 죽었다."(728쪽) 작품에서 시신이 등장하는 것은 그 이후일 뿐이다. 1부의 3장에서 "새로 태어난 아이"는 짧게만 언급되고, 페르낭드의 시신에 관한 서술이 광범위하게 전개된다.

3장은 회상의 방식으로 구성된다. 마르그리트 유르스나르는 "동요의 한 주"(페르낭드가 죽은 주)에서 '두 개의 더 부차적인 작은 사건들'을 강조한다. 아이의 세례가 첫번째 작은 사건이다. 서술자는 이 사건을 길게 이야기하지 않고 몇 줄로 요약한다.[25] 이것은 아이의 탄생이 작품 내부에서 부차적인 위치를 차지할 뿐이라는 사실의 새로운 표지다. 이와 달리 두번째 사건은 더 광범위하게 다루어진다. 페르낭드 곁으로 다가가는 성직자들의 방문과 관련된 것이다. 하나가 아닌 세 명의 방문객에 관해 말하면서 작품은 분명히 더 서술적으로 변하는데, 이 장의 핵심이 페르낭드의 시신이라는 사실이 밝혀진다. 더 정확히 말하면 페르낭드의 시신을 찍은 사진들이다.

최초의 방문객은 마담 C***의 요청에 따라 성유물을 가지고 온 "젊은 카르멜회 수도사"로 페르낭드의 "영적인 구원"을 기대했을 것이다. 그러나 성직자가 왔을 때 젊은 부인은 다시 "불안한 혼수상태"에 빠졌고 혜택을 누릴 수 없었다. 페르낭드는 "임종

---

25 이 장 끝에서 아이의 탄생을 간략히 알릴 뿐, 그 후로 아이는 더 이상 언급되지 않는다. 아이의 탄생은 그에 수반된 다른 알림, 어머니의 장례식에 바쳐진 다른 긴 서술의 동력인 페르낭드의 죽음의 알림과 대조적으로 전혀 활용되지 않는다.

의 상태"를 맞은 것으로 보였고, 죽음이 다가온 것이 확실했다.

두번째 방문객은 시어머니, 노에미였다. 시어머니의 방문은 한편으로는 아이의 탄생("여자로서의 호기심, 특히 지체 없이 출산한 방을 찾아가고 싶은 나이 든 여자의 호기심[……]") 때문이지만, 그러나 할머니는 이 단락에서 더 이상 언급되지 않을 아이를 보지도 않은 채 다시 떠날 것이다. 실제로 모든 관심이 페르낭드를 향했고, 여러 장치들이 그녀의 위중한 상태를 표시한다.

> 고급 차에서 내리자마자 [노에미]는 페르낭드의 상태를 알 수 있었다. 실제로 193번가 앞의 도로는 자동차 소음을 약화시키기 위해 두꺼운 짚더미로 덮여 있었다. 환자의 병세가 심각할 때 항상 취해지는 그러한 예방 조치는 이웃들에게 새로운 출산이 심각한 상태라는 사실을 알려주고 있었다.(731쪽)

미셸은 자기 어머니를 맞으면서 짚단이 환기시키는 실체를 말했다. "그는 단도직입적으로 상황을 요약했다. 페르낭드를 구할 희망이 전혀 없어요." 그리고 곧이어 거기서 한 걸음이 더 나갔다. 마르그리트 유르스나르는 숙명적인 단어를 사용하면서 할머니에 관해 언급했다. "노부인은 죽음을 예감했다." 죽음이라는 단어는 작품에서 이와 같은 위치를 차지한다. 그때부터 분위기는 마지막 방문, 사진사의 방문으로 구체화된 죽음으로 에워싸인다.

사진사의 방문은 죽음을 향해 전개되고 있는 작품에서 최종적인 지점을 가리킨다. 방문은 페르낭드의 죽음 이후에 일어난 일이기 때문이다. 마지막 방문에 할애된 문단의 시작 부분에서 마르그리트 유르스나르는 단지 "이제 더 이상 이 사람과 말을 주고받

거나 미소를 띠고 그를 맞이하는 일은 생각할 수 없었다"라고 말할 뿐이다. 이 문장이 말하는 제한이 불분명해서 독자들은 페르낭드가 너무 아파 방문객들과 상호작용할 수 없다고 생각할 수도 있다. 상황을 고려해보면 단지 사진사라는 언급만이 20세기 초반[26]에 유행한 관습대로 페르낭드의 마지막 사진을 찍는 문제에 관한 것이라고 짐작하게 한다. 이러한 사실은 "마담 C***의 마지막 사진"이라는 암시로 즉각적으로 확인된다.

이 세 번의 방문을 묘사하면서 작품은 부드럽게 페르낭드의 마지막 날들 속으로 진입한다. 그녀가 죽었다는 사실을 결코 분명하게 알리지 않으면서 두번째 방문과 세번째 방문 사이의 일들을 생략한 채, 더 이상 페르낭드가 존재하지 않는 시기로 미끄러지듯 들어간다. 물론 이행은 처음 죽음을 알린 이후의 문제다.(728쪽) 그러나 작품이 다시 돌아가 페르낭드가 여전히 살아있던 예전 시기로 넘어가면, 시신을 마주 보고 상투적인 말들을 내놓을 때까지는 어디에서도 장례에 관한 이야기는 명백하게 드러나지 않는다. 앞서 나온 두 문단의 예고로 죽음의 개입은 은밀하게 이루어진다. 장면은 "페르낭드 곁에……"(732쪽)라는 사진에 관한 묘사로 시작되어 문단이 끝나면서 완성된다.(733쪽)

'장면들'의 위치와 경계 획정에 관한 분석은 이 장면들을 고립되고 폐쇄적인 것으로 여기게 두지 않는다. 장면들의 위상은 가장 중요하고 충격, 완화된 충격, 점진적인 준비라는 서로 다른 미학을 따르면서, 작품의 근원이자 지향점으로 존재한다. 장면들

---

26 조엘 블로흐Joëlle Bolloch, 「사망 이후의 사진—관례, 용도와 기능Photographie après décès: pratiques, usages et fonctions」을 참조하라. 오르세 미술관 전시 카탈로그 『마지막 초상*Le Dernier Portrait*』(Paris: Éditions de la Réunion des Musées nationaux, 2002), p. 112.

이 놓인 상황은 다르지만 그래도 세 작품에서 공통점을 이룬다. 그래서 돌아가신 어머니를 묘사하는 딸의 태도를 공부하기 위해서 그 장면들을 연결 지어 분석하는 일은 흥미로운 작업이 될 것이다.

II. 시신

하지만 장면들의 중심에 놓인 돌아가신 어머니의 몸은 포착하기 어렵다. 한편으로는 죽음과 다른 한편으로는 몸과 연결되어 "살아 있는-몸에서 시신의-몸으로의 이행"[27]으로 인해 산출된 불안정성의 측면이 드러난다. 죽음의 장면들에서 작동하는 것은 확실히 이행의 측면이다. 몸의 "시신화"[28]는 정신에서와 마찬가지로 생체학적 사실에서도 진행된다. 시몬 드 보부아르는 『아주 편안한 죽음』의 끝부분에서 그러한 사실을 강조한다.

그러나 나는 어머니의 시신 곁을 너무 빨리 떠났다고 자책한다. 어머니와 여동생 모두, "시신이라니, 그건 더 이상 아무것도 아니야"라고 말했었다. 하지만 그것은 어머니의 살, 어머니의 뼈, 얼마간은 여전히 어머니의 얼굴이었다. 아버지, 나는 아버지가 사물로 여겨질 때까지 아버지의 시신 곁에 머물렀다. 그렇게 현존이 무無로 이행하는 과정에 익숙해졌다. 엄마, 나는 어머니

27 루이뱅상 토마Louis-Vincent Thomas, 『시신, 생물학에서 인류학으로Le Cadavre, de la biologie à l'anthropologie』(Bruxelles: Éditions Complexe, 1980), p. 14.
28 같은 책, pp. 14, 17.

를 한번 포옹하고 나서는 거의 바로 떠났다. 그래서 영안실의 냉기 속에서 고독하게 누워 있는 게 여전히 어머니처럼 여겨졌다.[29]

이러한 성찰 속에서 시몬 드 보부아르는 시신을 포착하는 데 걸리는 시간의 역할에 중요성을 부여한다. 너무 일찍 떠나면, 죽음은 살아 있는 존재에게 각인된 채 보존되어 완전히 죽음의 영역으로 넘어간 비인격의 시체로 여겨지지 않는다. 보부아르가 환기하는 것은 사랑하는 존재가 죽어 "사물"로 전환되는 데 시간이 걸리고 적응이 필요하다는 사실이다. 그래서 본질적인 문제는 '이행'이라는 활동이다. 여기서 '이행'은 '삶'에서 '죽음'으로 이행, 프랑스어로 사망le décès[30]의 문제가 아니다. '여전히 그/그녀라고 할 수 있는' '몸'(즉 "인격" "현존")에서 '아무것도 아닌' '시신'(즉 "사물" "무無")으로의 이행이 문제다.

루이뱅상 토마는 이러한 차이를 강조한다. "몸이 불분명한 상태로 머문다고 해도 시신은 모든 불분명함을 제거한다. 시신은 분명하게 삶을 죽음과 분리하는 단절을 넘어서기 때문이다." 비인간화의 작업을 가리키기 위해 사용한 '이행'이라는 용어는 장켈레비치를 참조한 것이다.

[······] 죽음은 형태가 모든 형태의 부재로, 형상이 비형상으로 이행하는 것이고, 존재가 비존재로 이행하는 것이다. 죽음은 양태와 실체, 형용사와 형용사를 지탱하는 존재를 동시에 제거

---

29 시몬 드 보부아르, 『아주 편안한 죽음』, p. 139.

30 죽음la mort은 사실 '가장 큰 이행'이다. 사망은 '떠나다' 또는 '삶에서 죽음으로 옮겨 가다'라고 말한다.

한다.[31]

위 문장에서 특히 흥미로운 점은 시신에서 모든 변별적인 특징이 사라졌다는 사실을 강조한 것이다. 사실 세 작품의 장면에서 드러난 많은 공통적인 양상을 보면서 우리는, 장켈레비치의 용어들을 계승해 "양태와 실체" "형용사와 형용사를 지탱하는 존재"의 "제거"를 고찰할 수 있다.

고인에 대해서 말하는 일

모든 감정적인 투입에서 벗어난 시신(보부아르의 용어를 쓰면 "사물")과 여전히 감정을 산출해낼 수 있는 시신(보부아르가 환기한 "현존") 사이에 있는 긴장은 세 작품 모두에서 두드러진다. 거의 영구적이라고 할 만한 동요가 있고 우리는 세 작품의 장면들에서 그러한 동요를 재발견한다.

사물

몇 가지 징후는 서술자가 더 이상 '살아 있는' 인격과 시신을 연결하지 않으면서 어떤 감정적 차원의 투입 없이 시신을 볼 수 있으리라는 사실을 보여준다. 예를 들어 『아주 편안한 죽음』에서 "돌아가신 어머니의 장면"은 "더 이상 엄마가 아니었던 것을 향해서 마지막으로 눈길을 던진 후에……"라는 분리를 뜻하는 문장으로 끝난다. "엄마"라는 단어에 함축된 감정적 요소는 여기서는 부정된다. 명사는 부정적인 경향을 지닌 구조 속

31　블라디미르 장켈레비치, 『죽음』, p. 235.

에서 사용된다. "엄마"라는 단어는 부정의 표시로 드러난 완곡한 정의의 형태로만 사용된다. 역전 불가능한 의미와 감정적 분리가 활용되고 있고, 시신은 "엄마"와 어떤 관계도 지니지 않는다.

비슷한 방식으로 『한 여자』에서 어머니의 죽음을 회상하는 서술자는 이해가 안 된다는 사실을 내세워["나는, 그 여자(소리를 지르는 요양원의 여자)는 여전히 살아 있고, 내 어머니는 죽었다는 사실이 이해되지 않았다"] 시신에서 어머니의 현존 전부가 사라진 사실을 알리고, 어머니가 죽음 저편으로 이행한 사실을 재확인한다.

마르그리트 유르스나르는 페르낭드를 곧바로 물화物化시킨다. "세 명의 여성이 지극히 세심하게 주의를 기울여 페르낭드를 **단장했다.**"(47쪽)[32] 페르낭드는 행위의 대상이 되는 수동적 주체이다. "흘러내린 땀, 산욕 배설물들을 씻겨내고 닦았다." 더구나 마르그리트 유르스나르는 페르낭드를 시신 그 자체로 다루는 사실을 강력하게 알린다. 즉 살아 있는 몸의 시간이 지나간 후, 부패한 몸의 시간이 오기 전의 상태이다. "[……] 삶의 해체와 죽음의 해체 사이에서 일종의 일시 정지가 일어난 것처럼 보였다." 최후의 급격한 정지. 페르낭드는 모든 변별적 특징을 잃고 일반적인 사망자들과 비교된다.

그녀는 우리가 사망자들이라고 여기는 모습으로 변했다. 빛에도 열에도, 접촉에도 무감하고, 들숨도 날숨도 내쉬지 않고 단어를 말하기 위해 공기를 이용하지도 않으면서, 일부를 배설하기 위해 더 이상 음식을 먹지도 않는 움직이지 않는 굳어진 덩어리.

---

32 강조는 저자의 것이다.

이미 일반적인 관점에 고착된 채(개별적인 페르낭드가 아닌 죽은 자), 서술자는 무정형의 상태를 가리키는 단어("덩어리")를 사용하면서 어림잡아 말하는 방식을 택한다. 그렇게 모든 정의가 내려지는데, 특별히 자세하게 묘사하지 않고 의미론적으로나 문법적으로 부정의 표현들이 드러내는 제거의 방식에 의존한다. 죽음은 뺄셈, 추상과 일반화의 방식으로만 평가될 수 있는 것처럼 보인다.

현존

그러나 "사물"의 위치로 축소되는 시신과 그럼에도 불구하고 가까운 이의 "현존"으로 몰입되는 시신 사이에 긴장이 있다는 사실을 인정해야 한다. 죽음의 장면들은 사실 이러한 이중성의 은총을 통해서 작동하고 기능할 뿐이다.

시몬 드 보부아르는 장면을 묘사하면서 어머니를 돌아가신 분으로 재현하는 것과 살아 있는 존재로 환기시키는 것 사이에서 어김없이 흔들린다. 예를 들어 "엄마를 대신해서 침대에 누워 있는 이 시신"이라는 문장은 그런 긴장의 표현이다. 시신은 "엄마"와 동시에 소환된다. "엄마"를 대체한 "시신", 그러나 현존하는 "엄마"라는 두 개의 극단이 찬탈의 관계로 결합된다. 다음의 문장에서 같은 형태의 긴장을 재확인할 수 있다. "여전히 그녀였지만, 영원한 부재이기도 했다." "여전히encore"라는 시간을 표현하는 부사와 "영원히à jamais"라는 시간 부사구는 감정적 현존과 물화의 절차를 동시에 소집한다. "여전히 그녀"인 것과 "영원한 부재" 사이의 대조에서 유래하는 충격은 아직 끝나지 않은 "이행"을 보여준다. 시몬 드 보부아르는 어머니의 시신에서 모든 변별적인 특징을 간직하려고 한다. 돌아가신 어머니는 "몸"을 걸치고 있지 않지만 "엄마"이다. 시신은 또한 그런 외관 속에서 어머니를 현존하는 것으로 만드는 궁극의 수단으로 쓰이면서 어머니에 대한 생각을 떠오르게 한다("어머니는 자주 이렇게 말씀하셨다……"). 고인의 말을 회상하는 일은, 사실 이중의 개념이 합류하는 지점에 고인을 위치시키는 일이기도 하다. 대과거를 사용하면서 드러내는 멀어짐과 회상의 사실로 드러내는 다가섬.

아니 에르노에게 살아 있는 존재를 향한 긴장은 덜 분명하지만 그래도 현존한다. 어머니는 장례의 어휘에 속하는 "미라"라는 단어로 지칭된다. 용어의 현재적 수용과 이집트의 관습에 따르면, 미라는 방부 처리된 몸(따라서 죽은 자)이지만 살아 있던 모습에 최대한 가깝게 보존하는 방식이기도 하다. 그러므로 "미라"에 대하여 말하는 일은 죽은 자로 기입시키는 일이지만, 그럼에도 불구하고 "유사함"에 지나지 않을지언정 살아 있는 존재를 소환하고자 하는 일이다. 게다가 죽음을 환기시키는 단어의 폭력성은 감정적 차원을 드러내는 "작은"이라는 형용사의 사용과 어머니는 아직 미라가 아니라는 암시와 더불어, 유사성("그녀는 닮았다")이 문제일 뿐이라는 사실로 완화된다. "머미(momie, 미라)"에서 어떻게 "**마미**_mummy_"라는 영어 단어, 살아 있는 어머니를 부르는 부드럽고 감정이 담긴 호칭을 떠올리지 않겠는가?

페르낭드를 대상으로 살아 있는 어머니에 대한 것과 같은 애정은 소환될 수 없고, 알지 못하는 어머니에게 친밀함을 느끼는 일이 어려웠으리라는 사실은 분명하다. 그래도 마르그리트 유르스나르는 살아 있는 모습을 그린 초상화들과 죽은 페르낭드를 그린 초상화를 비교하면서 존재를 향한 긴장을 드러낸다. 그런데 우리의 기대와는 달리, 이러한 비교 속에서 살아 있는 모습을 그린 초상화들을 좋게 말하기 위해 죽은 모습을 그린 초상화를 평가절하하지는 않는다. 반대로 감정적인 우세를 드러낸 것은 살아 있는 모습보다 더 생생하게 그려진 고인의 초상화에 대한 분석에서다. 고인의 얼굴에서 각 부분의 우아함이 강조된다. "광대뼈" "아치형 눈썹" "코" "속눈썹." 얼굴을 이루는 모든 부분이 긍정적으로 그려진다. 이러한 묘사는 입술까지도 마찬가지이다. "뾰족한" 입매라고 말했다가, 곧바로 해석을 덧붙여 이 날카로움을 "자부심이 강한"이라는 뜻으로 전환시킨다. 페르낭드를 환기하면서 마르그리트 유르스나르는 이와 같이 호의적인 어휘를 사용한다. '돋보이게 하다'라는 표현, "섬세하게"라는 부사 또는 "품위"와 "부드러움" 같은 명사는 페르낭드를 이상화하는 움직임에 속한다. 페르낭드 얼굴의 모든 특성은 죽음의 척도로 다시 평가되고 미학적 측면을 부각시키는 관점에서 검토된다. 전반부에서 묘사된 생기 없던 페르낭드와 강렬한 대비를 이룬다. 마르그리트 유르스나르는 망설임 없이 다음과 같은 언급으로 그녀를 회상한다. "처녀 시절과 젊은 부인 시절의 마담 C***를 그린 초상화들은 호감을 주는 섬세한 얼굴, 단지 그뿐이다." 여기에서는 반대로 페르낭드의 마지막 날들에 그려진 초상화들[33]에서 드러나는 변모

---

[33] 칭찬은 이런 양상을 따라서 가볍게 변질된다. 마르그리트 유르스나르는 여전히 해독하는 입장에 머물면서 페르낭드의 몸을 실질적으로 언급하지는 않고 마지막 초상화들을 해석할 뿐이다. 더구나 "인상"이라는 단어는 시선의 주관성을 명백히 연상시키면서 작품에 리듬을 부여한다. 이 문단은 사진이라는 수단으로 페르낭드를 파악할 뿐이라는 사실을 강조하면서 끝을 맺는다. "우리는 [……]을 본다."

를 증명하는 "아름다움의 인상"을 강조한다. 페르낭드에 관한 앞의 언급과 명백히 단절된 이 구절은 그녀에게 예상 밖의 자질을 부여한다. 페르낭드의 죽음이 지닌 깊이는, 쌍둥이 형제인 히프노스와 타나토스 사이에 존재하는 근원적 근접성을 활용한 "잠을 자는 듯한 인상을 주는, 감긴 커다란 눈꺼풀"을 담고 있는 사진이 내포하는 혼란으로 인해 약화된다.

세 개의 장면에는, 거리를 둔 채, 정말로 정서적 반응을 일으키지 않는 것으로 간주되는 시신과 여전히 가깝게 있으면서 살아 있는 현존으로 가득 찬 시신의 사이를 오가는 동요가 감지된다. '이행'이 진행되고 있지만 절차는 완성되지 않았고, 시몬 드 보부아르는 『아주 편안한 죽음』의 마지막 부분에서 그런 사실을 확인한다. 몸은 죽음과 삶의 허울 사이에서 불분명한 혼합물이 있는 장소이다. 긴장은 근본적으로 우리가 고인에 대해 말하는 방식을 둘러싸고 형성되고, 이것은 『아주 편안한 죽음』의 인용구에서도 확인된다.

> '프랑수아즈 드 보부아르'라고 말해지는 것을 듣자 우리 둘은 강렬한 감정을 느꼈다. 이 단어들은 어머니를 소생시켰고, 어머니의 삶을 총정리했다. [……] 그녀는 어떤 인물, 너무나 드물게 이름이 불리는 잊힌 여인이 되었다.(144쪽)

"잊힌." 위의 진술에서는 '보잘것없고' '초라한'이라는 추상적 의미, 장면 내에서는 "죽은"이라는 구체적인 의미를 갖는다.

죽은 몸을 말하는 일

여전히 개인적 특성을 담고 있는 시신을 환기하는 일과 완전히 사물화된 시신 사이에서 동요를 해도 결국 죽음에 관한 일종의 긍정을 막지는 못한다. 비록 "사물"과 "현존" 사이의 긴장이 미묘하다고는 해도, 어떤 순간에도 고인들을 산 자들로 만드는 일은 문제가 되지 않는다. 죽음의 기입은 일어나야만 하는 일이고 일어나게 되는데, 전체 작품이 그려내는 장면의 주요 기능은 죽음에 대해 말하는 것이다.

충분히 특별한 존재로 시신을 묘사할 때 몸에 죽음을 기입시키는 일이 이루어진다. 먼저 고인을 비인격의 죽음으로 간주하는 침묵을 모방한 움직임 속에서는 기입이 지연되었기 때문이다. 그리고 이 기입의 범위가 너무나 부분적이기 때문이다.

시신과 대조

우리가 분석하는 작품들은 전부 '돌아가신 어머니가 나오는 장면'의 한가운데에서 묘사의 기회를 기다리는 방식으로 작동한다. 정말로 문제가 되는 것이 나오기 전에 상당한 시간을 기다려야 한다. 장면들의 시작에 관해 빠르게 검토해보면 이런 시간의 경과가 어떤 절차를 따르고 있는지 알 수 있다.

『아주 편안한 죽음』에서 서술자는 장례의 장소에서 멀리 있다. 그녀는 전화를 받고 어머니의 죽음을 알게 되고 병원에 가야 한다. 시신이 있는 곳을 향한 이동에 관해 이야기하면서 그녀는 묘사의 순간을 지연한다. 아파트에서 병실까지 모든 여정을 상세히 서술한다. "텅 빈 파리"의 횡단, "샹페레 문 가까이" 있는 카페, 계단을 오르는 일 등을 환기하는 것은 작품 내부에서 시신의 갑작스러운 출현을 연기하기 위한 수단이다. 사실 대면을 미루기 위해 최대한의 언어적 수단이 활용된다. 그래서 우리는 정확성을 더한다는 명목으로 넣은 마르셀("리오넬의 사촌")의 정체성을 밝히는 삽입구를 보게 되는데, 시신을 향한 순수한 작품의 진전에 제동을 거는 것이다. 거기에 더해 많은 고유명사의 등장("마르셀" "리오넬" "푸페트"), 삶과 같은 뜻을 지닌 장소들과 결합된 상징(예를 들어 "붉은빛으로 빛나는 비스트로"), 이동 동사들('가로지르다' '올라가다')은 삶의 공간을 연장하고 시신과의 만남을 지연시키는 데 기여한다.

『한 여자』에서 발췌된 장면의 첫 부분은 같은 절차를 따르지만 더 간결한 방식(게다가 이 장면은 우리의 분석 대상 작품 중 가장 짧다)이다.『한 여자』의 구성은 사실 시신을 향한 집중의 움직임을 따른다. 첫번째 문단은 사망의 알림과 서술자가 그 사실을 알게 되는 방식에 할애된다. 때맞춰 행해진 언급은 진행되는 사건들의 보고를 잠시 유보시키지만,『아주 편안한 죽음』의 여정에서처럼 긴 삽입구는 발견되지 않는다. 두번째 문단은 장면의 출현을 그래도 조금 지연시키면서 죽은 몸에 집중한다. 두번째 문단은 사실 "어머니의 침실 문이 최초로 닫혔다"라는 문장으로 시작한다. 새로운 변화에 대한 언급은 단절을 뜻하고, 이전(삶)과 이후(죽음) 사이의 이행을 배가시킨다. 이러한 언급은 또한 시선을 막는 마지막 장벽을 만드는 데도 쓰인다.

『경건한 추억들』도 시신을 포착하는 장면을 미루는 것은 비슷하다. 시신의 포착을 미루는 일련의 지연 절차들이 있다. 서술자는 먼저 비스듬한 시선으로 "배경"을 묘사하면서 시작한다. "페르낭드의 침대 머리맡에는 다섯 개의 가지가 달린 두 개의 촛대가 있었는데 세 개의 초만이 꽂혀 불을 밝히고 있었다." 이어서 시선은 망자가 누워 있는 침대를 향해 슬며시 옮겨 가지만 여전히 '배경'을 강조한다.

왼쪽을 얼핏 보니, 마호가니 침대의 등받이 쪽으로 침대 캐노피 커튼이 뚜렷이 보인다. 침대의 다른 한 부분은 주름 장식이 있는 침대보로 꼼꼼하게 덮여 있었다. 그날 밤에는 분명 누구도 잠들지 못했다.

풍부한 세부 묘사는 이와 같이 고인이 등장하는 것을 유보시킨다. 정확성은 거의 광적인 수준에 이른다. 작품의 중심이 결국 페르낭드에게 맞춰지는 순간에까지 궁극의 정확성이 시신의 포착을 지연시킨다. 마르그리트 유르스나르는 다음과 같이 수정을 하기도 한다.

내가 착각했다. 더 가까이에서 이미지를 들여다보면서 나는 침대보의 모서리에 커다란 검은 얼룩이 있는 것을 보았다. 주인의 침대 위에서 웅크린 트리에의 앞발과 코 때문에 생긴 것이었다[……]

개의 존재를 환기하면서, 작품은 마침 동물에 관한 환기의 시간이라는 듯 시신과 생생한 대비를 이루는 효과를 창출하면서 삶에 관한 언급으로 옮겨 간다. 마지막 초상화의 주요한 주제인 시신은 이와 같이 지연시키는 언급들에 이어서 갑자기 나타난다.

죽은 몸, 조각난 몸

　　몸에 관한 시각을 지연시키는 일은 고의적인 침묵으로 해석될 수 있다. 죽음의 상흔을 담고 있고, 사물화된 존재로 여겨진 몸을 마주하는 일에 대한 의도된 침묵. "사물"/"인간" 사이를 오가는 동요를 넘어서 죽음은 몸에 상당한 표시를 남긴다. 그러나 이러한 삽입은 작은 흔적들로 암시적인 효과를 낳는데, 이런 장면들이 몸 전체를 보는 관점을 대신해서 몸의 어떤 부분들을 언급할지 선택하는 기술에 의존하고 있기 때문이다. 죽음이 덮쳐 몸을 조각낸 것이다.

　　몸의 몇몇 부분만을 묘사하고자 하는 선택은, 다시 말해 죽음의 이미지를 조각내는 것은 블라종blason[34]의 기법과 비슷하다. 블라종과 근접성에서 발견한 흥미로운 점은 의례적 측면이 아니라 거기에서 야기된 파편이다. 블라종은 사실 전체가 아닌 부분에 집착한다. 바르트가 정확히 지적한 특징이기도 하다.

　　　　블라종은 독자적인 주제, 몇 가지 해부학적인 속성의 아름다움에 관한 서술로 구성된다. 그녀는 팔도, 목도 아름다웠다······[35]

　　우리가 다루는 장면들에서도 전복된 의미의 블라종이 창출된다. 바르트를 모방해 말하면, 고인은 "팔에 관해, 목에 관해 서술할 때 죽은 존재"가 된다고 할 수 있다. 서술의 주체는 몇 가지

34　의자의 앞다리 두 개를 연결하는 조각으로 장식된 가로재材, 파편화와 연결의 의미를 담고 있다.(옮긴이)

35　롤랑 바르트, 『S/Z』(Paris: Seuil, 1970/1976), p. 110.

해부학적 특성을 갖춘 죽음이 된다. 예를 들어 『아주 편안한 죽음』에서 어머니의 얼굴은 "생기 없는"이라는 특징을 부여받는다. 형용사는 암시적으로 삶의 부재를 입증한다. 또는 "그녀의 손, 그녀의 이마는 차가웠다"라는 문장도 그러하다. 해부학적 속성은 시신의 냉기를 지시한다. 게다가 우리는 연속되는 마찰음 [fR]에서 '차가운froid'이라는 단어의 중요성을 음성학적으로 증가시키는 것을 볼 수 있다. 작은 특징들로 부여되는 죽음의 체화는 『한 여자』와 『아주 편안한 죽음』의 공통점이다. 에르노의 작품에서 얼굴을 두른 "하얀 염포"가 보부아르 작품에서는 "거즈"로 바뀐다. 얼굴을 두른 천에 대한 언급은 자동적으로 시신의 벌어진 입을 연상시킨다. 턱을 두른 천 조각은 이러한 경직을 대처하기 위한 도구이다. 간접적으로는 죽음의 흔적을 표현하는 도구이기도 하다. "입 주위를 단단히 하고 턱 아래를 지나 입과 눈 주위 피부 전체를 원래 모습으로 되돌려놓는 하얀 염포"를 묘사하면서 시신의 얼굴을 환기한다. 아니 에르노의 작품에서 죽음이 가장 분명하게 드러난 것은 바로 이런 환기인데, 시신이 으레 갖는 원형적 자세로 고정된 얼굴을 묘사함으로써 신체의 일부에 죽음을 집중시킨다.

죽음을 파편화시키는 역할은 페르낭드의 시신에서도 작동한다. "그녀의 손들은 교차된 채 묵주로 감겨 있었다." 이제 그녀는 "생기 없고 굳어진" 덩어리가 되었고 그녀의 얼굴에서는 "죽음의 평온함"이 읽힌다. 장면을 그리는 마지막 터치, 아름다운 여인의 시신이라는 상투성을 부여하는 미학적인 배치, 죽음에 관한 전형적인 연출.

세 명의 여자가 방금 다림질한 시트를 정성스럽게 정돈하고 베개를 푹신하게 만드는 모습을 본다.

시신을 덮는 것으로 죽음을 연출하는 배치는 『한 여자』에서도 마찬가지로 그려진다. "어머니의 어깨까지 천으로 완전히 덮여 있어서 두 손이 보이지 않았다."

이 장의 시작 부분에서 인용한 시몬 드 보부아르의 성찰에 따르면,[36] 죽음의 장면들에서 시신은 여전히 "인격"의 흔적을 담은 몸과 비인격적인 "사물"이 된 몸 사이의 긴장을 이룬다. 그러나 모든 것에도 불구하고 죽음의 장면들은, 비록 그 장면들이 죽음을 결정적으로 고착시키지는 못했어도, 몸을 둘러싼 죽음을 소환한다. 아마 '시신의 낯섦' 때문일 수 있다. 블랑쇼의 해석도 그렇다. "우리가 시신이라고 부르는 것은 일반적인 범주에 들어오지 않는다. 무엇인가 바로 우리 앞에 있는데 살아 있는 사람도 아니고, 어떤 현실도 아니고, 살았던 누군가와 똑같은 것도 아니고 다른 누군가도 아니고, 다른 무엇도 아니다."[37]

첫번째 불안정성에 더해지는 두번째 불안정성은 장면의 중심에서 서술자가 개입하는 것과 관련 있다.

---

36   이 책의 172~73쪽을 참조하라.

37   모리스 블랑쇼Maurice Blanchot, 『문학의 공간L'Espace littéraire』(Paris: Gallimard. 1955/1988), p. 344.

III. 장면의 서술자

우리가 (시신과 서술자의 대면)이라고 규정했던 장면들의 구성은 중세의 '플랑투스planctus'[38]를 연상시킨다. 플랑투스는 프랑스 문학사에서 시신의 기입과 관련된 가장 오래된 전통 중 하나이다

'플랑투스'는 시신과 관계가 있는 사람에게 시신을 대면하게 만들었고, 장례의 비통함으로 구성되었다. 아들을 잃은 어머니, 부모를 잃은 아이들, 무훈시에서 전우를 잃은 사내들의 비통함의 표현이다. 덜 전투적이고 더 분명한 예를 들면, 트리스탄[39]의 시신을 앞에 둔 이졸데의 한탄의 표현이다. 플랑투스는 살아남은 자의 감정을 표현하면서 가장 중요한 역할을 맡은 몇 가지 상투적인 표현을 따라서 전개된다. 그런데 비록 우리가 다루는 장면들(시신과 서술자)에서 비슷한 형상을 재발견했다고 해도, 시신을 마주한 서술자는 감정을 터뜨리지 않을뿐더러 특히 장면을 장악하는 일과 거리가 멀다. 우리가 앞으로 분석하려고 하는 것이 바로 서술자의 현존의 약화다.

줄리아 크리스테바는 『공포의 권력』에서 다음과 같이 말한다. 시신은 "삶에 침입한 죽음이고, 아브젝트Abject, 역겨운 것이다. 시신은 우리가 분리하지 못하고 막아내지 못한 하나의 폐기물이다. 상상적인 낯섦과 현실적인 위협, 시신은 우리에게 도전하

---

38 중세에 부르던 애도의 시.(옮긴이)

39 J. C. 파앵 J.-C. Payen(ed.), 『트리스탄과 이졸데 Tristan et Yseut』(Paris: Bordas, 1989), 3083행 이하 참조.

고 결국 우리를 무너뜨린다."[40] 시신이 놓인 상황에서 경계는 불분명하다. 여기에서 강조되는 것은 바로 시신이 지닌 전염력이다. 시신은 가차 없는 전염의 양상을 지닌다. 죽음은 은밀하게 증식하는데, 하물며 가까운 존재의 죽음이라면 말할 것도 없다. 우리가 다루는 장면에서도 시신의 전염성이 존재한다. 그리고 시신의 현존은 서술자의 위상에 영향을 끼친다. 기록된 서술자의 불안정성은 이 장면들에서 표현되는 시신의 불안정성에 조응한다. 서술자도 시신의 경우처럼 두려움과 관련해서는 불안정성이 문제가 되지 않지만, 장면의 중심에서 존재감이 위축될 때 나타나는 불안정성은 문제가 된다.

중심에서 벗어난 서술자

만남의 부재

우리가 고찰하고 있는 각 작품에서 서술자는 임종의 순간조차 고인의 바로 곁에 자리하지 않는다. 유르스나르는 사진이라는 매체에 의존해야만 했기 때문에 부재가 영원히 연장된 반면, 나중에 시신과 대면하게 될 보부아르와 에르노가 임종 당시 고인과 같이 있지 않았다고 강조하는 것은 흥미롭다. 그 두 사람은 실제로 각각 떨어진 장소에 있고 그 사실을 이야기의 흐름에 포함시킨다. 두 작품에서는 전화가 이 분리 상황을 알려준다. 보부아르와 에르노는 정말로 전화 연락을 받는다. 『한 여자』에서 사망을 알리는 벨소리였다면, 『아주 편안한 죽음』에서는 가

---

40 줄리아 크리스테바, 『공포의 권력. 아브젝시옹에 관한 에세이*Pouvoirs de l'horreur. Essai sur l'abjection*』(Paris: Seuil, 1980/1983), p. 12.

벼운 변주가 있어, 전화로 알리는 소식은 사망이 아니라 사망이 임박했다는 사실이다. 두 장면에서 전화는 모녀간에 있을 수 있는 지리적 거리를 부각시킨다. 흥미로운 점은 이 거리가 각 인용문 첫 문장의 의미-통사론적 구성에서 재발견된다는 것이다. 그 결과 서술자의 존재는 장면의 문턱에서부터 흐려진다.

『한 여자』의 경우 서술자의 존재는 문장 내부에서 소유한정사("나의ma")와 1인칭대명사("나je")에 의해 부각된다.

나의 어머니는 4월 7일 월요일 퐁투아즈의 요양원에서 돌아가셨다. 2년 전 내가 어머니를 보냈던 그곳에서.

하지만 두 개의 문법형태소만으로는 서술자가 문장 내에서 중요한 존재감을 갖게 하기에 충분하지 않다. 문장을 시작하는 것이 서술자와 관계된 문법 표지라 하더라도 그것은 명사의 현동화를 돕기 위한 미약한 표지일 뿐이다. 의미론적 우위는 사행事行[41](여기에서는 '돌아가시다')의 주어인 "어머니"에게 주어진다. 문장 다음에 동사 '보내다'의 주어인 인칭대명사 "나"가 등장하면서 서술자의 무게감이 증대되지만 이 주어 "나"가 비한정 관계사절(삭제해도 의미를 해치지 않을 수 있는)에 위치한다는 점에 주목해야 한다. "나"의 중요성은 그것을 부차적인 정보로 격하시키는 종속절에 위치함으로써 제한된다.

언뜻 보기에 『아주 편안한 죽음』에서는 "나"가 첫 문장의 전면에 등장하는 것처럼 느껴진다.

[41]   동사가 나타내는 동작, 상태, 상태의 변화를 총괄하는 개념.(옮긴이)

나는 벨라데날을 먹고 12시 30분경 잠자리에 내 몸을 뉘었다.

분명히 "나"는 문장이 내찌르는 자리에 위치하고, 이 점이 "나"에게 부인할 수 없는 중요성을 부여한다. 그리고 대명동사[42]의 사용은 주어를 공지칭하는coréférentiel 인칭대명사 "내 몸을"의 형태로 대명사의 반복을 전제하기 때문에 서술자의 존재를 강화한다. 그리하여 "나"의 무게감은 꽤 굳건해진다. 하지만 그것은 다음과 같은 점에서 이중으로 약화되는데, 우선 존재의 약화, 감소를 암시하는 동사 '몸을 누이다'의 의미에 의해, 다음으로는 '이야기되는 나'가 약 벨라데날의 영향하에 놓인다는 사실에 의해서이다. 이때부터 우리는 인공적인 수면의 기호 아래 약화된 서술자, 사실상 상징적 죽음으로 낙인찍힌 서술자를 마주하게 된다.

마르그리트 유르스나르의 텍스트에서 단번에 "나"는 되살려야 할 장면에 부재했던 것으로 상기된다. 증인은 사진사였고 유르스나르는 그를 경유함으로써만 증인이 된다. 그녀는 장면의 도입부에서부터 그를 강조하고, 그녀의 존재는 대명사 주어의 형태로 관계절 안에서만 나타난다. 우위를 점하는 주어는 "이 미지의 인물," 사진사이다.

이 미지의 인물은 사진을 통해 마담 C의 마지막 모습 외에

42　대명사와 동사의 결합 형태인데, 이때 대명사는 주어와 같은 사람이나 사물을 지시한다.(옮긴이)

도 이처럼 내가 잊어버린 실내를 재창조할 수 있게 도와주는 실내 장식의 흔적들을 보존해주었다.(46쪽)

첫 문장에 나타나는 1인칭 표지들을 검토해보니 "망자의 장면" 속 서술자가 최초로 표현되는 정도가 약하다는 사실을 보여준다. 장면의 초입에서부터 서술자의 존재가 축소된다. 이제 서술자의 행동들에 특별히 주의를 기울이면서, 장면 전체에 걸쳐 분석을 간략하게 이어나갈 것이다.

서술자의 부재

『아주 편안한 죽음』에서 통사론적으로 목적보어의 위치에 놓인 서술자를 지시함으로써 인칭대명사들이 보여주는 것처럼("마르셀이 너를 찾으러 오고 있다" "나를 건너가게 했다"), 보부아르는 전화를 받은 직후 대상의 신분으로 밀려난다. 이 장면에서 서술자는 수동적으로 머물고, 보살핌을 받는 처지가 된다.

반대로 『한 여자』에서 어떤 행동들은 분명 서술자에 의해 좌우되지만 서술자는 그것을 수행하는 데 빠르게 가로막히고 그렇게 서술자의 기입이 축소되는 동일한 현상을 관찰할 수 있다. 에르노는 퐁투아즈의 요양원에서 "(어머니에게) 흰색 잠옷을 입히기"를 원하지만 "간호사는 (그녀에게) 간병인이 그 일을 맡을 거라고 이야기"하며 그녀가 자기 뜻대로 행동하는 것을 가로막는다. 우리는 또한 식별된 능동적인 상이 다른 시간성으로 던져질 때("내가 그 전날 가져왔다"……) 서술자가 장면의 중심에서 비켜 있는 것을 목격한다. 이전 사례들과 달리 방해받지는 않았지만 서술자의 행위는 제시되는 장면과 다른 시간대에 속하게 된다.

유르스나르의 경우, 그녀는 오로지 시선으로서만 존재하고 기껏해야 의문문들만이 그녀의 존재를 드러낸다. 그것도 장면 안에서 환기되는 존재가 아니라 관찰자로서의 그녀를 드러낼 뿐이다. "내가 무엇인지 알 수 없는 것을 준다" "나는 잘못 알고 있었다" "나는 깨닫는다."

따라서 장면들 속 서술자의 상황에 대해 간략히 검토하면 인용문에서 그녀들이 중심에서 비켜 있다는 사실을 보여준다. 장면의 핵심에 있기는커녕 그녀들은 상대적으로 삭제되어 장면을 이루는 하나의 구성 요소에 지나지 않게 된다.

또 다른 주어

"우리"에서 "사람들"까지

서술자가 어떤 방식으로든 부재하는 『경건한 추억들』을 제외하고, 『아주 편안한 죽음』과 『한 여자』에서 서술자에게 작용하는 축소 현상은 대명사 "우리"와 "사람들"의 반복에 의해 강화된다. 이 대명사들의 출현을 늘리면서[43] 텍스트들은 서술자의 자율성을 축소하여 서술자를 집단과 복수성 속에 녹여버린다. "우리"는 말하는 사람을 포함한 사람들의 총체를 가리킨다. 따라서 서술자는 여전히 현재하지만, 이 문법적 형태 안에서는 아주 미약한 방식으로 존재한다. 예를 들어 『아주 편안한 죽음』의 "우리는 커피를 들이마셨다"라는 문장에서 지시관계는 다음

43　여기에서 문제는 상황에 대한 철저한 분석을 수행하는 것이 아니라, 의미가 있을 법한 몇 가지를 검토하고자 할 뿐이다.

과 같다. 보부아르와 마르셀. 이 경우 지시관계는 명백한데, 그것은 문맥을 매개로 이루어져 서술자를 강력하게 함축한다. "나"가 아니라 "우리"에게 할당된 어머니의 손가락에 반지를 끼워주는 상징적 행위도 마찬가지이다. 따라서 대명사 "우리"는 말하는 자의 역할을 제한한다. 그룹의 일원이 되고 집단에 속하게 되어 말하는 자는 덜 중요한 심급이 된다.

　"사람들"의 작동은 더 복잡하다. 그것이 갖는 지시적 비한정성은 훨씬 더 거대하다. "우리"의 지시 대상들이 필연적으로 모두 특정될 수는 없다고 했을 때, 그러한 지시관계의 손실은 "사람들"에서 극적으로 커진다. "우리"가 "적어도 한 사람, 서술자는 식별된다"[44]는 사실을 함축하는 반면, "'사람들'의 작동에서 고유명사의 차원은 [……] 지워진다." 게다가 뱅베니스트는 "'사람들'의 미확정적 일반성"[45]에 대해 이야기한다. 어떤 경우 "사람들"은 심지어 서술자를 완전히 배제해버릴 수도 있다. 『한 여자』의 "우리가 방에 머무는 것을 허락해주었다" "그녀에게 이미 해주었다" 혹은 "그녀에게 남겨주었다"와 같은 문장에서 병원 직원들은 장면의 정면을 차지한다. 만약 "우리" 안에서 서술자가 여전히 음각의 방식으로나마 현재한다면, "사람들" 안에서는 때때로 전혀 존재하지 못할 지경에 이를 만큼 그 정도가 훨씬 감소한다. 이러한 문법 표지들의 증식은 활발히 움직이는 집단의 출현을 도우면서 장면 내 서술자의 기입을 약화시키는 경향을 보인다.

44　프랑수아즈 아틀라니Françoise Atlani, 「마법 같은 On」, 『작품에 밀착된 언어 *La Langue au ras du texte*』(Lille: Presses Universitaires de Lille, 1984), p. 23.

45　에밀 뱅베니스트Émile Benvéniste, 『일반 언어학의 문제들 *Problèmes de linguistique générale*』(Paris: Gallimard, 1966/1976), p. 235.

대명사 "우리"와 "사람들"의 사용은 서술자의 기입을 상당한 정도로 약화시켜, 자연스럽게 중심에 놓일 것이라 생각될 두 요소(서술자와 죽은 몸)보다도 의식을 치르는 집단이 장면을 더 많이 차지하는 결과를 만들어낸다.

타인들

"사람들"과 "우리들"의 증대는 반드시 집단적이지는 않더라도 모녀간 만남의 이원성을 넘어서는 이야기를 만들어낸다. 서술자는 다른 사람들에게 둘러싸이는데, 『한 여자』에서는 간호사, 『아주 편안한 죽음』에서는 마르셀, 푸페트, 카르노 양이다.

이에 따라 특히 『아주 편안한 죽음』에서는 확산 효과가 있다. 고인 주위에 살아 있는 사람들이 배치되고 이들은 활발히 움직이며 시신에 베푸는 마지막 정성 어린 의식에 참여하고, 반대급부로 서술자의 자리를 축소시킨다. 바로 이들이 밤새워 시신을 맡고, 돌아가신 어머니 주위에서 중요한 행위들을 수행하는 사람들이다. 예를 들어 우리는 『아주 편안한 죽음』에서 직접적이건 암묵적이건 시신을 돌보는 병원 직원들의 역할을 확인할 수 있다 (어머니의 얼굴에 두른 "하얀 염포"). 『한 여자』에서도 역시 요양원 직원들이 어디서나 눈에 띈다. 심지어 『경건한 추억들』에서도 죽음의 장면을 찍은 사진을 보면, 혼자 남겨진 페르낭드의 시신을 돌본 여성들의 모습이 드러난다. "세 명의 여성이 지극히 세심하게 주의를 기울여 페르낭드를 단장했다."

다른 인물들에게 자리를 비켜주며 서술자의 거리가 멀어지는 현상의 가장 큰 특징은, 서술자의 부재가 절정에 달하는 죽음의 통보가 텍스트화되는 방식에 있다. 각각의 경우에 죽음의 통보는 다른 이에게 위임되어 언제나 직접화법으로 처리되고, 그로 인해 또 다른 목소리의 존재가 늘어난다. 이질적인 말의 개입은 서술자를 그 장면에서 부차적인 역할로 전환시켜, 서술자는 죽음의 통보를 받아들이는 자가 될 뿐 이를 행하는 인물이 되지 못한다. 사실 그 목소리가 누구에게 속하는지는 별로 중요하지 않다. 이런 비인칭적 드러냄은 특히 『아주 편안한 죽음』에서 확인된다. 전화를 거는 사람에 관한 정확한 언급 없이 전화와 메시지를 연결하는 병렬 구조만이 자리할 뿐이다. "전화벨이 울리고 있었다. '몇 분밖에 안 남은 것 같아.'" 말하는 행위보다 말해진 내용이 더 중요한 것으로 드러난다. 거의 익명에 가까운 이 목소리들은 어떤 의미에서 파국을 알리기 위해 튀어나오는 그리스 희곡의 '전령' 역할을 담당한다. 이자의 말은 줄거리를 급변시키면서 잠시 동안 장면의 정면에 나와 있는 인물들을 가려버린다. 이 '전령'을 마주 대한 서술자는 어둠 속으로 추방된다.

유르스나르, 보부아르, 에르노는 이처럼 장면의 구성에 거의 참여하는 일 없이 증인의 신분에 갇혀 있는 듯이 보인다. 『작별의 의식』 서문에서 보부아르가 강조한 것처럼 증인은 신중함으로 특징지어지고, 이 신중함은 우리가 보는 작품들에서 재차 발견된다.

증인도 증언의 일부를 이루기에 나는 나 자신에 대해 조금 이야기했다. 하지만 가능한 한 적게 말했다.[46]

---

46   시몬 드 보부아르, 『작별의 의식』, p. 11.

발화 행위의 심급instance은 점차 이야기에서 사라진다. 이번에는 마치 죽음이 서술자를 전염시키기라도 한 듯 텍스트는 장면의 중심에서 서술자를 이탈시키려고 한다. 하지만 그 모든 것에도 불구하고 장면을 연출한 자, 장면을 쓰면서 자신을 제거하기로 선택한 자 역시 서술자이다. 서술자가 글쓰기를 제어한다. 그들의 상대적 소멸은 애도 작업의 한 단계인 분리와 거리 두기의 방식으로 읽힐 수 있다.

*

죽음의 장면에 대한 글쓰기는 어머니를 죽음에 이르게 하고 원초적 모친 살해를 되풀이하게 만든다. 그것은 "우리 자신의 가장 내밀한 곳에 존재하는 것, [……] '**어머니 살해**'의 재현" "주체들의 가장 깊숙한 곳에 감춰진, 그들 자신에게나 사회 담론으로 받아들여질 수 없지만 반대로 말해 오히려 생산적일 이 실재"[47]를 구현하는 방식이다.

이 장면은 죽음을 추구한다는 점에서 까다롭지만 애도를 위한 우리 작품들에 필수적이다. 애도 작업은 "죽음을 죽이는" 데 있고, 텍스트들에서 수행되는 것도 바로 이것이기 때문이다. 설령 이 장면이 작품들 안에서 반드시 가장 큰 감정적 충격을 주는 대목은 아닐지언정 그 장면은 작품의 핵이자 씨앗이 된다. 이 장면은 세 텍스트의 공통 모태이며, 그것이 구현되는 방식은 서로 다

---

47 미셸 가스탕비드Michèle Gastambide, 『어머니 살해, 모친 살해의 터부 횡단*Le Meurtre de la mère, traversée du tabou matricide*』(Paris: Desclée de Brouwer/La Méridienne, 2002), p. 7.

르지만 모두 죽은 몸, "더 이상 살아 있지 않지만 정말로 사물이 되어버린 것도 아닌" "현존이자 부재, 사물로서의 나 자신, 여전히 나는 존재하지만 대상화된 상태인, '아, 바라보기에 기괴하고 끔찍한 죽음......'"[48]으로서의 양가적 몸의 낯섦을 탐색한다.

아마도 이 장면의 존재가 여성적 글쓰기의 맥락에서 효력을 발휘할 수 있을 것이다. 혹은 서문에서처럼 다시 신중한 구분점을 취한다면, "트랜스페미닌transféminine" 글쓰기의 성격을 띨 수 있을 것이다. 여성성이 쓰는 주체와 쓰이는 주체에 의해 이중으로 작동한다는 의미에서 트랜스페미닌하다. 여기에서 그러한 여성적 차원은 죽음의 장면들이 전도된 분만으로 읽힐 수 있다는 점에서 훨씬 더 명백해 보인다.

만약 수정이 양성과 관계된 일이라면 분만 자체는 여성의 일이다. 아이는 여성의 몸에서 나오기 때문이다. 게다가 오랫동안—이를 특기하기 위해 역사학자나 사회학자가 될 필요도 없다—출산은 여성의 일이었다. 임산부는 물론이고 다른 모든 여성들, 어머니들, 자매들, 여성 친구들, 하녀들......[49] 물론 20세기 초반까지 의사는 남자였지만 그렇다고 해산의 영역이 전통적으로 여성성에 뿌리박은 여성의 영역이 아니었던 적은 없었다.

우리의 텍스트들에서 죽음의 장면은 왜 전도된 분만일 수 있을까? 다음과 같은 유사성들을 검토한다고 해서 평행관계가 과도해 보이지는 않을 것이다. 출산 장면에서 어머니는 딸에게 생명을 준다. 죽음의 장면에서 딸은 어머니에게 죽음을 준다. 물론 텍

---

48 레지 드브레Régis Debray, 『이미지의 삶과 죽음Vie et mort de l'image』(Paris: Gallimard, 1992/1994), p. 37.

49 『경건한 추억들』, pp. 720~23을 참조하라.

스트적 죽음이지만 비교는 상징의 단계에서 작동할 수밖에 없다. 계속해보자. 출산 장면에서 어머니는 능동적인 반면, 딸은 수동적이다. 여기에서는 그 반대가 문제시된다. 어머니는 죽었고 따라서 수동적이며, 살아 있고 활동적인 딸과 마주해 있다. 또한 각 장면에는 부재하는 것이 있는데, 같은 것은 아니다. 이 점에서 우리는 라플랑슈의 지적을 생각해볼 수 있다. "출산은 죽음과 같다고 말할 수 있다. 우리가 거기 있을 때 그것은 거기 있지 않고, 그것이 거기 있을 때 우리는 거기 있지 않다."[50] 또 다른 관점에서 9개월의 임신 기간 동안 어머니는, 말하자면 자기 의지와 상관없이 일어날 한 사건에 대한 기다림 속에 있다. 작가들이 그리는 것처럼 (그녀들은 전부 이런 관점을 취한다) 노년과 임종의 기간 동안 딸은 자신의 뜻과 반대로 현실에 펼쳐질, 그것과 관련해서는 글쓰기 속에서도 거스를 수 없는, 경우에 따라 지연시키는 정도밖에 할 수 없는 한 사건에 대한 기다림 속에 있다. 결국 우리가 잘 알게 될 것처럼, 두 종류의 장면에서 문제가 되는 것은 바로 그 몸, 즉 다른 몸에 몰두하고 있는 어떤 몸이다. 그래서 어머니가 지배하는 출산 장면이 하나의 선물처럼 보일 수 있다면, 딸이 지배하는/ 글을 쓰는 죽음의 장면은 일종의 답례처럼 그것과 짝을 이룬다.

죽음의 장면이 실재하는 것이야말로 트랜스페미닌 글쓰기에 유리하게 작용할 수 있다. 물론 남성도 같은 방식으로 죽음의 장면에 관해 쓸 수 있다. 하지만 같은 가치를 지니지는 않는다. 탄생 장면과 평행관계를 유지하는 문제에서 같은 효과를 내지 못하기 때문이다. (성적인 것이 아닌 생식에서) 할당을 위반하는 관점에나,

---

50 장 라플랑슈, 『문제 제기 Ⅰ, 불안』, p. 150.

사실 여전히 같은 경우를 말하고 있는데, 승화의 관점에서는 동등하게 쓸 수 있을 것이다. 돌아가신 어머니의 모습을 그리는 장면은 텍스트의 트랜스페미니테transféminité에 영향을 끼치는 특성이다. 여기에서 문제되는 것은 차이를 드러내는 단정적이고 전투적인 의지가 아니라 아주 정교하게 드러나는 특성이다. 남성은 같은 방식으로 쓰지 않거나 쓴다고 해도 같은 울림이 아니다. 미묘한 지점? 아마 그럴 것이다. 하지만 그럼에도 우리가 다루는 텍스트들이 명백한 여성성 속에 위치한다는 사실에는 변함이 없다.

5장

애도의 작동

4장의 연구 덕분에 우리는 미학적 측면에서는 세 작가가 극단적으로 다르지만, 작품의 구조적이고 서술적인 차원에서는 돌아가신 어머니가 나오는 장면, 핵심적이고 모친 살해적인 장면을 통해 세 작품이 서로 연결된다는 것을 알 수 있었다.

죽음의 장면은 이론의 여지없이 작품의 상징적인 중심점이기 때문에, 이보다는 부차적인 방식으로 『아주 편안한 죽음』 『한 여자』 『경건한 추억들』은 몇 개의 다른 공통된 장면들을 거친다. 마치 죽음의 장면과 관련 있는 짧은 장면들이 있는 것 같다. 그러나 이 짧은 장면들은 시신에 바쳐진 구절들로, 죽음의 장면의 기반이 되고 풍요롭게 만드는 체계의 필수적인 요소들이다. 하지만 이 짧은 장면들이 세 작가가 만나는 유일한 지점은 아니다. 세 작가에게 글쓰기는 애도의 글쓰기라는 미학을 둘러싼 최초의 윤곽들을 그리는 다른 요소들에 기초를 둔다. 작가들의 관계를 분석하기 전에 작품에서 먼저 일치점을 연구하면서 우리가 규정하려고 하는 것도 바로 글쓰기의 문제다.

I. 유해들의 죽음의 도식

장례식과 장례 절차들

죽음의 장면보다 덜 중요하지만 애도의 글쓰기에 똑같은 정도로 관여하는 다른 장면들이 작품 안에 있는데, 이것들은 장례의 중요성을 강조한다. 예를 들어 장례식 장면이 있다. 세 작품 모두에서 서술은 장례식을 환기시키는 언급에 기초를 두고 있다.

시몬 드 보부아르와 아니 에르노의 이야기에서 유사성이 특히 두드러진다. 시신을 옮기는 일, 즉 아니 에르노의 어머니는 영안실에서 성당으로 옮기고, 시몬 드 보부아르의 어머니는 영안실에서 소성당으로 옮긴 부분을 주목할 수 있다. 미사를 집전한 사제의 말을 인용한 안장 미사에 대한 서술("사제는 '영생'과 '우리 자매의 부활'에 대해 말했다."[1] "사제복 아래 바지를 입은 젊은 사제가 미사를 드렸고 알 수 없는 슬픔을 지닌 채 짧은 강론을 했다. '신은 아주 멀리 계십니다'라고 말했다."[2]), 가족에 대한 언급(아니 에르노의 작품에서는 "묘지 입구의 철책 가까이에 모여 있는 가족," 시몬 드 보부아르의 작품에서는 "묘지의 문에서 기다리고 있는 가족"), 또는 마지막으로 관을 보는 일(에르노는 "사람들이 관이 구덩이의 내벽을 따라서 잘 내려가는지 보라고 나를 가까이 가게 했다." 시몬 드 보부아르는 "사람들이 성당에서 관을 들고 나왔다. 푸페트는 그 모습을 보고 쓰러지듯 내 어깨에 기댔다"라고 썼다)에서도 이러한

[1] 아니 에르노, 『한 여자』, p. 17.
[2] 시몬 드 보부아르, 『아주 편안한 죽음』, p. 143.

유사성이 드러난다. 거의 비슷하게 마르그리트 유르스나르의 글에서도 같은 요소들("발인식" 환기, 가족의 이동, 무덤에 안장)[3]을 볼 수 있다. 그러나 이 모든 순간에 유르스나르는 부재했기에 모든 것이 환상의 양상을 띠면서 재생된다. 예를 들어 "[장례식을] 빗속에서 [치렀는지], 아니면 맑은 날씨에 [치렀는지] 알지 못한다"(734쪽)라고 고백하면서 유르스나르는 이러한 서술 양상을 재빨리 인정한다.

아니 에르노와 시몬 드 보부아르에게 장례식에 관한 짧은 장면은 장례식을 치르면서 직업적으로 장례를 치르는 사람들을 만난 순간들에 관한 서술에서 예고된 것이기도 하다. 두 작가는 가까운 사람들의 고통과 장례 회사 직원의 무감정 사이에서 드러난 차이를 강조한다. 시몬 드 보부아르는 『아주 편안한 죽음』에서 장례 후의 일처리가 주는 공허와 여동생이 받은 충격을 강조한다.

우리는 장례업체 '그곳에서도 여기와 같이'를 알아봤다. 검은 옷을 입은 두 남자가 우리가 원하는 것을 물었다. 그들은 사진으로 다양한 관을 보여주었다. "이것이 더 미적입니다." 푸페트는 웃기 시작하더니 울음을 터뜨렸다. "더 미적이라고요! 이 상자가요!" 푸페트는 어머니를 이런 상자에 담고 싶어 하지 않았다!(138쪽)

아니 에르노는 더 냉소적으로, 사건이 야기한 정서적인 무게

---

3   마르그리트 유르스나르, 『경건한 추억들』, pp. 733~34.

와 취해지는 조치의 물질적인 경박함 사이의 불균형을 드러낸다.

> [장례업체] 직원이 우리에게 방문이 끝났다고 알려주었고, 복도까지 우리를 안내해주었다. 그가 우리를 어머니 앞으로 데려간 것은 회사의 서비스 품질을 확인하라는 것처럼 보였다.(17쪽)

마르그리트 유르스나르가 페르낭드에 관한 '경건한 추억'을 말하면서 보여준 냉소에 비하면 완화된 것이긴 하다. 정확히 말하면, 장례식에 대한 언급이라기보다는 하나의 절차에 대한 언급이기에 그렇다. 우리는 "그녀는 언제나 최선을 다하려고 애썼다"[4](742쪽)라는 문장과 관련해서 유르스나르가 보여준 상당히 신랄한 해석을 기억한다.

사진: 삶과 죽음 사이

『아주 편안한 죽음』에서와 마찬가지로 『경건한 추억들』이나 『한 여자』에서도 저자는 사진들을 활용한다. 사진들로 인해 어머니에 관한 이야기에 역동성이 생긴다. 매번 사진들은 사라진 인물에 대한 질문을 던지거나 더 잘 구체화시키는 데 활용된다. 시몬 드 보부아르는 작가로서는 분명히 알 수 없는 시기, 어머니의 어린 시절을 규정하는 수단으로, "여덟 살에 데이지 꽃으로 분장한 [어머니] 사진"(45쪽)이나 교실에서 찍은 사진(46쪽)에 대해 말한다. 마르그리트 유르스나르도 마찬가지로 페르낭드의 많은 사진들을 활용한다. 예를 들면 페르낭드가 아이였

---

4   이 책 41쪽 참조.

을 때 "나무르의 사진사가 '찍은'"(898쪽) "수수께끼"(295쪽) 같은 표정의 사진이 그렇다. 유르스나르는 어머니가 젊은 부인이 되었을 때 (자신의 아버지 미셸이 찍은) 사진들(938쪽) 역시 묘사한다. "마리앵바드에서 분수를 향해 고개를 숙인" 페르낭드, "평상복 차림"의 페르낭드, "흰 블라우스와 밝은색 치마를 입은" 페르낭드. 아니 에르노는 어머니의 어린 시절이라는 상투적인 소재를 다루지 않는다.[5] 반면에 에르노는 어머니의 한창때 사진들을 환기한다. 젊은 어머니와 아버지가 함께 있는(38쪽) 결혼식 사진. 그리고 "백발이 된 채 환한 표정으로"(80쪽) 손자들과 함께 찍은 할머니의 모습.

사진 이론가들은 종종 사진과 죽음 사이에 아주 강력한 관계가 있다고 강조해왔다. 롤랑 바르트는 『밝은 방』에서 이러한 근접성의 이유를 설명했다. 그는 모든 "사진은 죽음의 대리자들[이다]"라고 말할 뿐 아니라 사진은 어느 부분 "19세기 후반부에 시작된 '죽음의 위기'와 관련이 있다"고 말한다. 그는 결구에서 아래 설명을 덧붙였다.

그래서 **죽음**은 사회 내부 어딘가에 있어야 한다. 만약 죽음이 더 이상 종교적인 것이 아니라면(혹은 덜 종교적이라면) 다른 곳에라도 있어야 하는데, 삶을 간직하기를 원하면서 **죽음**을 산

---

5   이러한 부재는 사회적 환경의 차이로 충분히 설명된다. 『한 여자』에서의 사진 활용에 관해서는, 피에르루이 포르 「사진을 피하는 것─아니 에르노에게 새로운 감수성과 오래된 감수성À l'épreuve de la photographie: sensibilité nouvelle et sensibilité ancienne chez Annie Ernaux」, 『누벨 에튀드 프랑코폰Nouvelles Études francophones』(20권, 1호, 2005)을 보라.

출하는 이런 이미지에 있을 수 있다.[6]

사진과 죽음 사이의 내적인 관계를 우리는 작가들이 사진을
활용하는 방식에서 정확히 발견할 수 있다. 사실 사진들은 죽음
에 관한 작품에 삶을 주입시키는 역할만 하는 것은 아니다. 사진
들은 죽음의 무게를 나르고 작품의 침울한 분위기에 관여하기도
한다. 이런 특징은 마르그리트 유르스나르의 작품에서 가장 분명
하게 드러나는데, 죽음의 장면이 사진에서 출발해 구성되기 때문
이다. 시몬 드 보부아르와 아니 에르노의 작품에서는 그만큼 분
명하지는 않다. 하지만 시몬 드 보부아르 작품의 사진들 중 하나
는 흘러간 시간을 언급하면서 죽음의 색조를 띠게 되고, 어머니
와 딸의 세대관계를 역전시킨다. 이러한 사진은 간접적이지만 불
가피하게 나이가 들게 만들고 그래서 마지막 문턱으로 가까이 다
가간다.

같은 무렵에 찍은 우리의 사진 두 장을 본다. 내가 열여덟
살이고 어머니는 40세에 가깝다. 나는 이제 거의 엄마의 어머니
나이이고, 슬픈 눈을 한 이 아가씨의 할머니 또래이다.[7]

아니 에르노에게 사진은 그녀가 태어나기 전에 죽은 어린 자
매를 환기시킴으로써 죽음의 분위기를 만든다. "1938년, 부활절
이 되기 3일 전에 아이는 디프테리아로 죽었다."(42쪽) 어린 자매

6   롤랑 바르트, 『밝은 방La Chambre claire』(1980), 전집, 5권, p. 863.
7   시몬 드 보부아르, 『아주 편안한 죽음』, p. 148.

의 사진은 작품에 다른 형태로 죽음의 충격을 부여한다.

『경건한 추억들』『아주 편안한 죽음』과 『한 여자』의 사진들은 롤랑 바르트가 『밝은 방』에서 말한 겨울 **정원**의 사진과 같다. 사진들은 그것을 소유하고 사진에 정서적인 관계를 투여할 만한 사람을 향한 관심만을 담고 있다. "나는 겨울 **정원**의 사진을 보여줄 수 없다. 그 사진은 오직 나만을 위해 존재한다. [……] 사진은 당신들에게는 어떤 상처도 아니다."[8] 작품에서 모사를 하지는 않지만,[9] 그렇다고 해서 작가들이 참조하는 사진들이 단순히 작품의 표현 매체만은 아니다. 아니 에르노는 『수치심』에서 사진이 수행하는 역할을 명료하게 설명하는데, 그녀의 통찰은 다른 두 작가의 경우에도 유효하다. "'작품'은 사진을 이해시켜주고, 사진은 작품의 삽화이기도 하다."[10]

작품과 사진의 상호적인 보충은 작품들이 지닌 미학의 중심에 있다. 사진은 애도뿐 아니라 특히 애도의 글쓰기를 풍부하게 한다. 애도는 먼저 죽은 사람들을 대면함으로써 이루어지는 일이고, "사진은 그 양가적인 특성으로 인해(부재의 현존/현존의 부재)

---

8   같은 책, p. 849.

9   사진에 관해 지속적으로 질문을 던지는 방식은 20세기 후반부에 비약적으로 증가한다. 사진은 작품과 이미지 간의 밀접한 관계를 보여준다. 사진은 책의 표지처럼 (특히 1950년대 등장한 문고판) 부속적인 방식으로 활용될 수 있고, 사진과 대화를 구성하면서(『롤랑 바르트가 쓴 롤랑 바르트*Roland Barthes par Roland Barthes*』는 가장 유명한 예들 중 하나다), 작품의 중심에서 핵심적 방식으로 활용될 수 있다. 사진은 또한 작품에 삽입되지 않고도 소환될 수 있는데, 사르트르는 『말*Les Mots*』에서 비슷한 방식으로 사진을 다룬다. 더 철저한 경우는 마르그리트 뒤라스의 『연인*L'Amant*』을 생각해볼 수 있는데, "이제는 존재하지 않는 한 장의 사진"을 중심으로 구성된 이 작품은 미뉘 출판사에서 출간되면서 책 속에 언급된 사진이라고 할 만한 한 장의 사진을 담은 책 띠지를 만들어 사진의 결여를 보완했다.

10   아니 에르노, 『수치심』, p. 96.

현실과의 타협에 필연적인 망각의 작업에 특히 적합하기 때문이다."[11] 그리고 애도의 글쓰기에서 사진은 텍스트에 리듬을 부여하고 글쓰기에 지속적인 활력을 불어넣는 질문들과 계기를 생겨나게 만들면서 핵심적인 역할을 하기 때문이다.

수전 손택은 『사진에 관하여』에서 "모든 사진들은 **메멘토 모리이다**"라고 말했다. 이어 그녀는 다음과 같이 말했다. "사진을 찍는 일은 다른 존재(또는 다른 사물)의 유한성, 상처 입기 쉬움, 무상성에 가담하는 일이다. 모든 사진들은 정확히 그런 순간을 잘라내고 응결시킴으로써 시간의 끊임없는 해체 작업을 증명한다."[12] 애도의 글쓰기가 사진을 활용함으로써 형성하는 것도 시간의 끊임없는 해체 작업에 저항하거나 협력하는 것이다. 저항의 경우, 글쓰기는 "시간의 해체"라는 물줄기를 거슬러 헤엄치면서 고착과 절단 너머로 간다. 글쓰기는 사진에 다시 잠겨들면서 시간의 해체를 극복하고 다시 움직이게 만든다. 협력의 경우, 애도의 글쓰기는 자신의 글쓰기에 포함시킨 이미지의 부동성과 겹치게 하면서, 새롭고 결정적인 부동성을 재창조하기 때문이다.

---

[11] 로베르 카스텔Robert Castel, 「이미지와 환영, 사진의 병리학적인 활용의 한계들 Images et phantasmes, limites des usages pathologiques de la photographie」, 피에르 부르디외(ed.), 『중간 계급의 예술—사진의 사회적 용도에 관한 에세이 Un art moyen: Essai sur les usages sociaux de la photographie』(Paris: Éditions de Minuit, 1965), p. 329. "나는 물론 사진이 리비도의 '해소'에 충분하다고 말하려는 것은 아니다." 하지만 사진은 "'소중한 존재'를 '추억 속에서 살아가도록' 만들어준다. 이것은 죽음을 합리화하는 유일한 수단인데, 우리를 계속 살아가도록 만든다. 소중하게 간직된 사진은 내적인 종교의식 가운데 다른 추억들과 더불어 반추하게 되고, 사라짐이 야기하는 공포스러운 무언가를 몰아낸다."

[12] 수전 손택Susan Sontag, 『사진에 관하여 Sur la photographie』(1973), 제라르앙리 뒤랑Gérard-Henri Durand · 기 뒤랑Guy Durand 불역(Paris: Seuil, 1979), p. 29.

작품-무덤들: 장례의 심연

    죽은 어머니가 나오는 장면이 다른 장면들 또는 부속되는 구절들을 동반하는 것과 마찬가지로, 어머니 모습의 환기는 다른 가족의 모습들과 섞인다. 세 작가가 어머니의 죽음에 관해 글을 쓰는 것은 다른 친척들의 죽음에 관한 추억과 글쓰기를 겸한다. 『아주 편안한 죽음』『한 여자』『경건한 추억들』은 다른 죽음들을 상당히 언급한다.

    마르그리트 유르스나르가 레모와 옥타브의 죽음을 이야기하는 것은, 우리가 1장에서 본 것처럼 단지 다른 죽음을 삽입하는 것이 아니라 어머니에 관한 애도의 글쓰기에서 본질적인 부분이다. 거기에 더해 유르스나르가 경건한 추억을 전하는 사람들 외에도[13] 작품은 죽음의 표지들로 넘쳐난다. 친척의 죽음, 신화적 인물의 죽음, 익명의 죽음들이 그것이다. 책의 1부는 페르낭드의 죽음에 헌정된 것으로, 이런 관점에서 볼 때 더욱더 중요하다. 사실 『경건한 추억들』의 시작은 죽음으로 가득하다.[14] 유명한 사람 또는 익명의 사람, 인간 또는 동물, 개인 또는 집단의 죽음에 관한 언급이 순서 없이 얽혀 있다. "말리브랑"(726쪽), "자살한 프랑스인" "코끼리" 또는 "거의 언제나 참혹하게 죽게 되는 황소"(725쪽), 페르낭드의 어머니와 "벨기에 쉬아를레의 무덤들"(740쪽). 더 가볍게 미래를 전망하는 양상으로는 "파산한 상태로 기꺼이 [어머니의 죽음]을 기다리면서 돈을 끌어 쓰는" 미셸(709쪽)에 대해서도 생각해볼 수 있다. 따라서 모리스 들라크루

---

13   이 책의 40~41쪽을 보라.

14   작품 전체에 수많은 죽음이 등장한다. 안이본 쥘리앵Anne-Yvonne Julien은 『경건한 추억들』의 872쪽을 환기시키면서 "임종의 고통 코호트"에 관해 말한다.

아가 다음과 같은 사실을 강조해도 놀랄 것 없다. "기억을 다루는 소설들 중 이 작품은 죽은 자들에 대한 배려에 몰두한다."[15] 1장에서 그런 사실은 폭넓게 증명된다.[16] 어머니의 죽음에 관해 글을 쓰는 일은 이렇게 다른 형태의 죽음들의 집단 가운데서 작동하는데, 다른 형태의 죽음들은 암시적인 방식으로 다루어지면서 페르낭드의 죽음을 강조하고 가치를 부여한다.

『아주 편안한 죽음』역시 다른 죽은 이들을 다룬다. 시몬 드 보부아르는 불안이 극에 달했을 때 암으로 죽은 자신의 삼촌을 떠올린다.

> 내가 열다섯 살 때, 모리스 삼촌은 위암으로 돌아가셨다. 사람들은 내게 그분이 여러 날 동안 울부짖었다고 말했다. "그만 끝내줘요. 내 총을 가져와요. 나를 가엾게 여겨달라고요."(81쪽)

이 고통스러운 죽음에 관한 기억은, 어머니 임종의 고통에 관한 공포를 강조하기 위해서 자주 소환되는 요소들로, 다른 곳에도 나오며 작품에 자리 잡는다.(108, 116, 117쪽) 그렇지만 시몬 드 보부아르는 또한 할머니의 죽음처럼 더 차분한 죽음에 대해서도 생각한다. "우리 할머니께서는 자신의 죽음을 내다보셨다.

---

15   모리스 들크루아Maurice Delcroix, 「유르스나르의 서사적 작품에 나타난 죽음 La mort dans l'œuvre narrative de M. Yourcenar」, 낭시 학술대회 자료집 『모든 문학 작품 속의 죽음La Mort en toutes lettres』(Nancy: Presses Universitaires de Nancy, 1983), pp. 205, 214.

16   파스칼 도레는 『마르그리트 유르스나르 또는 참을 수 없는 여성성』에서 다음과 같은 결론을 내린다. "유르스나르의 글쓰기는 죽음에 대한 충동과 승화 사이에서 이러지도 저러지도 못한다."

할머니는 만족스럽다는 듯이 말씀하셨다. "나는 마지막으로 달걀 반숙을 먹을 거야. 그리고 귀스타브를 다시 보러 가야지." 보부아르는 이어 아버지에 관한 이야기를 이어간다. "아버지도 그만큼의 용기를 내게 보여주셨다. '네 엄마에게 사제를 부르게 하지 말라고 해라. 난 코미디를 연기하고 싶지 않아'라고 말씀하셨다."(131쪽) 보부아르는 다른 어디에서도 아버지의 죽음을 이처럼 상세하게 환기하지 않았고, 어떤 책에서도 특별히 아버지의 죽음을 다루지는 않았다. 보부아르는 어머니의 반응과 연결시켜서 가장 많이 아버지의 죽음을 언급한다. "어머니는 아버지가 돌아가신 후에 놀라운 용기를 가지고 인생의 한 페이지를 넘겼다."(24쪽) 또는 의외의 층위에서 죽음을 혼합하며 언급한다.

> 어머니가 겪는 임종의 고통은 아버지가 겪었던 임종의 고통을 괴롭게 상기시켰다. 시신을 안장하던 날, 어머니는 신경이 곤두서는 절망감에 사로잡혀 침대에 누워 있었다. 나는 내가 태어났던 혼례의 침대이자 아버지가 돌아가셨던 침대라는 혐오감을 잊은 채, 어머니 곁에서 밤을 새웠다.[17]

아니 에르노는 『한 여자』에서도 어머니의 인생에서 전환점이 된 아버지의 죽음에 관해 폭넓게 언급한다. 시몬 드 보부아르

---

[17] 우리는 마르그리트 유르스나르에게 삶과 죽음이 섞여 있는 침대에 관한 같은 종류의 암시를 본다. 『경건한 추억들』에서 "19세기의 분만실"에 관한 언급을 참조하라. "그토록 엄하게 구분된 침대에서는 처녀성의 상실과 분만으로 인한 피, 임종의 고통으로 흘리는 땀, 최근의 신혼여행의 양식과 아이를 낳거나 죽음을 맞기 위해 종합병원이나 개인병원으로 가는 것까지 다 허용된다."(p. 787) 필리프 아리에스는 『죽음 앞에서의 인간』에서 이런 분석과 유사한 내용을 주장한다. 예를 들어 p. 110을 보라.

의 경우와는 반대로 에르노는 아버지의 죽음에 관한 글을 쓸 기회가 있었다.

> [……] 아버지가 돌아가신 후 아버지 얼굴을 씻기고 깨끗한 셔츠의 팔을 끼우면서, 정장을 꺼내 입히던 어머니의 모습이 다시 떠오른다. 그러면서 어머니는 아이를 씻기고 재울 때처럼 부드러운 말로 아버지를 달랬다.(73쪽)

아래에서는 아버지의 죽음을 간결하게 다룬다. 서술자는 다음과 같이 설명한다.

> 이미 다른 책에서 썼기 때문에 나는 이 순간을 글로 쓸 수 없다. 다른 단어들을 사용해서, 다른 문장의 순서를 따르면서 다른 이야기를 만든다는 것은 결코 있을 수 없다는 뜻이다.(73쪽)

더욱이 아버지는 『한 여자』에서 유일하게 재발견된 고인이 아니다. 사진을 통해서 환기되는 어릴 적 언니도 실제로 어머니의 삶을 회상할 때 떠오르는 다른 고인들 중 하나다.

시몬 드 보부아르, 아니 에르노, 마르그리트 유르스나르에게 애도의 작품은, 일종의 퇴적 작용처럼 고인이 된 다른 가족을 수용하면서 많은 것들이 스며든 작품이라는 사실이 드러난다.

II. 내 어머니, 돌아가신 분—복수의 시간성

비록 여러 명의 고인이 환기되기는 해도 이 작품들에서 주된 고인은 어머니이다. 작품들은 어머니에 사로잡혀 있는데, 글쓰기의 순간에 어머니는 밝히거나 밝히지 않거나, 숨기거나 숨기지 않거나, 마치 환영이 된 것처럼 슬픔과 고통의 원천이 된다. 고인이 된 어머니, 작품을 좌우하는 원형의 부재가 애도의 글쓰기를 이끌고 간다. 작품들은 지나간 관계들에 대해 자문하고, 글을 쓸 때 그 관계들의 잔류 효과를 보여준다. 그리고 심지어 꿈을 통해서, 그들이 애도의 글쓰기나 혹은 다른 곳에서 이야기했던 것들을 넘어 다가올 시간, 바로 어머니 없이 흘러가게 될 시간을 준비한다.

과거

어머니의 초상에 초점을 맞춘 이 작품들에서 어머니에 대해 글을 쓰는 일은, 어떻게 보면 어머니를 대상으로 글을 쓰는 일일까? 그렇기도 하고 아니기도 하다. 물론 어머니를 대상으로 한 것이지만 그러나 그뿐만은 아니다. 어머니에 대한 이야기가 실제로 작품 전체를 차지하고, 비록 서로 다른 절차를 따르기는 하지만 서술의 상당 부분은 어머니의 삶을 이야기하고 성격을 묘사하는 데 몰두한다.

『한 여자』에서 아니 에르노는 공장 노동자에서 상인으로, 일을 그만둔 노인으로 달라진 어머니의 여정을 거슬러 올라간다. 에르노는 어머니의 어린 시절, 소녀 시절, 한창때의 처녀 시절, 이어 알츠하이머에 걸린 노년 시절을 그려간다. 그녀는 강인하고 까다롭지만 동시에 부드러운 어머니의 성격을 모아 그린다. 책은 이와 같이 작품의 시작[18]과 끝에서 어머니의 죽음을 환기시킨 후에, 어머니의 삶을 시간의 흐름을 따라서 서술한다.

시간의 흐름을 따르는 서술은 시몬 드 보부아르 어머니의 삶에 관한 이야기에서도 동일하게 나타난다. 하지만 서술의 전략은 다르다. 『아주 편안한 죽음』에서는 어머니의 삶에 할당된 일화들은 입원으로 인해 생겨난 일화들과 교차된다. 그러나 어머니 삶의 주요한 단계들이 간추려져 그려진다. 분명코 "행복하지" 않은 어린 소녀의 유년 시절, "아주 엄격한 규칙들로 인해 부자연스러운 삶으로 들어선 것"(47쪽) "육체적 쾌락을 빼앗긴" 존재(53쪽)가 되기 이전의 "성공적인 결혼."(49쪽) 시몬 드 보부아르는 아버지가 돌아가신 이후 어머니의 걱정과 급격한 삶의 변화에 대해서도 언급한다.

아니 에르노와 시몬 드 보부아르가 어머니의 삶을 되새겨 이야기하고 어머니 삶의 모든 측면에 대해 질문을 던지는 일에 몰두한 반면에, 마르그리트 유르스나르는 더 빠르게 다루는 느낌인데, 말해지는 양의 측면보다는 말해지는 밀도의 측면에서 그렇다. 『경건한 추억들』의 1장에서 그려지는 페르낭드의 초상은 빠르게 다루어져서, '페르낭드'라는 제목의 마지막 장에서 재론하는 편이 더 나을 것처럼 보인다. 하지만 다른 두 작품과 다르게, 그리고 이 장이 페르낭드에게 바치는 마지막 장인데도, 『경건한 추억들』에서는 어머니의 삶이 주를 이루지 않는다.

단편적인 전기를 통해서 딸은 어머니의 윤곽, 성격적 특징들

---

18   이 책의 4장 「죽음의 장면」을 참조하라.

을 이와 같이 어렴풋이 그린다. 그러나 이 작품들에서 어머니의 모습에 관한 고정된 초상을 그리는 일은 어머니와 딸의 지속적인 관계, 어머니와 딸 사이에 작동하는 역동성에 관해 질문을 던지는 일만큼 중요하지는 않다.

마르그리트 유르스나르에게서는 그러한 질문들이 시몬 드 보부아르나 아니 에르노에 비해 덜 예리하지만, 그렇다고 해도 고려되기는 한다. "나는 사랑을 받았던 건가? 우리가 잘 알지 못했던 사람과 연관된 이야기라 감히 대답하기 불가능한 질문이다."(66쪽) 마르그리트 유르스나르는 애증이 얽힌 관계를 상상하면서도 거의 아무런 환상이 없는 어머니에 관해 말하면서 불확실한 관계를 강조하기 전에 이와 같이 쓴다. 작가는 여기에서 어머니/딸의 관계에 관한 **억견**doxa에 맞서 결투를 청하는데, 그것은 전적으로 양면적인 관계이다.

아니 에르노와 시몬 드 보부아르는 분명히 어머니와 딸의 관계가 지닌 복합성을 강조하는 동일한 관점을 지닌다. 보부아르는 감정이 되살아난 것에 대해 말한다. "내가 완전히 사라졌다고 믿었던 예전의 애정이 단순한 말과 몸짓으로 스며들면서 되살아났다."(109쪽) 하지만 역시 그들의 "오래된 관계가 소중한 동시에 혐오스러운 종속성이라는 이중의 형상을 지닌 채 그녀 내부에 남아 있었다."(147쪽) 대립적인 커플은 관계의 양가성을 강조한다. 아니 에르노[19]는 메타텍스트적인 많은 성찰들 중 하나에서 다음과 같이 설명한다. 글을 쓰면서 "때로는 '좋은' 어머니를, 때로는

[19] 아니 에르노는 클레르리즈 통되르Claire-Lise Tondeur와의 대담에서 자신과 어머니의 관계의 복합성을 재론한다. "나는 내가 끊임없이 어머니를 숭배했다고는 결코 말할 수 없다는 사실을 깨달았다."[『더 프렌치 리뷰』(69권, 1호, 1995), p. 39]

'나쁜' 어머니를" 본다. 덧붙여 "유년기의 가장 먼 곳에서"(62쪽) 부터 시작된 "흔들림"이라고 말한다. 여기에서도 역시 양가성의 기본적 대립이 아주 강하게 부각된다. 그러므로 애도의 작품들은 심오한 중의성의 표지 아래 어머니와 딸의 관계를 위치시키면서 어머니와 딸의 관계를 상기시키는(마르그리트 유르스나르의 경우에는 상상하게 하는) 계기이다.

꿈, 모성적 강박에서 잠시 벗어난 시간

잊을 수 없는 이 어머니는 사라졌기 때문에 그만큼 더 강박적이다. 어머니에 사로잡힌 꿈에 관한 언급은 그런 사실을 증명한다. 장베르트랑 퐁탈리스가 쓴 것처럼, 그러한 꿈은 "매일 밤, 사라진 것(사회, 장소, 인물, 얼굴)을 보고, 그 영속성을 확인하고, 덧없는 것과 영원한 것을 결합하려고 노력하는"[20] 욕망과 연결된다. 사실 우리가 다루는 작품들의 서술자들이 이야기하는 몇몇 꿈의 구성은 바로 사라진 어머니와 관련해 "사라진" 것에 토대를 두고 있다. 예를 들어 아니 에르노는 우리가 둘-사이라는 부분에서 언급한 꿈을 상세하게 설명하기에 앞서[21] 다음과 같이 고백한다. "글을 쓰는 10개월 동안 거의 매일 밤 어머니 꿈을 꾸었다." 시몬 드 보부아르 역시 『아주 편안한 죽음』을 집필하면서 어머니의 꿈을 자꾸 꾼다.[22]

---

20 장베르트랑 퐁탈리스, 『시각을 상실하는 일*Perdre de vue*』(Paris: Gallimard, 1988/1999), p. 362.

21 이 책의 pp. 118 이하 참조.

22 우리는 시몬 드 보부아르와 아니 에르노에게 어머니가 그림자로 드러나는 것에 주목한다. "시몬 드 보부아르는 『결국』에서 다음과 같이 썼다. "나의 어머니는, 내가 『아주 편안한 죽음』에서 말한 것처럼 내 꿈에 자주 보였지만 아버지는 꿈에 보이지 않

거의 매일 밤 꿈에서 어머니를 보았다. 어머니는 살아 있었고, 가끔 나는 우리가 어머니를 구출해냈다는 사실에 감탄했다. 하지만 대부분은 어머니가 불치병에 걸린 사실을 알고 겁을 먹었다.[23]

같은 책에서 그녀는 애도의 우울한 시기에 어머니/딸의 관계에 고유한 양가성이 어떻게 다시 타오르는지를 보여준다.

[······] 잠이 들면 아버지는 아주 드물게 보이고 대수롭지 않은 모습인데, 어머니는 자주 본질적인 역할을 수행했다. 어머니는 사르트르와 하나가 되었고, 우리는 함께 행복했다. 그러다 꿈은 갑자기 악몽이 되었다. 왜 내가 다시 어머니와 함께 살지? 어떻게 내가 다시 어머니 손에 잡힌 거야?(147쪽)

반복되면서 조금씩 변하는 어머니에 관한 꿈들은 대부분 결합의 불가능성을 되풀이한다. 꿈들은 분리의 각인이 새겨진[24] 자

었다. 예전에는 이따금 보이는 소중한 그림자였는데, 내가 다시 어머니의 손 아래 떨어진 것일까 두려웠다."(p. 160) 그리고 아니 에르노는 『한 여자』의 끝에서 다음과 같이 썼다. "어머니의 이미지는 다시, 내가 유년기에 어머니에 대해 지니고 있었다고 상상하는 바로 그 이미지, 내 위로 드리운 넓고도 흰 그림자가 되었다."(p. 105)

23   시몬 드 보부아르, 『결국』, p. 168.

24   예를 들어 오르페우스와 에우리디케의 경우도 이에 해당하는데, 아니 에르노는 몽환적인 소재에 고유한 해석을 더해 이야기를 풍부하게 만든다. "오르페우스와 에우리디케에 관해 말하면, 꿈이었긴 하지만······ 나는 더 이상 내가 무엇을 쓰고 무엇을 생략하고 있는지 알지 못한다······ 나는 어디에선가 그런 사실을 썼는데, 꿈속에서 나는 생라자르 역 가까운 곳에서 어머니가 버스에 있는지 모르는 상태로 버스를 기다리

리에 위치한 위대한 인물들이나 신화적인 이야기를 활용하면서,
'다른 무대'에서 상실을 되풀이하거나 방해한다. 아케론강을 건너
는 암시를 하는 아니 에르노의 이 꿈에서 어떻게 신화적인 소재
의 재출현을 보지 않는단 말인가.

> 나는 자주 어머니 꿈을 꾸었는데, 아프기 전의 모습이셨다.
> 어머니는 살아 계셨지만, 죽은 상태였다. 잠에서 깨어나 1분쯤은
> 어머니가 죽었으면서 살아 있는, 두 가지 형상으로 실제로 살아
> 간다고 확신했다. 마치 죽음의 강을 두 번 건넜던 그리스 신화의
> 인물들처럼.[25]

마르그리트 유르스나르 역시 꿈에서 죽은 어머니에게 사로
잡혔다. 작가는 즉시 나서서 되풀이되는 꿈들 중 하나를 해석하
기 위한 설명을 한다.

> [……] 일곱 살에서 열 살 사이에 나는 여러 번 가장 흔한 악
> 몽을 꾸었다. 꿈에서 나는 유난히 크고 검은 벽난로를 통해 피
> 가 흐르는 절단된 몸이 침실로 떨어지는 것을 보았다. 잠든 어린
> 여자아이였던 나는 하녀들이 종종 읽어주었던 석간신문의 사건
> 들처럼, 위층에 강도가 있는 것이라고 이 사건을 이해했다. 하지

고 있다. 마침내 버스가 도착했는데 어머니가 그 안에 있었고, 나는 어머니에게 말을
하려고 했지만 어머니는 내게 아무 말도 하지 않으셨다. 어머니는 내게 말을 할 수 없
다고 신호를 보내고 사라졌다. 나는 어머니를 잃어버렸다. 어머니를 보았는데 어머니
를 잃어버렸다. 에우리디케를 잃어버린 오르페우스처럼."(피에르루이 포르, 「아니 에
르노와의 대담」, p. 992.
25   아니 에르노, 『나는 나의 밤을 떠나지 못했다』, p. 14.

만 이제는 성적인 호기심, 차라리 생식과 관련된 호기심에서 유래한 분만에 대한 꿈처럼 보인다. 자기 어머니가 분만 중에 죽었고, 태어날 때 겸자로 머리를 끌어냈다는 수군거림을 숱하게 들어야 했던 어린 여자아이로서는 말이다.[26]

하지만 자제력이 뛰어나기로 정평이 난 그녀의 습성대로,[27] 유르스나르는 서둘러 메모를 남기고 명확히 밝힌다. "나는 이제 프로이트적인 해석이 의심스럽다. 그보다는 차라리, 하녀들이 신이 나서 말해주었던 무시무시한 다양한 사건들의 영향 때문이라고 생각한다."

프로이트는 꿈의 해석이 복합적이어야 한다는 사실을 충분히 강조했다. 원시적인 방식으로 꿈을 해석해야 한다고 주장하지 않고, 꿈을 다시 쓰는 일은 이미 하나의 재구성이며 꿈이 어머니와의 관계에서 갈등을 반영하지 않을 때는 각각의 꿈이 본질적인 생각, 작별의 생각과 연결된 것인지를 확인할 수밖에 없다고 한다. 만약 이 꿈들이 그런 생각을 가리키고 되풀이하고 있다면, 그것은 바로 꿈의 역할이 정말로 그런 생각을 의미하고 수용을 돕기 때문이다. 애도의 작품에서 꿈을 다시 쓰는 일은—심지어 다른 작품들에서까지—그런 생각을 재확인하는 수단이다.

다가오는 시간, 어머니를 보내드리기

어머니를 작품에서 강렬하게 불러들인 것은, 그만

---

26 마르그리트 유르스나르, 『경건한 추억들』, p. 22.
27 마르그리트 유르스나르, 『꿈과 운명 Les Songes et les Sorts』, 『에세이와 회고록』 (Paris: Gallimard, 1991), pp. 1538~39.

큼 어머니를 잘 보내드리기 위해서다. 이 작품들 각각에서 이야기하는 것도 바로 그것이다. 어머니를 보내드리기. 어머니를 잊자는 것이 아니라 암암리에, 간접적으로, 지나친 고통이나 결핍 없이, 어머니를 다른 곳에서 살아가도록 하는 일이다. 살아갈 수 있도록 그리고 애도를 위해서. 돌아가신 어머니를 죽게 하여 최초의 모친 살해를 감행하고 회상하기 위해서. 동시에 돌아가신 어머니의 흔적을 간직하기 위해서.

흔적은 분리의 표지이자 회복의 표지이다. 상처를 품은 작품 내부에 포함된 작품다운 흔적, 작품은 또한 흔적이 남긴 상처라는 의미에서 이중적이다. 작품의 형성-글쓰기는 회복의 절차이고, 작품이라는 실체는 회복의 증거이다. 끝없는 애도, 여기에서는 끝나지 않는 애도는 없다. 각각의 작품에는 끝이 있고—우리가 보았듯이—작품의 실존 자체로, 비록 완성된 애도는 아니라고 해도 완성을 향해 가는 애도이다.

상처를 품은 작품은, 상처가 아문 것이든 그렇지 않든, 가끔은 켈로이드 흉터로 남아 있다고 해도, 그 자체로 상처다. 회복의 표지다. 칼자국도 아니고 낙인도 아니지만, 더 많은 고통, 더 심한 손상, 상처다. 더 아픔을 잘 느끼는 상처. 의학에서 "탯줄 상처"라고 부르는 최초의 상처 같은 상처. 여기에서 재연되는 최초의 균열과 분리, 어머니/아이 사이의 경계면을 대신하는 상처, 상처의 현존은 단절이고 상처의 반복은 최초의 단절이 되살아나는 것이다.

그렇다면 애도의 글쓰기는 자기중심적인 작품들인가? 아니다. 프랑스어는 지나치게 냉소적으로 중심이라는 단어의 사용에 집착하고,[28] 성급하게 이 작품들을 자기중심적인 작품으로 축소시키려 든다. 그것은 사실에 부합하지 않는다. 물론 "나je"를 문제 삼고 있고 "나"는 작품 어디에나 존재한다. 그러나 "나" 안에 있는 "그녀elle"를 어떻게 보지 않는단 말인가. 만약 우리가 아니 에르노의 단언대로 셋을 모두 인정한다면, "그녀elle"는 '나의 어머니'이고, 동시에 '타자'이고 '자아'이다. "마치 내 안에 있는 것 같은 존재, 그만큼 가까운 여인은 결코 없을 것이다."[29] 부딪치고 양가적인 그들의 관계에서 "나"와 "그녀"는 동시에 소환된다. 여기에서 관계를 끝내는 게 중요한데, 평온한 관점에서 그녀에게 다시 활력을 부여하면서 그 관계에 종지부를 찍는 편이 좋다.

『아주 편안한 죽음』『한 여자』『경건한 추억들』, 자서전의 성격이라는 측면에서 세 작품은 자연스럽게 결부되지만, 아주 심오하게 다르다. 필리프 르죈의 최초의 공식 가운데 하나를 따르면, 세 작품은 부분적으로 "실재한 인물이 자신의 고유한 실존으로 회고적인 이야기를 만든" 것이다. 하지만 이 작품들은 "개인적인 삶, 특별히 구체적인 개성에 관한 이야기를 강조"[30]하지는 않는다. 사실 어머니라는 제3의 인물[31]에 초점을 맞추고, 그들의 고유한 실존의 샘에서 물을 길어 올리면서 그 너머로 거슬러 올라간다. 모든 자서전이 그렇듯이 작품에서 요청되는 성실성과 무의

---

28 브루노 블랑케만Bruno Blanckeman은 (마르그리트 유르스나르의 편지에 대한) 「자아를 부르는 편지들」이라는 글에서 "자기 발생의 영원한 작업"에 관해 말한다. 마르그리트 유르스나르, 「1903년 6월 8일, 어느 월요일」, 『꿈과 운명』, p. 180.

29 "자신을 세계의 중심으로 여기는 것"처럼, "자기중심적인 존재⋯⋯"

30 필리프 르죈Philippe Lejeune, 『자서전의 규약 Le Pacte autobiographique』(Paris: Seuil, 1975), p. 14.

31 엘리안 르카름타본은 여성들의 자서전에서 "타자들의 위상"의 중요성을 강조한다[자크 르카름Jacques Lecarme · 엘리안 르카름타본, 『자서전 L'Autobiographie』(Paris: Armand Colin, 1997), pp. 119 이하].

식적인 숨김, 드러냄과 이야기를 다시 쓰기 사이의 긴장은 물론 결합이 아니다. 그러나 광범위한 의무는 이 틀을 벗어난다.

작품은 이와 같이 "나"와 "너," 그러나 "나"인 "너"와 "너"인 "나" 사이에 위치하고, 어느 면은 어머니의 전기이고 어느 면은 자전적인 요소가 혼합되어 결정되지 않은 상태로 움직인다. 그러나 자서전과 근본적이고 본질적으로 다른 중요한 차이가 있다. **비오스**(*bios*, 생명)가 작동하고 있지만, **타나토스**(*thanatos*, 죽음) 역시 활성화된 채 지배적인 특성을 지닌다는 점이다.

사람들은 종종 자서전을 쓰는 일은 죽음과 마주하는 수단이라고 말한다.[32] 그러나 여기서 죽음은 여전히 정신의 영역에 속하고 추상적인 것으로 머문다. 개념의 정의상 자서전은 허구의 형태로 쓰는 경우를 제외하고는 자신의 죽음에 관해 쓸 수는 없다. 반면에 작가는 실제로 있었던 죽음, 자기 삶의 일부가 된 다른 사람들의 죽음에 관해 글을 쓸 수 있다. 그러한 죽음이 작품의 중심에 오면 그 죽음은 작품의 처음과 끝이 되는데, 그러면 우리는 **타나토스**가 **비오스**에 승리를 거두었다고, 양적인 측면에서가 아니라 밀도의 측면에서 승리했다고 생각할 수 있다. 우리가 연구했던 작품들은 「타나토그라피」[33]에 속하고, 일종의 자서전의 사촌,

---

32   자크 르카룸은 다음과 같은 질문을 던진다. "우리는 **죽음**의 흔적을 자서전의 발생적 원리로 간주해야 하는가?"(『자서전』, p. 131)

33   필립 솔레르스Philippe Sollers는 1967년 10월 『크리티크』지 245호에 게재된 글 「로트레아몽의 학문La science de Lautréamont」에서 작품 속 전기의 무화無化에 관해 말하기 위해서 이 용어를 사용한다. "우리가 뒤카스의 글쓰기에서 끌어내려고 하는 체계 내에서, 본질적인 점의 하나는 전기적 주체, 발화의 주체처럼 발화된 내용의 주체의 죽음에 통합된다는 사실이다. 이때 타나토그라피thanatographie라고 불러야 하는 것을 읽어내야 한다."(p. 794) 우리는 '전기biographie'의 반대어로서 이 용어의 사용을 더 선호한다. 만약 '전기'가 '생명'이라는 뜻을 지닌 그리스어 **비오스**bios와 '글을 쓰

타자에 관한 글쓰기가 없이는 불가능한 자아에 관한 글쓰기의 친척이라고 할 수 있다. 대상 작품들은 죽음이 글쓰기의 동력이고 글쓰기를 끌어모으는 힘이라는 의미, 서술의 기반이자 동력이 된다는 의미에서 '타나토그라피'이다. 타나토그라피라고 할 때 문제가 되는 것은 자신이 아니라 타자의 죽음, 그러나 우리가 사랑하는 존재이기에 가장 고통스러운 죽음을 대면하는 일이다. 장켈레비치가 구별한 기준에 따르면 "너"의 죽음이다.

*

여자들은 죽음에 관해 가장 쉽게, 가장 기꺼이 쓰는 것일까?

여자들이 죽음과 죽음의 영향에 더 근접성을 지닌다는 사실을 암시하는 몇 개의 지표들이 있을 수 있다. 만약 우리가 죽음을 관계의 단절로 본다면, 우리는 이 관계에 기울이는 특별한 관심이 여성의 영역에 속한다고 생각할 수 있다. 줄리아 크리스테바는 해나 아렌트, 멜라니 클라인, 콜레트를 검토한 후에 다음과 같이 추측한다.

> 정치적, 심리적, 감각적, 사랑과 결부된 글로 쓴 관계들의 다양성과 분리될 수 없는 자아에 관한 단언 가운데서, 나는 여성성심리의 기조를 읽으려고 노력할 것이다.[34]

다'라는 의미의 **그라페인**_graphein_에 뿌리를 두었다면, '삶을 쓴다'라는 의미가 된다. 여기에서 우리는 **타나토스**(죽음)가 **생명**을 대체하여 '타나토그라피'를 '죽음을 쓴다'라는 말로 이해할 수 있다.

34   줄리아 크리스테바, 『천재적 여성 3. 콜레트』, 3권, p. 559.

만약 우리가 생리학적 자료에 토대를 두면, 지나간 시간에 대한 어떤 태도는 마찬가지로 여성적 글쓰기와 연결되어야 한다. 베아트리스 디디에는 『여성적 글쓰기』에서 그런 사실을 암시한다.

여성이 남성이 느끼는 것과 다르게 시간을 느끼는 일은 가능하다. 왜냐하면 여성의 생물학적 리듬이 특별하기 때문이다. 순환적 시간은 언제나 다시 시작한다. 그러나 단절, 변화 없음, 불연속성과 함께한 채로 그렇다.

여성이 죽음에 대해 감수성이 더 예민한가? 베아트리스 디디에는 다음과 같이 쓴다. "어쩌면 그럴 수도 있다." 이어서 조금 더 나아가 다음과 같이 말한다. "[죽음이라는 사건]을 여자는 남자와 다르게 느낀다. 분명히 여자는 생명을 잉태, 임신 상태에서 오랫동안 아이를 안고 가기 때문에 그렇다. 그리고 여자는 자신의 모든 노력과 수고가 언제나 희망 없이, 죽음에 도달한다는 것을 받아들일 수밖에 없다."[35]

만약 이런 변별적 특성(관계의 이환율과 시간에 특유한 관계)이 여성들의 어떤 글쓰기를 특징짓는다고 한다면, 그런 만큼 그 특성들을 여성들에게 귀속시킬 것인가? 아마 그렇지 않을 것이다. 남자들 역시 이러한 관계, 죽음과 작품, 애도와 글쓰기에 예민함이 드러났다. 예를 들어 스위스 작가 알베르 코헨Albert Cohen은

---

35   베아트리스 디디에, 『여성으로서의 글쓰기』, p. 248.

『내 어머니의 책*Le Livre de la mère*』에서 이런 유의 감수성을 입증한
다. 마찬가지로 타나토그라피라고 할 수 있는 이 작품을 볼 때, 우
리는 여성적 글쓰기에 대해 **선험적이라고** 말할 수는 없다.

그러므로 애도의 글쓰기는 여성들에게만 허용된 것이 아니
다. 하지만 전적으로 여성**에게** 허용된 하나의 방식이 있다. 글을
쓰는 사람이 여성이고—이것만으로 충분한 조건은 아니다—거
기에 더해 그녀가 여성에 관해, **구체적인 여성**, 전형적으로 여성
적인 관계인 어머니/딸의 관계에 대해 글을 쓰기 때문이다. 그렇
게 마르그리트 유르스나르, 시몬 드 보부아르와 아니 에르노는
어머니와 관련된 타나토그라피가 여성적 글쓰기와 연결되도록
한다. 여기서 여성적 글쓰기는 우리 연구의 서두에서 전개했던
의미로 이해해야 한다. 여성성을 '가로질러' 그리고 여성성을 '넘
어서서'라는 의미에서 정확히 트랜스trans라는 접두어가 수반된
여성성이다.

타나토그라피의 중심에는 분명히 죽음과 관련된 장면들이
있다. 남성 작가들이 같은 장면을 쓰지 못하거나 쓸 수 없는 것은
아니지만, 장면의 울림은 같지 않을 것이다. 돌아가신 어머니가
나오는 장면은 본질적으로 동일시의 투사, 어머니와 딸의 투사
에 기초한다. 어머니를 죽이는 일은 딸과 아들에게 같은 의미가
아니다. 그러므로 작품 내에서 어머니를 죽이는 일은 작가들에
게 어느 정도 자신을 죽이는 일이기도 하다. 그러나 여기에서 결
정적인 것은 아무것도 없다. 글쓰기는 재생의 목표를 지닌 애도
인데, 어느 정도는 콜레트가 "결코 내 역량을 넘어서지 않았던 재
생"이라고 말한 방식을 따른다. 마찬가지로 재생은 시몬 드 보부
아르, 마르그리트 유르스나르와 아니 에르노의 역량을 넘어서지

않는다. 그 작가들은 새롭게 피어나 자기 자신으로 다시 태어나기 위해 어머니의 죽음에 관한 글을 쓰면서 재생을 위한 온갖 노력을 한다.

결론

검은 대륙, 죽음의 대륙

죽음과 여성들 사이의 근접성은 아주 흔한 도식이
다. 시몬 드 보부아르는 그 점을 놓치지 않고 주목해서 『제2의
성』에 다음과 같이 썼다.

대부분의 대중적인 작품에서 **죽음**은 여성으로 형상화되고,
죽은 자들을 위해 눈물을 흘리는 일은 바로 여성들에게 속하는
일이다.[1]

죽음이 여성인 것은 예술 분야에서 널리 반영되었다. 특히
도상학에서는 죽음의 동료들을 구현하기 위해서 여성적 형상을
활용한다.[2] 상상의 구축물인 신화적 인물과 민속적인 인물들이

---

1 시몬 드 보부아르, 『제2의 성 *Le Deuxième Sexe*』(Paris: Gallimard, 1949/1986),
p. 247.

2 이 주제에 관해서는 미셸 피카르Michel Picard, 『문학과 죽음 *La Littérature et la
Mort*』(Paris: PUF, 1995), p. 104 참조. 『서양의 두려움 *La Peur en Occident*』(Paris: Fayard,
1978; Hachette Littératures, 1999)에서 장 들뤼모는 회화의 측면에서도 탐구하며 다음
과 같이 덧붙인다. "르네상스와 바로크 시대에는 귀족 계급에 속하는 시인들의 펜 아
래서―롱사르, 뒤벨레, 아그리파 도비네 [⋯⋯]―대부분 해골 같은 몸뚱어리로 표현
된 늙고 추한 여인의 역겨운 초상이 그려졌다."(p. 447) 이어 그는 "늙은 여인은 죽음
의 이미지라고 해도 과언이 아니다"(p. 448)라고 덧붙인다.

풍부하다.[3] 시몬 드 보부아르가 제시한 "곡하는 여인"의 역할은 역사적으로 확인된 사실이다.[4] 실제로 죽은 자들을 모시는 일은 여성들이 맡는 경우가 대부분이다. 프랑스 역사학자 장 들뤼모는 『서양의 두려움』에서 그런 사실을 강조한다.

> 많은 문화에서 죽은 자들을 모시는 일과 장례 의식을 여성이 맡은 것은 우연이 아니다. 그것은 삶의 모든 존재들을 죽음으로 인도하고 죽음을 삶으로 인도하는 순환, 영원 회귀에 여성들이 남성들보다 훨씬 더 관련이 있다고 생각하기 때문이다.[5]

죽음과 여성이라는 두 관계에, 그보다는 덜 논의되지만 우리 연구의 기원에 있는 제3의 관계를 더해보자.[6] 여성과 죽음에 관한 글쓰기이다. 망연자실한 슬픔에 압도당한 채 수동적으로 우는 여인들이 아니라 상실로 인해 자극받은, 잠재된 또는 증명된 고통

---

3 미셸 피카르, 『문학과 죽음』, p. 120("오래전부터 다양한 형상 아래서 바쿠스신의 여제관들, 복수의 여신들, 스핑크스, 흡혈귀, 마녀, 뱀파이어, 음몽마녀, 피흘리는 수녀, 모든 밤의 **여왕들**, 스페이드의 **레이디들**……, 인간성을 수반하는 끔찍하고 치명적인 **어머니**의 무리를 어떻게 잊을 수 있겠는가?").

4 니콜 로로Nicole Loraux, 『애도 중인 어머니들*Les Mères en deuil*』(Paris: Seuil, 1990)에서도 여성성과 애도 사이의 관계를 강조한다(p. 22를 보라). 우리는 종교화에 그려진 수많은 **피에타**와 **마테르 돌로로사**(슬픔에 찬 성모)를 생각해볼 수 있다.

5 장 들뤼모, 『서양의 두려움』, p. 401.

6 우리가 검토하지 않은 죽음과 여성 간의 다른 흔한 관계는 여성과 관련이 있는 죽음이다. 엘리자베스 브론펜Elisabeth Bronfen은 『그녀의 죽은 몸을 넘어서—죽음, 여성성 그리고 미학*Over her dead body: death feminity and the aesthetic*』(Manchester: Manchester University Press/Routledge, 1992)에서 "죽은 여인을 회화적으로 구현하는 것은 18세기와 19세기 유럽 문화에서 너무나 만연한 일로, 19세기 중반에는 상투적인 것으로 보일 위험이 있을 정도였다"라고 말한다.(p. 3)

으로 인해서 변화된, 능동적으로 우는 여인들이다. 글쓰기와 애도가 함께 진행되는 그만큼, 상실은 애도의 작업을 허용하는 글쓰기 속에서 변화된다.

우는 여인들과 '작가들'

죽음에 관한 글을 쓰는 여성들은 20세기의 새로운 모습인가? 아니다, 사실과 거리가 먼 이야기다. 우리는 필리베르트 드 푀르, 마르그리트 드 나바르와 마리 르 장드르,[7] 더 가까운 세기인 19세기의 마담 드 스탈[8]을 생각할 수 있다. 20세기로 뛰어넘어 뒤라스를 떠올려보자. "우리는 세상의 죽은 몸에 관해 글을 쓴다."[9] '가정 일기livre de raison'와 같은 관습처럼 사라진 관습을 환기하는 일도 가능하다. "대체로 여성들이 맡아서 참을성 있게 기록하는" 가정 일기에는 "죽음이 큰 자리를 차지했다."[10] 그러므로 죽음과 여성을 연결하는 관습적으로 자리 잡은 도식 때문에 여성이 문학에서 이 주제를 깊이 있게 탐구하지 못한 것은 아니다. 관습적인 도식에서 여성은 희생자의 역할이나 수동적으로 우는 여인의 역할을 수행하면서[11] 알레고리가 된다. 그보다는 차라리 이

---

7   콜레트 H. 윈Colette H. Winn, 「초기 근대의 여성들과 애도의 시학—비탄, 복수 그리고 예술Early modern women and the poetics of lamentation: mourning, revenge, and art」, 『메디아에발리아*Mediaevalia*』(특별호, 1999), pp. 127~55.

8   『코린나 또는 이탈리아*Corinne ou l'Italie*』(Paris: Gallimard, 1999)의 코린나의 죽음도 이에 해당한다.

9   마르그리트 뒤라스, 『80년 여름*L'Été 80*』(Paris: Minuit, 1980), p. 67.

10   베아트리스 디디에, 『작품 속의 죽음*La Mort dans le texte*』(Lyon: Presses Universitaires de Lyon, 1988), p. 128.

11   미셸 피카르, 『문학과 죽음』, p. 113을 참조하라.

런 관점에서 눈에 띈 것이 대부분 남성 작가들이었기 때문이다.

아니 에르노, 시몬 드 보부아르와 마르그리트 유르스나르와 관련해서, 죽음과 그들의 근접성은 명백해 보인다. 게다가 세 작가의 연구자들도 그런 사실을 놓치지 않고 주목했다.

토릴 모이는 『시몬 드 보부아르, 한 지성인의 투쟁들』[12]에서 "많은 비평가들이 시몬 드 보부아르에게 죽음에 대한 강박이 있었다는 사실에 주목했다"고 강조한다.[13] 이어 그녀가 이러한 강박을 작품의 양상으로 환원시키려고 집착했다는 사실도 밝힌다. 철학자이자 역사학자인 주느비에브 프레스도 보부아르의 작품 세계에서 죽음이 지닌 무게를 강조한다.

> 인간 조건은 유한한 존재라는 데 있다. 『모든 사람은 죽는 다 *Tous les hommes sont mortels*』 『아주 편안한 죽음』 『노년』, 이 세 작품은 각각 1946년, 1964년, 1970년에 쓰인 것으로, 삶에 대한 열정이 특징인 작품이면서 동시에 시간을 따라 커져가는 죽음에 대한 강박도 두드러진다. 불멸을 다루는 작품은 우리 모두가 죽는다는 사실로 돌아간다. 어머니의 죽음과 대면하면서 시몬 드 보부아르는 그토록 가까운 존재의 죽음 앞에서 우리가 얼마나 초라한지를 생각한다. 노년의 상태는 삶과 죽음이 실제로 얼마나 서로 뒤섞여 있는지를 강조한다. [······] 작가의 이러한 여정

---

12   원제는 *Simone de Beauvoir: The Making of an Intellectual Woman*, 1994년 듀크대학교 문학 교수이자 페미니즘 비평가인 토릴 모이Toril Moi가 영어로 낸 책으로 전기와 비평이 결합된 형식이다.(옮긴이)

13   토릴 모이, 『시몬 드 보부아르, 한 지성인의 투쟁들*Simone de Beauvoir, conflits d'une intellectuelle*』, 기메트 벨테스트Guillemette Belleteste 영역(Paris: Diderot, 1995), p. 374.

은 시몬 드 보부아르가 얼마나 죽음에 관해 말하고 싶어 했는지를 보여준다.[14]

마르그리트 유르스나르는 명료한 방식으로 죽음의 영향을 드러낸다. 그녀에 관한 많은 비평들이 그 사실을 입증한다. 예를 들어 파스칼 도레는 『마르그리트 유르스나르 또는 참을 수 없는 여성성』에서 다음과 같이 말한다. "[……] 유르스나르의 글쓰기는 죽음의 충동과 승화 사이에서 이러지도 저러지도 못 한다."[15] 사실 유르스나르의 작품에서 죽음은 도처에 등장한다. **선험적으로** 죽음과 아주 멀리 있는 탄생에 대해 말을 할 때조차도 아주 빈번하게 모습을 드러낸다.

아니 에르노의 글쓰기에서도 죽음의 중요성에 대해 비슷한 분석을 할 수 있다. 『남자의 자리』의 아버지의 죽음, 『한 여자』와 『나는 나의 밤을 떠나지 못했다』의 어머니의 죽음은 이미 살펴보았고, 『사건』에서는 태아의 죽음이 그려진다.

게다가 우리는 시몬 드 보부아르와 아니 에르노 사이에서 죽음의 주제를 둘러싸고 상호텍스트성이 있다는 사실을 보게 될 것이다. 『한 여자』에서 아니 에르노는 어머니의 죽음에 관해 말하면서, 시몬 드 보부아르에 관해 명확히 언급한다. "어머니는 시몬 드 보부아르보다 일주일 먼저 돌아가셨다."(105쪽) 이 언급이 어머니의 죽음을 작품의 흐름 속에 두게 하는 것이라면, 이것은 더욱더 아니 에르노에게 보부아르가 차지하는 중요성을 입증한다.

---

14   주느비에브 프레스Geneviève Fraisse, 「시몬 드 보부아르의 '특권'Le "privilège" de Simone de Beauvoir」, 『성에 관한 논쟁 *Controverse sexes*』(Paris: PUF, 2001), p. 209.

15   파스칼 도레, 『마르그리트 유르스나르 또는 참을 수 없는 여성성』, p. 309.

마찬가지로 아니 에르노는 아버지의 죽음을 다룬『남자의 자리』
에서 시몬 드 보부아르의『레 망다랭 *Les Mandarins*』[16]을 읽는 동안
아버지가 더는 살아 계시지 않게 될 것이라고 썼다.[17]『탐닉』에서
는『한 여자』에서 이미 언급한 근접성을 되풀이해 말하면서, 다
시 보부아르의 죽음과 어머니의 죽음의 시기가 근접한 사실을 중
요하게 다룬다. "그리고 1986년, 그녀가 어머니보다 일주일 후에
죽은 사실은, 필연적으로 보충적 의미를 지닌 **기호**가 된다."[18]

　　보부아르와 에르노에 더해서 20세기의 위대한 작가인 마르
그리트 유르스나르를 결합한 우리의 작업도 바로 이런 근접성의
기호 아래 놓인다. 우리는 이러한 기호들의 놀이에 마르그리트
유르스나르가 아니 에르노의『한 여자』가 출간된 1987년에 사망
한 사실을 더할 수 있다. 물론 우리의 주관적인 기호, 아니 에르노
의 글쓰기를 맞받아 찾아낸 우연의 기호이다. 하지만 우리 연구
를 통해서 객관화시키려고 노력하고 있는 기호이기도 하다. 우리
는 나름의 분석의 끝에, 그들의 개성을 존중하면서 세 작가 사이
에 있는 일관성과 통일성의 형태를 밝혀낸 것 같다. 죽음을 마주
해서 능동적인 태도를 취하는 세 여성에게 관심을 가지면서, 우
리는 이중의 의미로 여성적인 체험을 탐구할 수 있었다. 이 체험
은 어머니와 딸 사이의 관계 체험이고, 어머니의 죽음으로 인해
단절되고 부러지고 중단된 체험을 뜻한다.

16　1954년 공쿠르상 수상작. 제2차 세계대전 후 파리 지식인 사회를 배경으로 보부
아르를 투영한 여인의 감정적 오디세이.(옮긴이)

17　아니 에르노,『남자의 자리』, p. 108.

18　아니 에르노,『탐닉 *Se perdre*』(Paris: Gallimard, 2001), p. 277. 강조는 저자의 것이다.

돌아가신 분, 내 어머니

어머니의 죽음에 관해, 돌아가신 어머니에 관해 글을 쓰는 일은 상실과 부재, 분리를 언어로 표현하고 치유하는 일이다. 아니면 최소한 언어의 힘으로 그러한 것들과 마주하는 일이다. 우리가 살펴본 세 작가는 각자의 방식대로 그 일을 해냈다. 각자의 방식에 따라서, 어머니의 무덤이나 마찬가지인 각각의 작품을 통해서 글로써 어머니를 애도했다. 과연 무덤이라고 할 수 있는 각각의 작품,『경건한 추억들』『아주 편안한 죽음』『한 여자』에는 죽음의 장면에서 그녀의 최초의 부재, 시신의 형상으로 불러들인 죽은 여인이 깊숙이 자리 잡고 있다. 실제의 무덤과 문학의 무덤은 이와 같이 결합된다. 그렇지만 이러한 공통 요소가 비슷한 작품, 이를테면 같은 주제를 향하는 변주들을 낳는 것은 아니다. 반대로 각각의 작품은 어머니의 존재에서 유래하지만 딸이 작품으로 구현하는 방식은 근본적으로 다르다. 글쓰기의 기획이 달라서이기도 하고, 특히나 각각의 작품에는 저자의 개성이 새겨지기 때문이기도 하다.

따라서 우리는 '타나토그라피'라고 할 수 있는 특징들을 규정하기 위해서, 또는 이 작품의 공간이 모든 점에서 여성적인 것에 귀속된다는 점에서 '트랜스페미닌한 타나토그라피'의 특징들을 규정하기 위해 애도의 작품들이 지닌 공통점을 밝히려고 했다. 그러나 이 작품들을 '타나토그라피' 또는 '트랜스페미닌'한 글쓰기, 또는 그 둘 다의 이름 아래 둔다고 해서, 이 작품들을 그런 차원으로만 환원시켜서는 안 된다는 사실은 아주 명백하다. 우리는 이 세 작품에 관해서 말하기 위해 여성적 글쓰기라는 범주보다 더 정확하고, 더 제한적이고, 덜 직관적인 범주('트랜스페미닌

한' 글쓰기)를 규정했다. 우리는 이 작품들이 어떤 점에서 자서전과 다른지, 아니면 차라리 어떤 다른 하위 장르에 속할지를 밝히고자 노력했다. 그렇지만 우리는 단순히 비교 연구적 관점을 따르는 것만이 아니라, 무엇보다도 세 작가의 고유한 개성, 작품을 탐구하고자 하는 우리 의지를 자극하는 개성을 탐구하고자 한다.

연구를 시작할 때 우리의 전제는 어머니에 대한 애도가 딸에게 가장 가슴 아픈 애도라는 것이었다. 의미 깊게도, 우리의 분석에 따르면, 어머니에 대한 애도는 딸에게 가장 가슴이 찢어지는 일로 보인다. 딸은 어머니를 잃고 자아, 자기 정체성, 어머니와의 관계, 삶과 맺은 관계에 대한 질문을 다시 던지게 된다. 딸들은 매번 대담한 시도 속에서 자신을 위태롭게 한다. 복합적인 관계를 드러낼 뿐만 아니라 경의를 표한다. 이 작가들에게 중요한 것은 자유로워지는 일, 해방까지는 아니라고 해도 고통의 완화와 평정의 길을 택하는 것이다. 시몬 드 보부아르와 아니 에르노처럼 즉각적인 것이든 마르그리트 유르스나르처럼 글쓰기의 긴 여정의 끝에서든 마찬가지다. 어머니의 죽음에 대해 이야기하는 것은 어머니의 죽음을 수용하고 인정하고 거듭나기 위해 애도의 작업을 완성하는 것이다. 애도로 인해서, 애도를 위해서 애도에 관해 글을 쓰는 일. 애도/이야기 속 어머니는 나쁜 어머니도, 이상화된 어머니도 아닌[19] 두 모습이 다 결합된 어머니인데, 왜냐하면 시간은 진행되지 않고, 더 이상 진행되지 않을 것이기 때문이다.

아니 에르노를 제외하고 다른 두 작가는 자신들에게 아버지

---

19 그녀의 어머니는 위니코트Donald W. Winnicott가 말한 "평범하게 헌신적인," **충분히 좋은 엄마**였다는 사실을 알아야 한다[『아이와 가족 *L'Enfant et sa famille*』(Paris: Payot, 1973/2006), p. 11] 참조.

의 죽음이 아주 중요했는데도[20] 사실 아버지의 죽음에 관한 글을 쓰지 않았다. 시몬 드 보부아르는 『아주 편안한 죽음』에서 상세한 묘사 없이 아버지의 죽음에 대해 언급했을 뿐이다. 마르그리트 유르스나르도 역시 아버지의 죽음에 대해 암시하기는 했지만 아버지에게 헌정하려고 한 작품은 기획으로만 남았다.[21] 아니 에르노는 아버지의 죽음에 관해 글을 쓰기는 했지만 책은 아버지의 죽음만큼, 어쩌면 그 이상으로 사회적 조건에 관해 쓰고 있다.[22] 『한 여자』에서 아니 에르노는 더구나 다음과 같이 말한다. "이것은 심오한 애도의 작품이고, 아버지가 돌아가신 직후에 쓰인 『남자의 자리』보다 훨씬 더 그렇다."[23] 여자이기 때문에 어머니에 관해서 그리고 어머니에 대한 애도의 글을 훨씬 더 자발적으로 쓰는 것일까? 아마 그럴 것이다. 우리가 연구한 작가들의 경우에는 아무튼 그렇다. 어머니의 죽음은 딸에게 가장 고통스러운 죽음이기 때문에 그럴 것이고, 어머니와 딸의 관계가 아마도 가장 복합적인 관계라서 그럴 것이다.

어머니/딸의 관계가 지니는 양가성, 경쟁자이자 협력자, 단순성과 복잡성, 이해와 몰이해, 사랑과 증오, 닮음과 다름은 이미 언급했다. 시몬 드 보부아르, 아니 에르노, 심지어 마르그리트 유르스나르조차 심오하게 대립적이면서도 양가적인 성질을 지닌 어머니와 딸의 관계를 여러 번 강조한다. 어머니는 돌아가셨고,

---

20   마르그리트 유르스나르와 시몬 드 보부아르가 자신들의 아버지와 각별한 관계라는 사실을 안다.

21   이본 베르니에는 『뭐? 영원이라고?』의 주를 달면서 이와 같이 말했다.(p. 339)

22   게다가 자주 이런 관점에서 이 작품은 해석된다.

23   아니 에르노, 『한 여자』, p. 8.

딸은 복수하거나 우월한 자리를 차지할 수 있다. 그러나 이 작품들에는 복수란 없고, 단지 이따금 시몬 드 보부아르와 아니 에르노의 작품에서 어머니의 육체를 환기시킬 때나, 마르그리트 유르스나르가 가벼운 건방을 떨면서 어머니 페르낭드를 언급할 때 드러날 뿐이다. 그렇지만 그것은 복수나 글쓰기를 통해서 과거에 대해 보상받으려는 의지 같은 문제가 아니다. 예를 들어 시몬 드 보부아르가 어머니의 '무례함' 또는 어머니의 "흉한 미소"(93쪽) 같은 사실을 환기할 때 어머니를 언급하는 방식이 폭력적일 수 있으나, 이것은 제한적이고 해를 끼칠 의도가 없는 것이다. 왜냐하면 작품들이 예전에 체험한 관계의 양가성의 기호 아래 있기보다는 일종의 화해를 위한 평정의 기호 아래 있기 때문이다. 경쟁성은 약화되고 부채 의식은 줄어든다.[24]

작품 안에 있는 주된 양가성은 본질적으로 죽은 몸에 대한 불안의 양가성이다. 우리가 죽음의 장면에 할당된 장에서 이미 본 것처럼 몸의 전시, 시신과 대면하는 일은 단면적인 일이 아니다. 시신은 사물과 인격 사이에서 양가적인 의미로 규정되는데, 여전히 어머니의 죽음을 지연시켜야 하는 것처럼(심지어 유르스나르는 그 사실을 알지도 못했다), 어머니의 죽음을 단언하면서도 한순간만이라도 어머니를 보존하려고 한다. 단지 몇 페이지에 걸쳐 간결하게 묘사될 뿐이지만, 완성된 작품에서 볼 때 가치는 더욱 커진다. 작품들은 어머니를 안으로 품는다. 아니 에르노의 꿈

24　아니 에르노가 『한 여자』의 끝부분에서 잠재적인 채무의 해결에 관해 말한 것을 생각해볼 수 있다. "어머니는 받기보다는 누구에게나 주기를 좋아하셨다. 글을 쓰는 일도 주기의 한 방식이 아닐까."(103쪽) 이 문장에 대한 우리의 분석을 참조하라.(이 책 151쪽)

처럼, 시몬 드 보부아르의 되찾은 공동체처럼, 마르그리트 유르스나르의 어머니와 딸 사이 실체 공유처럼.[25] 게다가 이 작품들은 어머니의 모습을 구상하고 재교섭한다. 죽음의 장면은 해방의 장면이다. 죽음의 무게, 어머니의 무게, 그리고 명백히, 죽은 어머니의 무게로부터의 해방. 작품은 어머니를 안에 품은 후에, 과거와 어머니의 양가성을 자기 것으로 만든 후에 세상에 내놓는다. 어머니, 어머니 환영의 추방은 아마도 최종적인 것은 아니겠지만 애도의 복합적이고 고통스러운 과정에서 지속되는 작업이다.

최종 가설. 우리의 연구 대상인 작가들은 파르크Parques[26]의 속화된 현대 버전이었을까? 우리의 작가들이 점점 더 초월성이 박탈되는 현대성 속에서, 각각 세 자매, 세 명의 실 잣는 여인들, 그러나 단 하나의 실체를 이루는 존재를 구현하는 것일까? 그리스인들이 운명의 여신, 모이라이Moirai라 부른 존재들일까? 첫번째로 클로토—실 잣는 여신—는 삶의 실을 뽑고, 두번째 라케시스—운명을 정하는 여신—는 실의 길이를 결정한다. 마지막으로 아트로포스—단호한 여신—는 실을 끊는다. 세 파르크는 자신들의 선택에서 최고의 권한을 지닌다. 마찬가지로 마르그리트 유르스나르, 시몬 드 보부아르와 아니 에르노도 그들의 문학 작업장 깊숙한 곳에서 최고의 권한을 가진다. 세 여신처럼 먼저 삶과 서술의 실을 뽑아내고, 이어 작품과 회상의 길이를 결정하고,

---

25   "나는 페르낭드를 가로질러 왔다. 나는 그녀의 몸을 통해 몇 개월 동안 영양 섭취를 했다[……]"(p. 739) 마르그리트 유르스나르는 조금 더 뒤에서는 교환의 방향을 바꾼다. "상상 속이거나 현실의 인물들, 내 실체를 이용해서 그들을 살게 만들거나 다시 살게 하려고 애쓴 것처럼 그녀에 대해서도 마찬가지다."(p. 745)
26   생사生死를 맡는 세 여신을 가리킨다.(옮긴이)

마침내 글쓰기와 어머니 형상과 재회의 실을 끊어낸다.

언어로 직조되어 페이지의 공간에서 구현된 어머니. 직물이 된 작품 안에서 방부 처리된 어머니. 수의가 된 작품 내부에서 현존하는 어머니.

이 연구가 수행되는 동안 지원해주신 모든 분들께 감사드립니다. 쥘리에트, 마틸드, 프레데리크 D., 가엘, 질, 가브리엘, 에머리크, 마리옹, 프레데리크 K., 마린, 브누아, 사미아, 레몽드, 마리노엘, 세바스티앵은 제 작업을 격려하고 관심을 보여주셨습니다. 사라, 피에르, 카린은 마지막까지 주의 깊게 원고를 검토해주셨고 믿을 수 있는 조언을 해주셨습니다. 앙투아네트는 좋은 자극이 되는 말씀을 해주셨습니다. 모든 것은 그랜드 헤이븐에서의 만남에서 시작되었으니 크리스토퍼와 버너뎃, 그리고 언제나 변함없이 저를 지지해주시는 부모님께도 감사드립니다!

더불어 초고 상태에서 이 원고를 읽어주시고 평가해주신 베아트리스 디디에, 실비 주아니, 카린 트레비상, 브뤼노 블랭케만, 클로드 뷔르줄랭께도 감사드립니다.

마지막으로 여러 해 동안 명철하고도 호의적으로 제 연구 작업을 지원해주신 줄리아 크리스테바에게 정말로 깊고 큰 감사를 드립니다.

참고문헌

비평 자료들이 지나치게 많아지는 것을 피하기 위해서, 연구의 중간에 인용한 글들은 여기에 다시 기재하지 않고, 해당 부분에 각주를 달았다.

1. 마르그리트 유르스나르 관련 자료

서한집

Lettres à ses amis et quelques autres, édité par M. SARDE et J. BRAMI, en coll. avec E. DEZON-JONES, Paris, Gallimard, 1995.

D'Hadrien à Zénon, édité par Colette GAUDIN et Rémy POIGNAULT avec la collaboration de Joseph BRAMI et Maurice DELCROIX, préface de Josyane SAVIGNEAU, édition coordonnée par Elyane DEZON-JONES et Michèle SARDE, Paris, Gallimard, 2004.

대담

GALEY Matthieu, *Les Yeux ouverts*, entretiens de Marguerite Yourcenar avec Matthieu Galey, Paris, Le Centurion, 1980.

YOURCENAR Marguerite, *Portrait d'une voix*, textes réunis, présentés et annotés par Maurice DELCROIX, Paris, Gallimard, coll. «Les Cahiers de la NRF», 2002.

전기

GOSLAR Michèle, *Qu'il eût été fade d'être heureux: biographie de Marguerite Yourcenar*, Bruxelles, Racine, 1998.

SARDE Michèle, *Vous, Marguerite Yourcenar: la passion et ses masques*, Paris, Robert Laffont, 1994.

SAVIGNEAU Josyane, *Marguerite Yourcenar, L'Invention d'une vie*, Paris, Gallimard, 1990, rééd. «Folio», 1993.

비평서

ALLAMAND Carole, *Marguerite Yourcenar, une écriture en mal de mère*, Paris, imago, 2004.

ANDERSSON Kajsa, *Le Don sombre: le thème de la mort dans quatre romans de Marguerite Yourcenar*, Stockholm, Almqvist och Wiksell, 1989.

BLANCKEMAN Bruno (éd.), *Les Diagonales du temps* (Marguerite Yourcenar à Cerisy), Rennes, PUR, 2007.

DEPREZ Bérengère, *Marguerite Yourcenar. Écriture, maternité, démiurgie*, Bruxelles, Archives et Musée de la Littérature-P.I.E.-Peter Lang, collection «Documents pour l'Histoire des Francophonies/Europe», 2003.

DORE Pascale, *Yourcenar ou le Féminin insoutenable*, Genève, Droz, 1999.

FORT Pierre-Louis (éd.), *Marguerite Yourcenar, Un certain lundi 8 juin 1903*, Paris, L'Harmattan, 2004.

JULIEN Anne-Yvonne, *Marguerite Yourcenar ou la Signature de l'arbre*, Paris, PUF, collection «Écriture», 2002.

PARK Sun Ah, *La Fonction du lecteur dans «Le Labyrinthe du monde» de Marguerite Yourcenar*, Paris, L'Harmattan, 2003.

PROUST Simone, *L'Autobiographie dans «Le Labyrinthe du monde» de Marguerite Yourcenar: l'écriture vécue comme exercice spirituel*, Paris, L'Harmattan, 1997.

2. 시몬 드 보부아르 관련 자료

서한집

Lettres à Sartre, édition de Sylvie LE BON de BEAUVOIR, vol. 1(1930~1939), vol. 2(1940~1963), Paris, Gallimard, 1990.

Lettres à Nelson Algren, Un amour transatlantique, 1947~1964, trad. de l'anglais par Sylvie LE BON de BEAUVOIR, édition de Sylvie LE BON de BEAUVOIR, Paris, Gallimard, 1997.

Correspondances croisées (avec Jacques-Laurent Bost), édition de Sylvie LE BON de BEAUVOIR, Paris, Gallimard, 2004.

시몬 드 보부아르와의 대담

JEANSON Francis, «Entretiens avec Simone de Beauvoir», in *Simone de Beauvoir ou l'Entreprise de vivre*, Paris, Le Seuil, 1966.

SCHWARZER Alice, *Simone de Beauvoir aujourd'hui, Six entretiens*, Paris, Mercure de France, 1984.

전기

BAIR Deirdre, *Simone de Beauvoir*, Paris, Fayard, 1991.

저서

FRANCIS Claude et GONTIER Fernande, *Les Ecrits de Simone de Beauvoir*, Paris, Gallimard, 1979.

JEANSON Francis, *Simone de Beauvoir ou l'Entreprise de vivre*, Paris, Le Seuil, 1966.

LECARME-TABONE Eliane, *Mémoires d'une jeune fille rangée de Simone de Beauvoir*, Paris, Gallimard, collection «Foliothèque», 2000.

MARKS, Elaine, *Simone de Beauvoir: Encounters with death, New Jersey*, New Brunswick, Rutgers, 1973.

TORIL Moi, *Simone de Beauvoir, Conflits d'une intellectuelle,* (trad.

fr. par Guillemette Belleteste), préface de Pierre Bourdieu, Paris; New York, Amsterdam, Diderot éd., Arts et sciences, 1995.

3. 아니 에르노 관련 자료

대담

ERNAUX Annie, *L'Ecriture comme un couteau, Entretiens avec Frédéric-Yves Jeannet*, Paris, Stock, 2003.

저서

SAVEAN Marie-France, *La Place et Une femme d'Annie Ernaux*, Paris, Gallimard, «Foliothèque», 1994.

THOMAS Lyn, *Annie Ernaux. An introduction to the writer and her audience*, Oxford, Berg, 1999.

THUMEREL(éd.), *Annie Ernaux: une œuvre de l'entre-deux*, Arras, Artois Presses Université, 2004.

TONDEUR Claire-Lise, *Annie Ernaux ou l'Exil intérieur*, Amsterdam et Atlanta, GA, Rodopi, 1997.

4. 죽음과 관련된 자료

저서와 논문

ARIES Philippe, *Essais sur l'histoire de la mort en Occident du Moyen Age à nos jours*, Paris, Editions du Seuil, 1975.

—— *L'Homme devant la mort, t. 1: Le temps des gisants; t. 2: La mort ensauvagée*, Paris, Editions du Seuil, 1977.

BAUDRY, Patrick, *La Place des morts, Enjeux et rites*, Paris, Armand Colin, 1999.

DECHAUX, Jean-Hugues, *Le Souvenir des morts. Essai sur le lien de filiation*, Paris, PUF, collection «Le lien social», 1997.

FREUD Sigmund, «Considérations actuelles sur la guerre et la mort»(1915) in *Essais de psychanalyse*, tr. fr. S. Jankélévitch, Paris, Éditions Payot, 1968.

GORER Geoffrey, *Ni pleurs, ni couronnes, précédé de Pornographie de la mort*, préface de Michel Vovelle, trad. fr. Hélène Allouch, Paris, E.P.E.L., 1995.

GUIOMAR Michel, *Principes d'une esthétique de la mort, modes de présences, les présences immédiates, le seuil de l'au-delà*, Paris, José Corti, 1967.

HARRISON Robert, *Les Morts*, Paris, Le Pommier, 2003.

JANKELEVITCH Vladimir, *La Mort*, Paris, Flammarion, collection «Champs», 1977.

MORIN Edgar, *L'Homme et la Mort*, Paris, Le Seuil, 1970.

M'UZAN Michel (de), *De l'art à la mort*, Paris, Gallimard, 1977.

PICARD Michel, *La Littérature et la Mort*, PUF, collection «Ecriture», 1995.

THOMAS Louis-Vincent, *Anthropologie de la mort*, Paris, Payot, 1975.

— *Le Cadavre, De la biologie à l'anthropologie*, Bruxelles, Editions Complexe, 1980.

VOVELLE Michel, *La Mort et l'Occident de 1300 à nos jours*, Paris, Gallimard, collection «Bibliothèque illustrée des idées», 1983.

공저와 기사

Dernier portrait (Le), Exposition Musée d'Orsay, Paris, 5 Mars~26 Mai 2002, Paris, Réunion des musées nationaux, Musée d'Orsay, 2002.

Mort dans le texte (La), Colloque de Cerisy, sous la direction de Gilles Ernst, Lyon, Presses Universitaires de Lyon, 1988.

Rituels de deuil, travail du deuil, sous la dir. de Tobie Nathan, La Pensée sauvage, numéro spécial de la *Nouvelle Revue d'ethnopsychiatrie*, 1988.

Mort à l'œuvre (La), textes recueillis et présentés par Mariella Colin,

Transalpina, n° 5, 2001.

Mort en toutes lettres (La), textes réunis par Gilles Ernst, Nancy, Presses Universitaires de Nancy, 1983.

Tombeau poétique en France (Le), *Licorne (La)*, sous la direction de Dominique Moncond'huy, UFR Langues et littératures, Poitiers, n° 29, 1994.

5. 애도와 관련된 자료

저서와 논문

ABRAHAM Nicolas et TOROK Maria, *L'Écorce et le Noyau*, Paris, Flammarion, collection «La Philosophie en effet», 1978.

FREUD Sigmund, «Deuil et mélancolie», in *Métapsychologie* (1917), trad. fr. Jean Laplanche et Jean-Bertrand Pontalis, Paris, Gallimard, 1968.

HANUS Michel, *Les Deuils dans la vie, deuils et séparations chez l'adulte et chez l'enfant*, Paris, Maloine, 1994.

KLEIN Melanie, *Essais de psychanalyse, 1921~1945*(trad. fr. Marguerite Derrida), Paris, Payot, 1968.

LACAN Jacques, «Hamlet: Le désir et le deuil», n° 26~27, *Ornicar?*, Paris, 1983.

LORAUX Nicole, *La Voix endeuillée. Essai sur la tragédie grecque*, Paris, Gallimard, collection «NRF-Essais», 1999.

— *Les Mères en deuil*, Paris, Le Seuil, collection «La librairie du XXe siècle», 1990.

TREVISAN Carine, *Les Fables du deuil, La Grande Guerre: mort et écriture*, préface de Pierre PACHET, Paris, PUF, collection «Perspectives littéraires», 2001.

공저와 기사

Deuil (Le), sous la direction de Nadine Amar, Catherine

Couvreur, Michel Hanus, PUF, monographies de la *Revue Française de psychanalyse*, Paris, 1994.

6. 여성과 어머니에 관한 자료

저서와 논문

BADINTER Elisabeth, *L'Amour en plus: histoire de l'amour maternel, XVIIe~XXe*, Paris, Flammarion, 1980.

BRONFEN Elisabeth, *Over her dead body: death, feminity and the aesthetic*, Manchester, Manchester University Press/Routledge, 1992.

CORBIN Laurie, *The mother mirror: self-representation and the mother-daughter relation in Colette, Simone de Beauvoir and Marguerite Duras*, New York, Bern, Paris, P. Lang, 1996.

COUCHARD Françoise, *Emprise et Violences maternelles*, Paris, Dunod, 1991.

COURNUT-JANIN Monique, *Féminin et Féminité*, Paris, PUF, collection «Epîtres», 1998.

DIDIER Béatrice, *L'Ecriture-femme*, Paris, PUF, collection «Ecriture», 1981.

DUFOURMANTELLE Anne, *La Sauvagerie maternelle*, Paris, Calmann-Lévy, 2001.

ELIACHEFF Caroline et HEINICH, Nathalie, *Mères-filles, Une relation à trois*, Paris, Albin Michel, 2002.

GASTAMBIDE, Michèle, *Le Meurtre de la mère, Traversée du tabou matricide*, Paris, Desclée de Brouwer/La Méridienne, 2002.

HIRSCH Mariane, *The mother/daughter Plot: narrative, psychoanalysis, féminisme*, Bloomington, Ind., Indianapolis, Ind.: Indiana University Press, 1989.

LESSANA Marie-Magdeleine, *Entre mère et fille: un ravage*, Paris, Pauvert, 2000.

ROSSUM-GUYON Françoise (von), *Le Cœur critique, Butor, Simon, Kristeva, Cixous*, Amsterdam, Rodopi, 1997.

공저와 기사

Fatalités du féminin, sous la direction de Jacques ANDRE, Paris, PUF, 2002.

Mères et Filles: la menace de l'identique, sous la dir. de Jacques ANDRE, Paris, PUF, 2003, collection «Petite bibliothèque de psychanalyse».

Relation mère-fille (La): entre partage et clivage, sous la dir. de Thierry BOKANOWSKI et Florence GUIGNARD, Paris, In Press éd., collection de la SEPEA, 2002.

Histoire des femmes en Occident, sous la dir. de Georges DUBY et Michelle PERROT, t. 5, «Le XXe siècle», sous la dir. de Françoise THEBAUD, Paris, Plon, 1992.

7. 기타 주요 저작물과 비평 논문

BAUDRILLARD Jean, *L'Echange symbolique et la Mort*, Paris, Gallimard, collection «Bibliothèque des sciences humaines», 1976.

BLANCHOT Maurice, *L'Espace littéraire, Paris*, Gallimard, 1955.

—— *Le Livre à venir*, Paris, Gallimard, 1959.

BOURDIEU Pierre (sous la direction de), *La Photographie, un art moyen*, Paris, Editions de Minuit, collection «Le sens commun», 1965.

DEBRAY Régis, *Vie et Mort de l'image*, Paris, Gallimard, 1992.

FEDIDA Pierre, *L'Absence*, Paris, Gallimard, collection «Connaissance de l'inconscient», 1978.

FREUD Sigmund, *Œuvres complètes*, (15vol.), Paris, PUF, 1989~2006.

GRANOFF Wladimir, *Filiations, L'avenir du complexe d'Œdipe*, Paris, Editions de Minuit, 1975.

GREEN André, *La Déliaison (Psychanalyse, anthropologie et littérature)*, Paris, Les Belles Lettres, collection «Confluents psychanalytiques», 1992.

KLEIN Melanie, *Envie et gratitude*(1957), trad. fr. Victor Smirnoff avec la collaboration de S. Aghion et de Marguerite Derrida, Paris, Gallimard, collection «Connaissance de l'inconscient», 1968.

— *Le Transfert et autres écrits*, trad. fr. Claude Vincent, PUF, collection «Bibliothèque de psychanalyse», 1995.

KRISTEVA Julia, *Pouvoirs de l'horreur. Essai sur l'abjection,* Paris, Editions du Seuil, 1980.

— *Soleil noir, Dépression et Mélancolie*, Paris, Gallimard, 1987.

— *Sens et non-sens de la révolte, Pouvoirs et limites de la psychanalyse*, I, Paris, Fayard, 1996.

— *La Révolte intime, pouvoirs et limites de la psychanalyse* II , Paris, Fayard, 1997.

— *Le Génie féminin*, t. II et III , Paris, Fayard, 2000~2002.

LAPLANCHE Jean et PONTALIS Jean-Bertrand, *Vocabulaire de la psychanalyse*, Paris, PUF, collection «Bibliothèque de psychanalyse», 1967.

LAPLANCHE Jean, *Problématiques I, L'Angoisse*, Paris, PUF, collection «Bibliothèque de psychanalyse», 1980.

LECARME Jacques et LECARME-TABONE Eliane, *L'Autobiographie*, Paris, Armand Colin, collection «u», 1997.

MANNONI Octave, *Clefs pour l'Imaginaire ou l'Autre scène*, Paris, Editions du Seuil, collection «Le champ freudien», 1969.

PACHET Pierre, *La Force de dormir*, Paris, Gallimard, collection «NRF essais», 1988.

PONTALIS Jean-Bertrand, *Perdre de vue*, Paris, Gallimard, 1988.

SCHUR Max, *La Mort dans la vie de Freud*, trad. fr. Brigitte Bost, Paris, Gallimard, collection. «Connaissance de l'inconscient», 1975.

저자 소개와 작품의 주제

이 책의 저자인 피에르루이 포르Pierre-Louis Fort는 20세기와 21세기 프랑스 문학 전공자로 세르지파리Cergy-Paris 대학교 교수이다. 마르그리트 유르스나르Marguerite Yourcenar, 시몬 드 보부아르Simone de Beauvoir, 아니 에르노Annie Ernaux의 작품들에 대한 깊이 있는 연구와 다양한 비평서를 냈다. 그는 정신분석적 방법을 수용하면서 문학적 깊이를 지닌 작품 분석을 시도한다는 평을 받는다. 2023년에는 『이름 없는 애도. 상실에 관한 현대적 글쓰기 *Les Deuils sans noms. Écritures contemporaines de la perte*』라는 책을 냈다. 번역서의 원저가 2007년에 출간된 사실을 고려할 때, '애도'는 저자의 지속적인 관심이자 연구 주제인 것을 알 수 있다.

저자의 '애도'에 대한 관심은 프로이트의 애도 이론에 대한 공감과 비판에서 출발한다. 프로이트는 애도를 연인이나 친구, 부모와 같은 개인적 애정의 대상이 사라져버린 후 남은 자의 내면에서 나타나는 심리적 과정으로 설명한다. 번역한 책의 본문에서는 프로이트를 다음과 같이 인용하고 있다. "애도는 사랑하는 사람의 상실, 또는 사랑하는 사람과 같은 위상에 둘 만한 추상적인 것, 조국, 자유, 이상과 같은 것의 상실에 대한 정상적인 반응이다."(17쪽) 한마디로, 소중한 대상을 상실했을 때의 반응이다. 따라서 프로이트의 애도 이론은 "상실로 인한 슬픔과 고통을 극복하고 일정 시간 이후 일상으로 적응해나가는 정상적인 상태" "대상에게 집중되어 있던 리비도를 철회함으로써 자신의 일상을 회복하는 과정과 결과"로 요약될 수 있다. 이 책의 저자는 애도는 '세상이 공허해지는 일'이라는 프로이트의 말에 공감한다. 그리고 그로 인해서 피할 수 없는 '영혼의 고통'과 '정서적 혼란'을 겪으면서 홀로 남아 애도의 글을 쓰는 프랑스 여성 작가들의 작품을 분석하고 사유한다.

한편 저자가 프로이트를 비판하는 부분은, 프로이트가 애도를 '남성'의 영역에 한정시켜서 설명하려고 한 부분이다. "**아버지의 죽음**이 가장 중요한 사건이고 **남성**의 인생에서 가장 고통스러운 상실이라면,"(20쪽) 그와 비슷하게 **어머니**의 죽음은 "**여성의 인생**에서 가장 중요한 사건, 가장 고통스러운 상실"(20쪽)이 될 것이다. 그런데 프로이트는 '여성'의 영역에서 행해지는 애도에 대해서는 언급을 생략하거나 당혹감을 보이며 회피적인 태도를 보였다고 한다. 저자는 프로이트가 무시한 것처럼 보이는, 여성 영역의 애도, 어머니와 딸의 관계를 탐구한다는 의도를 분명하게 내비친다. 이에 따라서 어머니와의 관계를 모든 인간관계 가운데 '가장 원초적인 관계'로 규정하는 멜라니 클라인의 이론을 참조하고, 프로이트에게서 아버지가 가장 많은 자리를 차지했던 곳에 어머니를 두고 연구를 전개해간다.

작품의 대상, 2인칭의 죽음, 어머니의 죽음

이 책의 탐구 대상은 어머니, 더 구체적으로는 '어머니의 죽음'이다. 저자는 장켈레비치Jankélévitch를 인용해서, 어머니의 죽음을, 존재 자체로 귀속되는 나 자신의 죽음인 1인칭의 죽음과 알지 못하는 누군가의 죽음인 3인칭의 죽음 사이에 있는 '2인칭의 죽음'으로 설명한다. 2인칭의 죽음으로 제시되는 어머니의 죽음, '나의 당신,' 상실 가운데 가장 깊고 큰, 이 고통을 어떻게 받아들여야 좋을지 사실 정확한 기준은 없다. '상실,' 있다가 사라진 존재, 그 존재가 나의 어머니이기에 남은 우리는 절망하듯 슬퍼하고, 살아가기 위해서는 '애도'를 거쳐야 한다. 어머니, 사라진 혹은 떠난 그 존재는, 나의 일부이자 존재의 뿌리였기에, 어머니가 없는 이 세상을, 어머니가 있던 세상처럼 똑같이 살 수는 없기 때문이다. 잘려나간 그 존재의 무게만큼 내면의 무게도 달라지고, 세상의 무게도 달라진다. 세상의 흔들림, 단 하나의 존재가 사라졌는데 세상이 텅 빈 느낌을 받게 되는 것. 어머니의 죽음은 그렇게 상실을 안긴다.

저자의 말에 따르면, 애도의 과정은, 상실한 대상에 대한 기억을 돌아보면서, 상실한 대상과 함께한 기억의 일부를 자아로 동화시키는 '내면화'의 과정을 거친다. 저자는 프랑스의 뛰어난 작가들인 마르그리트 유르스나르, 시몬 드 보부아르, 아니 에르노가 자신들의 어머니의 죽음을 마주하고 쓴 작품을 통해서 글쓰기 자체가 애도의 과정이라는 사실을 드러낸다. '끝없는 애도'는 없다는 전제 아래 작품의 형성-글쓰기는 회복의 절차이고, 작품이라는 실체는 회복의 증거라고 설명한다. 각각의 작가들이 애도의 과정에서 쓴 작품은, 마르그리트 유르스나르의 「죽은 여인을 위한 일곱 편의 시 *Sept poèmes pour une morte*」(1930), 『경건한 추억들 *Souvenirs pieux*』(1974), 시몬 드 보부아르의 『아주 편안한 죽음 *Une mort très douce*』(1964), 아니 에르노의 『한 여자 *Une femme*』(1987), 『나는 나의 밤을 떠나지 못했다 *Je ne suis pas sortie de ma nuit*』(1997) 등이다.

이 텍스트들은 미학적 차이들에도 불구하고 어머니에 대한 애도의 글이라는 점에서 일치한다. 이 작품들에서 작가들의 어머니는 선악과 애증이 교차하는 대상으로서 '타자'이다. 작품은 타자를 장례 치르는 방식이다.

세 명의 작가는 살았던 시대도 조금 차이가 있고, 가정환경과 가족이 속했던 사회적 계층도 다르다. 마르그리트 유르스나르는 1903년 브뤼셀에서 벨기에인 어머니와 프랑스인 아버지 사이에서 태어났다. 본명은 마르그리트 드 크레옝쿠르Marguerite de Crayencour이고 'Crayencour' 철자를 바꾸어 조합한 '유르스나르'가 필명이다. 아버지와 함께 프랑스 북부와 외국을 여행하며 유년기와 청소년기를 보냈다. 스스로 "시인이자 역사가, 소설가가 되기 위해 애썼다"라고 말한 것처럼, 역사와 신화에 대한 깊은 지식과 명료함과 열정을 지닌 문체로 높은 평가를 받는다. 1980년에는 프랑스 아카데미 최초로 여성 회원이 되었다. 시몬 드 보부아르는 1908년 파리의 부르주아 가정에서 변호사인 아버지와 엄격하고 아름다운 어머니 사이에서 태어났다. 실존주의 철학자이자 뛰어난 소설가로 프랑스 페미니즘 담론을 주도했고, 대학에서 만난 사르트르와 결혼을 하지 않은 채, 평생의 동반자로 지냈다. 아니 에르노는 1940년 작은 가게의 주인인 부모 아래서 태어나 이브토에서 유년기와 청소년기를 보냈다. 여성의 사회적 위상과 자신이 태어난 가정환경에 대한 예리한 감각과 질문을 통해 자전적이면서도 사회학적인 글을 쓰면서 독자적인 작품 세계를 구축했다. 하지만 이런 차이와 두드러진 개성의 차이에도 불구하고 모두 어머니의 죽음에 깊이 사로잡혔던 공통점이 있다. 씨실과 날실처럼 직조된 텍스트에서 현존하는 어머니, '언어로 직조된' 텍스트에서 구현된 어머니의 죽음, '사물'과 '인격' 사이에서 불안과 애착을 구현하는 어머니의 시신, 저자는 이들의 글쓰기가 "분리에 이르기 위해 애착을 증가시키는 방법"(29쪽)이라는 사실을 발견한다. 저자는 줄리아 크리스테바의 말을 인용해서 어머니로부터 분리, 독립은 "죽음에 처하는 것"(23쪽)이자 어머니로부터 출발하여 어머니에 맞서서 행해져야 하는 "비상"(23쪽)과도 같은 일이라고 한다. 여자인 나에게, 어머니는 첫 애증의 대상이지만, 나는 어머니의 "분신이면서도 별개의 존재"(26쪽)이기 때문이다. 그렇기에 어머니의 죽음은 나의 정체성을 뒤흔들고, 자아와 타자의 경계들을 불안정한 것으로 만든다. 글을 쓰는 딸들은 '글쓰기'를 통해서 상처의 근원으로 돌아가서 살아갈 힘과 지혜를 구한다. 생명, 없던 것이 생겨난 것이라면, 있던 무엇도 없어질 수 있는 것이라는 이해에 도달하는 일은 자기 구원의 문제이기도 하다.

타나토그라피, 트랜스페미닌 글쓰기
― 마르그리트 유르스나르, 결여의 부정
― 시몬 드 보부아르, '끝의 시작'을 말하다
― 아니 에르노 '둘-사이'를 말하다

마르그리트 유르스나르, 시몬 드 보부아르, 아니 에르노 세 명의 작가가 어머니의 죽음에 관해 쓴 텍스트들은, 죽음이 글쓰기의 동력이자 서술의 기반이라는 점에서 '타나토그라피'라고 할 수 있는 작품들이다. 저자는 타나토그라피를 "자서전의 사촌,"(220쪽) 타자에 관한 글쓰기가 없이는 가능하지 않은 자아에 관한 글쓰기와 비슷하다고 설명한다. 이 작품들에서 문제가 되는 것은 "타자의 죽음," 그 가운데서도 사랑하는 존재인 어머니의 죽음이다. 작품의 핵심적 위치에는 죽음의 장면이 놓여 있고, 어머니를 잃은 딸은 자아, 자기 정체성, 어머니와 맺은 관계 등에 대한 근본적인 질문을 던진다. '상실'은 애도의 글쓰기 속에서 변화한다. 작가인 딸들은 대담한 시도 속에서 어머니와 맺은 복합적인 관계를 드러내는데, 그들이 어머니를 작품에서 강렬하게 불러들인 것은, 그만큼 어머니를 잘 보내드리기 위해서다. 어머니를 보내드리기. 어머니를 잊자는 것이 아니라, 어머니가 다른 곳에서 살아가도록 하기 위한 일이다.

이처럼 작가인 딸들이 쓴 애도의 텍스트는 여성적 세계에 대한 탐구가 된다. '모성적 권위와 대면하는 일'은 마르그리트 유르스나르, 시몬 드 보부아르, 아니 에르노가 공유한 문제의식이다. 삶과 죽음의 순환 과정에서 여성들의 역할이 더 두드러지고, 많은 문화에서 죽은 자들을 모시는 일과 장례 의식을 여성이 맡은 것은 우연이 아니다. 그런데 저자는, 이 세 작가의 기반이 여성적인 것이라고 해도, 이들의 글쓰기는 남성성과 여성성의 경계를 넘어서서 인간 공통의 감수성의 영역에 도달하기 위한 글쓰기를 지향한다는 사실을 강조한다. 경계 사이에는 어떤 공간이, 벌어진 틈과도 같은 것이 존재한다. 저자는 이 세 작가의 글쓰기야말로 바로 그 틈을 파고들어 접촉하고 몰입하는 동시에, 횡단의 움직임 속에서 틈을 벗어나려는 역동성을 지닌 '트랜스페미닌' 글쓰기라고 규정한다.

세 작가의 애도의 글쓰기의 성격을 더 살펴보자.

유르스나르의 어머니인 페르낭드는 유르스나르를 낳고 열흘 만에 산욕열로 사망했다. 유르스나르의 탄생은 죽음과 맞물린 사

건이 되었다. 그녀에게 애초 어머니는 부재했고 그 부재로 인해
서 겪게 되는 결여의 감정을 유르스나르는 끝내 인정하지 않는
다. "나는 어머니를 일찍 여의는 일이 언제나 재앙이라거나 어머
니를 잃은 아이는 평생 결여의 감정을 겪거나 부재하는 어머니에
대한 그리움을 느낀다는, 흔히 인정되는 주장에 반대한다. 적어
도 내 경우는 상황이 다르게 전개되었다."(42~43쪽) 어머니를 죽
게 만든 아이라는 죄의식을 강요하는 세상의 관습적 시선에 맞서
저항하는 목소리이다.『경건한 추억들』에 드러난 페르낭드를 향
한 애도는 결여를 부정하는 냉담한 애도이고, 유르스나르의 독립
적인 삶을 위한 지적인 전략일 수도 있고, 자기답게 삶을 살아내
기 위한 의지의 반영일 수도 있다. 사실 유르스나르의 모계 혈통
에서는 임신과 출산이 죽음과 연결되는 일로 생각될 만큼 위험한
일로 여겨졌다. 따라서 '두려움'이 아이의 존재와 연결된 긍정의
감정을 대체한다. 마르그리트 유르스나르의 어머니인 '페르낭드'
도 임신과 출산에 대한 두려움과 거부감이 컸고, 유르스나르 역
시 자신이 환영받지 못한 존재였다는 사실을 알았다.

　자신에게 어머니 페르낭드는 처음부터 존재하지 않았기에
결핍도 그리움도 있을 수 없다던 단호한 발언은 거짓이 아니었
다. 그런데 그런 유르스나르에게 이상화된 모성을 구현하고 평생
의 흠모를 받을 만한 여인이 나타난다. 잔 피팅호프. 잔 피팅호프
는 유르스나르의 어머니인 페르낭드와 여학교 시절의 절친한 벗
으로 영원한 우정을 약속한 사이였고, 두 사람 가운데 누군가 먼
저 죽으면 다른 하나가 죽은 사람을 대신하여 남은 아이들의 어
머니 역할을 해주기로 약속을 했었다. 유르스나르는 죽은 엄마의
벗인 잔을 향해 깊은 애착과 사랑을 느낀다. 잔 피팅호프를 향한

유르스나르의 감정은 자신의 정체성을 만들어가는 과정에서 필요한 본질적인 부분을 채워준다. 그녀는 비밀스러운 어머니이자 이상적인 존재였고, 유르스나르는 잔이 죽자 숭고한 애도를 바친다. 1926년 잔 피팅호프가 사망한 직후에 「죽은 여인을 위한 일곱 편의 시」(1927)와 「디오티마를 추모하며―잔 드 피팅호프」(1928)등의 작품을 쓴 것이다. 이처럼 유르스나르는 관습을 따르는 강요된 죄의식을 넘어서서 능동적인 감정으로 어머니와 딸의 관계를 새롭게 해석한다. 페르낭드를 대상으로 한 애도의 글쓰기는 모성에 대한 갈망을 부인하는 힘이 역설적으로 글쓰기의 내적인 동력이 되어서 감정의 출구를 열어준 작품을 완성한 것으로 여겨진다. 자기방어의 전략이 성찰의 수준에 이르렀다는 사실을 볼 수 있다. 잔을 향한 애도는 "숭고한 어머니를 향한 미학적 애도"(82쪽)이고, 두 어머니를 향한 애도는 전혀 다른 방식이기는 해도, 유르스나르의 삶과 전적으로 연결되어 삶의 에너지가 된다. 상실과 후회의 감정을 지나서 평온함에 이르는 과정을 보여주는 유르스나르의 소네트들은 '글'이라는 매개를 통해서 '삶의 길'을 여는 모습을 보여준다.

시몬 드 보부아르의 어머니, 프랑수아즈 드 보부아르는 아름답고 오만하고 보수적인 여인이었다. 전기적 자료들을 살펴보면, 그녀는 은행가의 집안에서 장녀로 태어나 변호사 남편을 만나서 딸 둘을 낳고 살아가는, 당대의 전형적인 부르주아의 삶을 보여준다. 사실 시몬 드 보부아르는 아버지와 각별한 관계를 유지했고, 어머니에 대해서는 갈등과 냉담한 감정을 자주 드러냈다. 그런데 낙상으로 병원에 입원한 어머니가 '암 환자'라는 사실을 알게 되고 어머니의 병원 생활을 지켜보면서 보부아르는 어머니의 인간적 동물성. 퇴행과 손상된 몸을 보고 절망하는 자신의 내면을 드러낸다. 어머니의 죽음과 대면한 시몬 드 보부아르는 그토록 가까운 존재의 죽음 앞에서 우리가 얼마나 초라한지를 생각한다.

보부아르는 당대에 금기였던 주제, '죽음'과 '노년'의 문제를 결부시켜 사유하면서, 노년의 상태에서 삶과 죽음이 얼마나 서로 뒤섞여 있는지를 강조한다. 그녀는 병든 어머니의 육체를 통해서 '끝의 시작'이라는 시간성을 깨닫고, 병원의 시스템이 기술에 몰입한 채, 어머니의 존재 자체를 '질병'으로 축소한 사실을 비판한다. 그리고 '80세면 죽어도 될 만한 나이'라고 쉽게 말들 하지만, "개별적인 인간에게 자신의 죽음은 하나의 사고와 같고, 심지어 그가 자신의 죽음을 인지하고 거기에 동의한다고 해도, 부당한 폭력"(110쪽)이 될 수 있다는 통찰에 이른다. 그리고 삶을 향한 어머니의 열정을 깨달으면서, 그러한 동물적 열정, '동물성'이 '몸'에 기반을 둔 본능적인 힘과 자연스러움이라는 사실을 발견한다. '암'에 걸린 보부아르의 어머니가 견디는 '끝'은 '삶의 끝'을 의미한다. 냉정한 병원의 시스템 속에서 '지연되는 끝'을 견디는 어머니는 무엇보다 한없이 고통받는 '사람'이었다. 죽어가는 어머니의 고통, 메마른 나뭇가지와 같은 몸, 어머니는 이제 어린 시절 보부아르를 지배하고 통제하려고 했던 강한 인간이 아니다. 병든 육체, 죽어가는 한 인간이 나의 어머니라는 사실을 받아들이는 과정, '지연된 끝'이라고 부르는 과정을 지켜보면서, 지성으로 무장한 보부아르는 자신도 모르게 변화를 겪는다. "나도 모르게 엄마의 입 모양을 따라 하고 있었다. 엄마의 인격 전체, 엄마의 존재 전체가 거기에 드러났고, 내 마음은 연민으로 찢어졌다."(111쪽)

무심코 아픈 엄마의 일그러진 입 모양을 따라서 하는 동일성의 움직임에는 인간의 존엄에 대한 감각이 있다. 한없이 낮은 곳의 체험, '헐벗은 체험'이다. 고통을 겪는 인간은 무력하지만 고귀하고, 사회적 가면을 벗은 인간의 연약함에는 진실이 있다. 보부아르는 어머니의 고통에 공감하면서 보살피는 마음을 배웠고, 육체적 무력과 고통에도 불구하고 인간이 존엄하다는 사실을 배운다. 초라하고 무력한 어머니의 모습 앞에서 보부아르가 무너져 내리듯 우는 것은 동일화의 과정을 넘어선 인간에 대한 연민의 표현이다. '연민'은 여기에서 어머니와 딸이 결합한 표지이고, 그 결합은 되찾은 결합이다. 따라서 시몬 드 보부아르에게 '애도'는 '회복의 애도'라고 할 수 있다.

아니 에르노의 어머니의 죽음에 관한 글쓰기는 "두 기슭 사이에서,"(118쪽) 삶과 죽음 사이의 흔들림을 말한다. 에르노는 어머니의 끝나가는 삶과 다가오는 죽음 사이, '둘—사이'의 기간과 연결되어 어머니와 관련된 글쓰기에 대한 심한 거부감과 결국 써야 하는 필요성 사이에서 흔들린다. "아마도 이 고통을 덜어내는 일은, 고통을 묘사하면서 이야기함으로써 지쳐버리게 만드는 일일 것이다."(123쪽) "사람들은 내가 어머니에 대해 글을 쓴다는 사실을 모른다. 그러나 내가 어머니에 대해 글을 쓰는 것이 아니라, 오히려 어머니가 살아 있던 시공간 속에서 어머니와 함께 살아간다는 느낌이다."(127쪽) 텍스트 속에서 세상을 떠난 어머니와 함께 살아감으로써 어머니에게 새로운 생명을 부여하고 '둘—사이'라는 고통의 시공간을 빠져나오는 것, 에르노의 애도의 글쓰기는 어머니와 함께한 텍스트를 세상에 내어놓으면서, 어머니에게 육신을 부여하기에 이른다. 사실 『한 여자』의 글쓰기가 지속된 시간은 거

의 임신 기간과 일치한다. "1986년 4월 20일 일요일~1987년 2월 26일."(126쪽)

이처럼 아니 에르노는 애도의 글쓰기를 통해 돌아가신 어머니에게 생명을 주면서 자신의 어머니의 어머니가 된다. 글쓰기는 마치 부활과 재생의 창조 작업처럼 되고, 에르노는 "이제 나에게는 내가 어머니에 대해 쓴다는 것이, 이번에는 내 차례가 되어 어머니를 세상에 낳기 위해서인 것처럼 보인다"(27쪽)라고 말한다. 어머니와 딸의 관계에 전복이 일어나서 어머니가 어린 딸이 되어버린 결과에 당혹감을 보이면서도, "나는 어머니가 다시 어린 소녀가 되는 것을 원하지 않았다. 어머니는 그럴 '권리'가 없었다."(134쪽) 이제 딸은 어머니에게 문자적인 의미의 생명을 준다. 에르노는 자신의 어머니가 주는 일을 좋아했다는 사실을 기억하며, 글쓰기가 '주기'의 변형된 형태라고 비유한다. 이 책의 저자 역시 애도의 글쓰기는, 작가 스스로에게는 '둘-사이'를 빠져나올 수 있도록 돕고, 독자들에게는 내적이고 보편적인 체험을 공유하게 해주며, 마지막으로 세상을 떠난 어머니를 다시 살게 만드는 방식의, 세 겹의 '주기'라고 해석한다. 에르노의 애도의 글쓰기는 어머니에 대한 진실 추구인 동시에 깊은 신앙심을 지녔던 어머니에게 '영광의 육체'를 부여하는 일이다. 기독교적인 의미에서 영광의 육체가 최후의 심판일에 부활의 영광을 누리는, 영적인 의미의 몸이라면, 에르노가 어머니에게 부여한 영광의 육체는 언어적 차원에서 형성된다.

메멘토 모리

　　세 명의 작가는 작품 속에서 자주 사진을 활용해서 어머니를 언급하는데, 사진들은 사라진 존재에 관한 질문을 구체화하는 효과를 낳는다. 어린 시절의 어머니, 꽃다운 시절의 어머니, 지나간 시간, 사라진 존재의 사진들은 기억을 환기하면서 작품에 역동성을 부여한다. 수전 손택은 "모든 사진들은 메멘토 모리이다"(206쪽)라고 말했다. "사진을 찍는 일은 다른 존재(또는 다른 사물)의 유한성, 상처 입기 쉬움, 무상성에 가담하는 일이다. 모든 사진들은 정확히 그런 순간을 잘라내고 응결시킴으로써 시간의 끊임없는 해체 작업을 증명한다."(206쪽) 우리는 유한한 존재인 인간으로서 시간의 해체 작업을 통해 사라질 존재들이다. 세 명의 뛰어난 작가는 어머니의 죽음을 이야기하는 애도의 글쓰기를 통해서 어머니의 죽음을 받아들이고 애도의 작업을 완성한다. 이 작가들은 애도의 글쓰기를 통해서 상실의 고통을 완화하고, 다시 살아갈 힘을 구한다. 애도의 글쓰기는 사라진 존재들을 지우는 방식이 아니라 작품 안에 담아내는 방식, 죽음과 어머니의 무게를 작품에 '안고 가는 방식'을 통해서 평화에 이른다.

　　개인적 소회를 밝히자면, 엄마를 보내드리면서 엄마의 끝을 함께 지켜보고 견디어준 자매들, 벗들, 남편과 딸의 위로와 연대 덕분에 미칠 듯한 슬픔을 견디고 다시 힘을 낼 수 있었다. 그 작은 공동체가 나를 지켜준 셈이다. 세상에 태어난 순서대로 세상을 떠나는 일은 순리이지만, 순리대로 일어난 혈육의 죽음, 상실의 아픔이 이런데, 순리를 벗어난 자식의 죽음, 그 상실의 고통은 어떻게 견디고 위로할 수 있을까? 역자 후기를 쓰는 내내, 괴롭고 착잡했던 까닭이다. 따라서 어떤 애도는 공동체의 가능성, 사회적

정의에 관한 질문이 된다. 무고한 타인의 죽음에 책임이 있는 자들이 상실의 슬픔을 짓밟는 모습을 지켜보는 고통과 수치는 사회 구성원의 몫이 될 것이기 때문이다. '수의'가 된 작품에 현존하는 어머니. 이들 애도의 글쓰기를 번역하면서, 인간의 '존엄'은 어머니와 딸, 원초적인 인간관계를 통해 배우게 되는 경험이라는 사실을 깨달았다. 존엄의 자각은, 혼자서는 다 알 수 없는, 공동체적 경험이다. 메멘토 모리.